Colombia en de gedwongen tijd

Uitgeverij PAMAC

Colombia en de gedwongen tijd

Hella Sammartino

www.pamac.nl

Voor alle gegijzelden op deze wereld.

In deze roman zijn in sommige hoofdstukken echte namen en waargebeurde feiten opgenomen.

© 2011 Hella Sammartino
Coverfoto: Hella Sammartino
Foto achterflap: Takranik - Fotolia.com
Vormgeving en omslag: Studio PAMAC
Druk: Scan Laser - Zaandam
ISBN: 978 94 90385 39 2
NUR: 305

Een jonge vrouw van haar tijd

December, de maand van somberheid en leugens. Een donker gewaad kleedt de dagen aan, dempt licht en gedachten. De lucht lijkt te vallen, simpelweg alles te verpletteren. De straten in de stad zien grauw. Vocht dringt in het poreuze steen, rood gekleurd.

Het is warm in het grand café, statig gelegen op de parterre van het grote warenhuis aan een troebele gracht. *Het herinnert mij het begin van mijn verhaal.*

De stem van de barman galmt hard door de ruimte:

'Ik heb geen tijd.'

Mijn kopje koffie, onaangeroerd, blijft staan en ik denk na over deze zin. Ik constateer dat die kreet ook mij steeds ontsnapt. De geur van dampende koffie kringelt mijn neusgaten en hiermee mijn hersenen in. Vanaf mijn tafeltje aan het raam staar ik naar buiten terwijl de zin maar door mijn hoofd blijft dolen. Ga toch weg.

Ik keer terug naar het ritueel van de vroege ochtend: opgestaan, een lunch ingepakt voor man en kinderen, de kinderen aangekleed, het huis opgeruimd omdat de werkster, met sleutel en al, haar ronde in mijn huis gaat houden, en daarna snel op de fiets gesprongen met één kind voorop en de ander achterop.

Voor de school heb ik vluchtig de gebruikelijke kussen uitgedeeld en bevrijd ben ik naar het centrum gefietst. Op mijn enige vrije werkdag wil ik winkelen.

Een verslavende behoefte aan cafeïne had mij echter overweldigd. Ik stalde mijn fiets, ondanks het verbod, voor de grote vitrine van het grand café. Er zaten al klanten. Ik liep naar het blok waar de koffie wordt geserveerd. Ik zocht de barman en vond zijn ogen. Bij mijn blik trok hij zijn kin en neus geïrriteerd op waardoor ik wist dat ik niet kon aarzelen.

'Koffie?' zei hij hard.

'Ja,' zei ik. 'Ik drink het ...' Hij keek boos.

'Daar,' en zijn vinger wees naar een warmteplaat waar gevulde kopjes klaar stonden. Ernaast schotels, keurig gestapeld, zilverkleurige lepeltjes in een koker en de kan met melk. Toen ik het kopje op een schotel zette beefde mijn hand.

Vluchtig had ik in de rondte gekeken. Een jongen, met haat in zijn ogen, was net opgestaan van een plaats aan het raam. 'Ha, een plekje,' had het uit mijn mond geklonken. De stoel, die ik daarop had ingenomen, was nog warm van zijn billen.

Ik bloos er nog van. Nauwelijks vijf minuten zijn verstreken.

Ik zit goed en kijk om mij heen. Een man friemelt zenuwachtig aan de revers van zijn jasje, en een ander peutert ongegeneerd in zijn neus, zijn uitstekende huig wiebelt hierdoor vreemd op en neer.

Drie oude dames, elegant opgedoft, verwarmen hun handen met bekers vol thee, gezellig slurpend in koor.

Een man, zijn donkere uiterlijk verraadt zijn buitenlandse afkomst, hij kijkt afgetobd voor zich uit.

De onbezette tafeltjes achterin staan er keurig opgeruimd bij. Het Grand Café van Den Haag tracht zijn naam in ere te dragen. Grote bow-window ramen geven uitzicht op de fontein in de gracht. De inrichting met de donkerbruine stoeltjes en de marmeren tafeltjes doen Frans aan en dat is het. Glimmende goedkope tegels op sommige delen van de muren protesteren. Wat ontbreekt zijn de gedecoreerde plafonds en muren, de ere oorkondes, brede spiegels en een koperen hoogdruk-koffiemachine achter de houten bar. De geuren, wel aanwezig, en het slaan van de koppen en schotels wanen mij wel degelijk elders.

Een vraag komt in mij op: wat is tijd eigenlijk? Tijd, gebonden aan de indeling van het uur, de dag, een jaar; hoe je een heel leven indeelt. Ik analyseer als een onderzoekende wetenschapper, nieuwsgierig naar het antwoord. Normaal ga ik er meteen op uit om mijn inkopen te doen. En nu blijf ik gewoon zitten, lak aan wat ik moet doen, en laat ik zulke gedachten toe.

Rustig kijk ik door het grote raam. Buiten draagt het prille ochtendlicht nog steeds de sluier van de nacht en hangt het schemerdonker als een verstikkende deken. Slechts het licht van de zilverkleurige hanglampen van het café geven een zwak schijnsel af. Mensen lopen langs. Het café vult en leegt zich, als vloed en eb.

Met een parmantige loop passeert een jonge vrouwelijke serveerster, die de tafeltjes opruimt. Ik kijk haar aan en zij mij. In haar gave gezicht glimlachen haar ogen innemend en ik antwoord met een licht knikje. Plotseling wil ik mij aan haar vastklampen en haar te vragen hoe zij alles doet? Hoe redt zij zich in het leven dat zij leidt. Zij straalt geluk uit en heimelijk altereer ik haar. Lang kijk ik haar na.

Eindelijk drink ik mijn koffie op. Ik besluit aan dat tafeltje in het grand café te blijven zitten. Niets of niemand kan mij nog van mijn stoel afkrijgen, zelfs het licht knagende schuldgevoel krijgt zijn zin niet. De tentakels van een niet te stuiten behoefte mijn gedachten te ordenen, sluiten zich om mij heen. Een verrassing wacht.

Colombia, de verwarring

Herinneringen, de vele herinneringen.

Mijn opleiding tot vertaalster. Toen de ontmoeting met Florian. Als in een verademing klikte het tussen ons tweeën en vreeën we naar heftige hoogtepunten; ik glimlach genoeglijk denkend aan zijn strelende handen en zijn zwarte dwingende ogen.

Ik denk aan de discussies met goede vrienden, iets wat ons als kinderen van onze tijd hele avonden bezig kon houden. Vele ideeën ontsproten uit ons prille gedachtegoed.

De meisjes, fel over de nieuwe toekomst, wilden vooral werken, zelfstandig zijn en onze toekomstige mannen moesten er moderne opvattingen op nahouden. Deze nieuwe mannen zaten als jonge jongens tegenover ons te ginnegappen en gekheid te maken. Onze invloed doordrenkte hen van het idee dat zij niet de mannen zoals hun vaders zouden worden. Het was een enorme opening in hun denken. Die avonden liepen de discussies meestal te hoog op, we overschreeuwden elkaar irritant, vanwege de vele strijdpunten over het wel of niet, het waarom en daarom. Soms staakten wij onze bijeenkomsten: wij verloren de essentie en het dreigde ons uit elkaar te drijven. Het voedde echter onze ideeën constant, waarmee wij, de nieuwe vrouwen, onze eigen uitgestippelde weg opgingen. Zo dichtbij en toch al zo ver.

Ik denk aan onze verre reizen. Een krakende stoel doet mij huiveren terwijl de beelden, die me nooit hadden verlaten, in me bewegen. Zuid Amerika is terug.

Vochtige zomerhitte overheerste de dagen.

Ik droeg mijn haren in een knot en Florian had zijn hoofd kaal geschoren om de viezigheid te weren. We hadden amper kleren aan. Alles zat in onze tassen gepropt.

Op de weg van Cali naar Popayan, in de Valle del Cauca van dit Zuid Amerikaanse land, zochten wij naar een nieuwe lift.

Onze vorige transporteur had zich lang geëxcuseerd toen hij ons op een verlaten kruising moest achterlaten. Zijn bezorgde gezicht had ons toch moeten waarschuwen.

De weg liep door een diepe vallei, gelegen tussen de hoge 'centrale Cordillère', een smalle bergketen met geen col lager dan 3000 meter en het lagere 'occidentale Cordillère', gegraven door een oude rivierbedding. Grote stenen, woeste bergtoppen zonder begroeiing leken naar ons te kijken. Hoge cactussen en dichte struiken gaven een groene scheiding.

Via Mexico waren we de landengte langs de mangroven kust afgezakt dwars door Guatamala, Salvador, Nicaragua, Costa Rica en Panama naar Colombia, op zoek naar de sporen van de Muiscas, met de oude naam Chibchas, het volk der zonnecultus.

We waren uitgerust met rugzakken, zware loopschoenen en moedig torsten we ons door het landschap. We sliepen in lugubere hotels of bij de lokale bevolking, zo vriendelijk en gastvrij, nog steeds in de ban van een romantische revolutie. Onze liefde en interesse voor het nieuwe prikkelde onze wil het allemaal te ontdekken. We waren aangekomen in een zone, bekend om zijn ronddolende bendes, buiten de wet, geboren uit de plattelandsmisère.

Waarom wisten we het niet?

- Sinds de burgeroorlog van 1948 creëerden rebellerende boeren verschillende autonome zelfverdedigende 'staatjes' en kregen het daar voor het zeggen. In de jaren '60 voegden zich daar studenten en een gedeelte van de geestelijkheid bij, in de geest van de Cubaanse Fidel Castro en zijn aanhangers waaronder de beroemde Argentijnse arts Ernesto 'Che' Guevara. Verheven in idealisme probeerden zij te strijden tegen de onrechtvaardige en onmenselijke leefomstandigheden op het Zuid Amerikaanse continent. De 'Che', later zelf vermoord in Bolivia door de CIA en overgelopen communisten, vermoordde menig politieke tegenstander maar was nooit overgegaan tot het gijzelen van burgers, een tactiek van de huidige guerrillero's. De Verenigde Staten probeerde daarop zijn invloed te vergroten en hielp in de strijd tegen in 1966 opgerichte extreemlinkse (FARC, ELN, M19) en ultrarechtse groepen (EPL, AUC), ontstaan uit die vele bevrijdingslegers van Colombia. Elke groep veroverde zijn territorium en zocht zijn geldschieters, veelal via de hierdoor ontstane drugskartels. Na lange machtsprocessen in dit verscheurde land, waar slechts 0,4 procent van de bevolking regeert over 61,2 procent van het grondgebied en 80 procent van de 44 miljoen inwoners onder de armoedegrens leeft, volgde een dialoog met de guerrilla, tevergeefs. -

Rust overheerste in het gebied. In onze blindheid voor de realiteit zetten we vermoeid onze tocht te voet verder, doch alles liep voorspoedig tot het laatste stuk weg, die na Popayan een bocht vormt richting Bogota, de hoofdstad en onze eindbestemming.

De schemer van buiten dringt in mijn ogen waardoor mijn verloren beelden mij nog helderder schijnen.

De moeheid die ik toen op die weg voelde bestaat nog in mij: we besloten de hoop op een nieuwe lift uit te stellen en een dutje te doen in een dicht stuk struiken en bomen, grenzend aan de weg.

12

Vooral het wonderlijke geluid van ruisend water in deze normaal droog aandoende vegetatie dwong ons er naar toe. We volgden het geluid en vonden een watercascade. De verfrissing, de schoonheid van de plek, gevuld met hoge rubberbomen, wilde varens en waterlelies tussen de gevallen stenen, gerangschikt in een lijnenpatroon, brachten ons in de Hof van Eden.

We pakten onze spullen uit, klaar voor gebruik. Daarna trokken we onze schaarse kleding uit. Verlangend naar elkaar vreeën we en genoten van zoveel vrijheid in deze overweldigende schoonheid der natuur. Het verfrissende water spetterde in dikke druppels op onze lichamen, het spoelde het vuil af.

Op een gaspit warmden we een blik bonen op, aten en dronken gulzig en vulden onze watertanks met het heldere water.

Na deze noodzakelijke handelingen, trokken we met een puntige stok een symbolische cirkel in een bed van stermos, gelegen op de zijkant een doorgaand pad, goed afgeschermd door een dichte struik en vlijden ons neer. Een paar minuten volstond om in een eerste zachte slaap te vallen toen een hels kabaal op ons opschrikte.

Snel pakten we onze spullen bij elkaar en schuilden achter het dichte bosje. Nog dronken van de slaap keken wij er vaag doorheen.

Op het pad was een militaire truck gestopt met in de laadbak mannen en vrouwen, van wie enkele overduidelijk 'guerrillero's' waren. Op de bak stond met zwarte letters gekalkt 'Karina, front 47'.

Verder observeerde ik de gestalte van een gebogen vrouw, vastgebonden aan een verwaarloosd uitziende man. Beiden vertoonden kenmerken van het inheemse Indiaanse bevolkingstype.

De 'guerrillero's' sprongen behendig uit de bak op de grond, hun kalasjnikovs bengelden roekeloos over hun schouders. Niemand in de bak verroerde zich.

Eén portier van de truck opende zich en de chauffeur, die niet uitstapte, schreeuwde 'Si El Grillo' tegen zijn bijrijder, nog binnen, maar voor ons zichtbaar als iets zwarts. Een realiteitsschok produceerde zich in mijn brein.

Onmacht en angst kropen op onze huiden. Florian pakte mijn handen ik drukte me tegen hem aan. Ik wilde het liefst oplossen. Nog nooit tevoren had ik een dergelijk verbondenheid met hem gevoeld. We werden één en de angst groef ons naar het kleinste niveau. Ik hoopte vurig op een andere ramp, een goddelijke ingreep in gerechtigheid.

Toen opende de zwarte gestalte zijn portier. Ik zag hem uitstappen. Het was een priester, gekleed in de gebruikelijke zwarte soutane. Zijn benen sloegen zijn soutane lichtjes open en ik zag puntige cowboylaarzen en een militaire broek. Hij riep iets tegen de vrouwen en mannen.

Een soldaat gebaarde en duwde de mensen uit de bak, in etappes bracht hij hen achter de truck. Slechts de man en vrouw zaten er nog.

De priester greep een guerrillero en fluisterde hem iets in het oor. Meteen daarop werd de man losgemaakt en naar de priester geleid.

Ik zag hem knielen, zijn gezicht enigszins afgewend zodat ik meende dat hij naar ons keek. Zijn ogen staken uit zijn hoofd, ogen gesmolten van angst. Zijn angst werd onze angst en het liet mij hallucineren alsof ik via mijn geest uit deze situatie kon ontsnappen.

De arme man prevelde, hij leek te biechten, terwijl de priester hem over het hoofd streek. Een kruisgebaar maakte er een einde aan. Een onbekend teken liet de man verdwijnen, door soldaten meegenomen, achter de truck.

Vier schoten klonken er, en dan die stilte. Het kon een troost of opluchting zijn. Maar deze stilte was dreigend. De vrouw, eveneens met Indiaanse trekken, nog steeds vastgebonden op de truck, verbrak de stilte door een hartverscheurend gejammer.

Hoe lang moet zij lijden, schoot het door mijn hoofd, wachtend op het voorbijgaan van de tijd. De soldaten haalden de vrouw van de truck, duwden haar naar de priester en toen op de grond; zij sloeg met haar lichaam tegen de grond alsof zij stuiptrekkingen had. Eenmaal op de grond nam het lot haar twee keer te pakken. Ze kon haar nadere vijand, met verlangende ogen, onmogelijk ontkomen. Een doodse eenzaamheid hing om haar heen. Mijn maag keerde om en ik had moeite mijn kokhalzen in bedwang te houden. Het zweet gutste van mijn lijf en mijn handen dreven in die van Florian, wiens hart ik zo hard voelde kloppen, dat het bijna hoorbaar werd.

De priester knoopte zijn soutane open, ademde krachtig, en gooide hem af. Zijn grote lichaam, iets gebogen en vierkant van schouders keerde zich naar de vrouw. Ze kronkelde, probeerde kruipend weg te komen. Iets onmogelijks gezien haar situatie. Hij bukte, greep met twee handen haar keel, als om haar te wurgen, draaide haar om, haar handen gekneld onder haar rug, en hield haar met zijn handen in bedwang. Ze gilde van pijn, huilde van afschuw. Hij liet één hand los, de andere bleef de ijzeren handboei om haar nek, en duwde snel zijn broek iets naar beneden. Zijn fallus kwam te voorschijn, klaar om aan te vallen en genietend drukte hij zorgzaam maar krachtig haar knieën uit elkaar.

Een toegelopen kameraad drukte zijn hand op haar mond, het geschreeuw dempend. Heel langzaam nam hij haar. Toen liet de kameraad haar mond weer vrij ademen.

De priester spuugde op de grond alsof hij haar ineens vies vond.

Proestend, half gestikt huilde zij ingetogen. Het geluid hoefde niet meer ingedamd te worden: zij was op.

De priester gebaarde zijn kameraden met het ga je gang teken.

Mijn lichaam begon te trillen. Florian trachtte mij te helpen. Hij trok mijn hoofd iets schuin, en met een gevonden zakdoekje depte hij mijn mond en sloot mijn ogen. Hij wilde niet meer dat ik nog keek.

Het duurde nog lange minuten. Een harde knal. Slechts één seconde lichtte ik mijn oogleden op en keek recht in de gespleten ogen van pijn en liefde van de vrouw. Een kogel had haar schedel doorboord en de zijkant was er afgeklapt, een gedeelte van de hersenen schoof naar buiten. Het bloed spoot alle kanten op, bevuilde de truck. Schokkend stopte het leven in haar en mij.

Duizenden doorschijnende blauwe vlinders, geboren in deze vlaag van waanzin, fladderden rond, groen kleurend, ze bedekten de bloedvlekken.

Het kermen hield aan, de geweerschoten klonken door. Eindelijk keerde de stilte terug. Een doodse stilte.

De 'guerrillero's kwamen achter de truck vandaan en sprongen in de laadbak. De chauffeur nam zijn plaats in, de priester trok zijn soutane aan en nestelde zich met een tevreden uitdrukking naast hem. De truck startte en wij bleven in de deze hel achter.

Als verdoofd lagen we daar nog even tot we weer greep op onszelf kregen. We moesten zo snel mogelijk weg; we raapten onze spullen bij elkaar en snelden struikelend over stenen en takken, het pad mijdend, naar de weg.

Angstig turend bekeken wij zorgvuldig elke auto op de weg voor wij onze duim opstaken. Bij elk militair verdacht uitziend voertuig verstopten wij ons achter de struiken, bang gegijzeld te worden.

Na twee slopende uren hield een oude afgeragte stationcar stil. 'Bogota,' riepen we opgewonden. Een ruwe kop keek ons aan. Hij maakte een geldgebaar. Florian haalde redelijk kalm een biljet uit zijn broekzak. De man grijnsde met zijn mond vol ontbrekende tanden.

'We gaan. Het is goed,' zei Florian.

'Ik weet het niet,' zei ik zenuwachtig, door twijfel overmand. Florian schudde ongeduldig zijn hoofd en duwde mij de auto in.

Niemand sprak meer tijdens de rit. De hele weg hield ik mijn gezicht naar buiten gericht, en herhaalde ik schietgebedjes.

Toen de chauffeur ons midden in Bogota, een stad van acht miljoen inwoners, uit liet stappen, hapte ik dankbaar zijn smerige uitlaatgassen van de 20.000 bussen en 50.000 taxi's in. Ik kuste tot verbazing van Florian de chauffeur en maakte dansbewegingen van ontroering terwijl de chauffeur mij bang aankeek. Snel maakte hij zich uit de voeten.

'Oh Florian, we zijn gered. De te lange revolutie hier is al lang geen romantische revolutie meer ter verbetering van de leefomstandigheden van het gewone volk maar een bloedbad van haat.'

'Mijn liefste Eliza,' zijn liefde in zijn stem had intens geklonken. 'Een hotel, een bad voor je. En dan zo snel mogelijk naar huis. Nooit mag je hier nog aan denken of spreken. Het is voorbij.' Met tranen in de ogen hadden we het elkaar gezworen.

De volgende dag, onze zenuwen iets gekalmeerd, dachten wij aan een aangifte. Na enkele pogingen bij politiebureautjes van de wijken om ons heen bleken onbetrouwbare instanties onbereikbaar: niemand wilde ons ontvangen en al snel gaven wij het op.

Als gedwongen stille getuigen keerden wij terug naar huis.

In Colombia heerst een permanente strijd om de macht, geankerd in een netwerk van corruptie waar drugs de mensenhoofden verloederen in een angstig stilzwijgen.

In het vliegtuig streelde ik Florians arm en had ik gezegd:

'Bij thuiskomst bel ik Maya. Als journaliste wacht zij op ons verhaal zodat zij het aan de wereld kan getuigen.' Onthutst keek hij mij aan:

'Nee, Eliza, alsjeblieft, ik wil er nooit meer over spreken.' Hij had mij in zijn armen genomen en stroef uitgebracht: 'Nooit meer! Begrijp het toch!'

Die belofte hadden wij nooit verbroken en tot vanochtend was het hele voorval zelfs uit mijn gedachten verdwenen, opgeslokt door het drukke leven. En niemand wist dan ook over de Colombiaanse verkrachting en moord.

Met deze reis hadden wij een fragment van de wereld gezien

maar de landschappen en gebeurtenissen waren in een flits, als in een trein, aan ons voorbijgegaan.

Zo ver weg hier in het grand café, twijfel ik aan de echtheid en toch... ik voel voor de eerste keer de angst der herinnering opnieuw in mij opleven. Colombia, een op slot geraakt gebied. Het staat mij zo tegen. Een rilling kromt mijn rug maar ik recht hem onmiddellijk, angstig mijzelf opnieuw hierin te verliezen. Daar wil ik niet meer aan denken.

Ik open mijn tas en pak een zilveren spiegeltje, dat ik onlangs op een antiekmarkt heb gekocht. Het spiegeltje dateert uit de 18e eeuw en heeft vele levens moeten kennen. Het heeft mij geïntrigeerd en ik wil de nieuwe begunstigde worden.

Ik, met de gekregen naam Eliza, kijk er in: mijn wangen zijn doorbloed maar mijn blauwe ogen staan dof van vermoeidheid. Mijn opgebonden mahonie krullen glanzen en geven mij een zuidelijke charme. Mijn goed getekende lippen, vaal, hebben lipgloss nodig. Mijn Engelse neus lijkt geopereerd maar hij is naturel. Ik zou een rococoverschijning uit die tijd geweest kunnen zijn, en ik fantaseer mij met gepoederd kapsel, hoog gedrapeerd, versierd met speld, een prachtig juweel, gekleed in een geraffineerde jurk over paniers gedrapeerd, met diep decolleté, afgewerkt door kanten stroken en zijden strikken in verfijnde kleuren. Ik zie mezelf afkomstig uit de aristocratie en woon in een paleis met een imposante hofhouding en vormelijke omgangsvormen tussen mijn familieleden. Wat is het spiegeltje mooi. Mijn huidige uiterlijk staat mij niet tegen, integendeel, ik zie er goed verzorgd uit en kan mijzelf mooi vinden. Het spiegeltje hoort nu bij mijn leven. Zorgvuldig stop ik het spiegeltje weer in het bijpassende hoesje in mijn tas.

Weer zoekt mijn blik de mensen buiten op. Het schemerdonker lost eindelijk op maar het grijze dek niet. De individuen, in kleurloze kleren, vervagen. De mannen lijken vrouwen en de vrouwen mannen. Alle helderheid ontsnapt mij.

De ongenadige neurose van de tijd doet mij op mijn horloge kijken, de tijd dwingt. Er is slechts een uur verstreken maar het schijnt een eeuwigheid. De spoel der herinneringen draait maar door ondanks mijn deernis en afkeer.

Ik droom een beetje en wauwel wat in mijzelf.

Alsof mijn voeten in een keer de grond raken word ik plotseling uit deze toestand gerukt want naast mij aan een tafeltje is onverhoeds een kopje met een smak op de grond gevallen. Het vocht met de scherven spettert alle kanten op.

Een man heeft het er met zijn open jas afgestoten. De opschudding is enorm en de serveerster, aangestormd met stoffer, blik en dweil, buigt zich voorover. De man stopt niet zich ter verontschuldigen.

Opnieuw kijk ik naar haar. Haar gezicht ziet er opeens vermoeid uit van de lichte ergernis over die altijd onvoorziene klusjes. Plotsklaps schaam ik mij over mijn gedachten haar een gelukkiger bestaan te hebben toegedicht. Zij ondergaat hetzelfde als ik.

Het bloedrood verwarmt mijn gezicht en ik wend mijn blik naar het grote buitenraam. Op straat is het drukker geworden.

Een gezette man met een donkerblauw windjack en broek stopt voor de ruit om op zijn horloge te kijken.

Mijn gezicht spiegelt zich in zijn donkere schaduw, een gezicht met verkrampte trekken. Mijn evenbeeld blijft mij aankijken. Elke geste die ik maak aapt zij na. Het optillen van mijn kopje, de beweging van mijn gezicht naar de ruit, de glimlach en de traan. Het gapen in dat gezicht. Het verschil tussen ons betreft onze tinten. Het gezicht buiten kleurt donkergrijs, iets waar alle vrolijkheid uitgeperst is. Het gezicht binnen heeft toch nog kleur. Ineens draait de anonieme man zich om en verdwijnt in het gewoel en mijn evenbeeld lost meteen op.

Ik tuur verder maar zie de mensen buiten niet echt, tot een

vrolijk rood mijn ogen bereikt. Het rood van een mantel nadert en ik volg de bewegende silhouet. Dichterbij bemerk ik de elegantie. Het is een vrouw, één die ik ken. Mijn goede vriendin Maya loopt recht op mij af: de verrassing. Jaren heb ik haar niet meer gezien. Schuldig besef ik dat ik geen tijd meer aan haar heb gegeven. En zij niet aan mij. Zij verkeert in haast dat zie je zo.

Ik reageer onmiddellijk door hard te tikken op de ruit, tot irritatie van de andere cafégasten.

Als zij mij opmerkt kijkt zij mij verwonderd aan waarop ik haar gebaar naar binnen te komen. Haar ogen dalen naar haar horloge, korzelig zoals iedereen, weer die eeuwige tijd, maar zij knikt tot mijn grote vreugde ja.

Twee tellen later schuift zij bij mij aan het tafeltje.

Confidenties aan Maya

Maya kijkt mij met haar prachtige donkere Armeense ogen aan. Zij knippert snel met haar oogleden. Die tik herken ik onmiddellijk. Haar blanke huid met sproeten en haar vlammende rode haar glimt in het gedempte licht van het café. Kraaienpootjes hebben een amusant lijnenspel als verfijning gegraven. Een mierzoet parfum van 'Haagse hopjes' omringt haar, haar oude en geliefde gewoonte.

In vroeger tijden winkelden wij veel samen. Sjaaltjes, parfum en luxe kousen hadden onze interesse. Een keer kochten we zelfs een opzichtige hoed, en hoewel ik vreselijk twijfelde, kreeg zij mij zover tot grote hilariteit van mijn familieleden.

In die jaren was zij mijn grote voorbeeld. Ik verfde mijn haren rood, vijlde mijn nagels zoals zij het deed. Zij trok mij mee om ons samen in te schrijven bij een dansschool: bewegingsleer om te lopen als ballerina's. Onze strenge leraar eiste een altijd rechte rug, in welke situatie ook. Vanaf die dag liepen wij kaarsrecht. We bezochten hammam en sauna om onze huiden van dode huidcellen te ontdoen. Elke dag hielden we een schoonheidsagenda bij. Bij Maya stond uiterlijk altijd op de eerste plaats, zij liet niets aan de pure natuur over.

En nu staat zij voor me in alle elegantie. Haar uiterlijk is nog steeds belangrijk. En ze ziet er verrukkelijk uit.

'Wat doe jij hier, zo rustig koffiedrinkend, in je eentje?' zegt ze onbewogen, alsof de jaren van verwijdering niet bestaan.

Opgelucht kijk ik haar aan, dankbaar voor het vertrouwde element in mijn verwarring. 'Je komt uit de hemel vallen. Ik weet niet meer wat ik met mijzelf aan moet.'

Ze fixeert haar blik nog dieper in mij. We staren naar elkaar zonder verder spreken. Dan doorbreekt zij het dilemma. 'Ik vind het heel fijn je weer te zien.'

'Ik ook.'

'Je valt toch niet ten prooi aan een depressie? Je kijkt zo benauwd.' Zoals zij het vroeger ook altijd aanvoelde slaat zij de spijker op de kop.

Schuchter, als een ontdekt stout kind kijk ik haar aan. 'Nee, of ja, het is eerder dat ik zin heb de boel te laten voor wat het is. Vandaag heb ik besloten de tijd te nemen. Mijn oude herinneringen drijven naar boven zonder dat ik het nog in de hand heb.' Hoe ik het voorgaande uur tegen mijzelf praatte onthul ik niet. Maya zou vast in lachen uitbarsten.

'Je hebt toch geen problemen met Florian, hoop ik, eh je bent toch nog wel samen,' voegt zij bezorgd toe, plotseling beseffend hoeveel tijd er verstreken is.

'Ja, we zijn nog bij elkaar. Nee, nee, het is gewoon een soort ingeving, gedachten over de tijd, onze oude idealen, extremen en de alles verterende liefde... Ik wil meer kunnen genieten en daarom ben ik bezig mijn leven tot nu toe te evalueren.'

'Tja, dat is heel wat.'

Ze besluit zich van haar jas te ontdoen, en gooit hem nonchalant op een lege stoel. Een prachtige, laag uitgesneden jurk, met korte mouw, ondanks het winterweer, maakt haar nog mooier.

'En jij,' gooi ik eruit?' Hoe gaat het met jou?'

'Druk, ik was op weg inkopen te gaan doen.'

Het verrast me niet. Ik weet maar al te goed hoe graag ze winkelt.

'Wacht,' zegt ze, 'ik ga eerst even koffie halen; ik voel dat wij ons binnenstebuiten gaan keren.'

Lachend loopt zij naar het buffet terwijl het lotdelen mij omarmt. Haar vertrouwde lach doet ook mij lachen, denkend aan haar altijd aanwezige humor.

Met twee koppen koffie keert zij terug naar ons tafeltje. Ze zet het kopje zorgzaam voor me neer.

Ik drink misschien teveel van het kostbare bruine vocht maar het kan mij niets schelen, het smaakt mij prima.

'Het is vreemd,' begint Maya, 'maar ik merk de laatste tijd een gevoel, alsof ik er doorheen ben, dat ik niet meer wil. Het hollen de hele dag wordt steeds moeilijker. Als ik klaar ben met mijn werk, word ik koud als steen. Dede, de kinderen en alle andere taken eisen mij altijd op.

'Je bent dus nog steeds met Dede.'

Ze knikt. Ik denk aan Dede en haar kinderen. Toen zagen we elkaar nog veel.

'Dede komt er veel beter van af want hij maakt zich emotioneel gemakkelijk los van het huis, van de kinderen, van mij en gaat lekker sporten met vrienden. Mijn freelance journalistiek werken buiten de geijkte kantoortijden geeft hem de neiging tot een afschuifsysteem. Vroeger hielp hij mij veel meer. Het is tijd er weer eens met hem over te praten. Eigenlijk moeten wij er weer eens met zijn tweeën op uit om tot elkaar te komen maar de tijd ontbreekt.'

Ik kijk haar begrijpend aan. Ook zij ervaart alles als te veel. En natuurlijk komt het begrip tijd om de hoek kijken.

'Dat is het hem nou, Maya, wij zijn zo goed gestart met onze principes. Weet je nog, al die fanatieke gesprekken die wij voerden over hoe zelfstandig wij waren en uiteindelijk zijn wij langzaam in een soort rolpatroon ondergedompeld geraakt. Generaal Carmen, zo noemen wij mijn werkster,' verklaar ik, 'en Florian helpen mij op fantastische wijze maar het voorkomt de vastlopende routine niet, waardoor ik dreig in te slapen. En vanochtend ontwaakte ik anders. Allerlei vragen stroomden ongeremd door mijn lichaam. Zijn het niet onze dromen die een mens in leven houden? In die dromen speelt de tijd namelijk geen rol. Weet je, na mijn gebruikelijk patroon van de vroege morgen, ondernam ik de gebruikelijke rit naar het centrum en mijn cafeïneverslaving bracht mij op dit plekje. Ik besef dat mijn droom vervaagt dus wil ik erover nadenken. Het is simpel. *Ik wil van de tijd dwingt af.*'

'*De tijd dwingt,*' spreekt Maya in haar hoge Haagse accent. Ik zie haar gelaat verzuren.

'Ja, Eliza, wij zijn daar misschien aan toe,' nu ook in de klauwen van het denken.' Ik ratel door: 'Het is vreemd maar voorheen waren wij zo soepel en nu lijkt het wel of wij stijf van perfectionisme staan. Ik heb altijd die aandrang alles goed te willen doen. Dan krijg ik de kriebels omdat ik mijn lichaam maar eveneens mijn hoofd moet onderhouden: het intellectuele bijblijven, zal ik maar zeggen. Enfin, het is te veel om op te noemen waardoor ik heen en weer word geslingerd als in een draaimolen.'

Maya knikt instemmend naar me.

'De complexiteit met de mannen ligt op de loer,' fluistert ze.

Even denk ik na.

'Hoe steken de relaties in elkaar volgens de idealen zoals wij altijd hebben voorgestaan? steekt Maya nu fervent af.

'Tja, die mannen moesten ons gelijke worden en ik wilde eigenlijk een man die bijna alles doet in huis. Later vroeg ik mij af of ik wel ooit verliefd zou zijn geworden op een man die de vaatwasser niet goed kan inruimen. Jij?'

'Ik denk van niet.'

'Nee, sinds wij de werkster hebben en ik lekker egoïstisch gewoon alles op haar en Florian afschuif, voel ik mij veel beter.'

Maya lacht hard.

'Jouw kaarten zijn dus niet zo slecht: ik heb geen werkster en als jonge moderne vrouw, die op andere tijden werkt, ben ik de klos. Mijn rust wordt beschouwd als tijd voor de andere klussen.'

Plotseling kijk ik haar ernstig aan en uit een nieuw denkbeeld:

'Ik begin te begrijpen dat de tijd de oplossing is.'

'Maar wat wil je daarmee zeggen?'

'Door onszelf het te gunnen, kost wat het kost! We moeten de gespannen kabel laten vieren.'

Even zie ik Maya diep nadenken, en een idee in haar opkomen: 'Wij kunnen beginnen om één avond per week voor onszelf opeisen. En bij toerbeurt kiezen we een persoonlijk onderwerp uit om onze wensen te verwezenlijken. Wat denk je ervan?'

Zo'n idee charmeert me gelijk.

'Ja, dat is het.' Intense blijheid stroomt door mijn lijf, zo goed voelt onze hereniging. Ze lijkt hetzelfde te ondergaan.

'Eliza,' en ze pakt mijn hand, 'ik blijf hier bij jou zitten. Vind je het goed? Ik neem eens goed de tijd.'

We zijn dezelfde meisjes gebleven, besef ik, en toch ook vrouwen geworden. Het is speciaal. 'Blijf je bij me,' zeg ik alsof ik diepe angst heb. We hunkeren naar elkaars onthullingen van de jaren die ons scheiden; geniepig of zachtmoedig, onrechtvaardig of juist, verbazingwekkend of geloofwaardig. Het verleden telt nu; de verloren tijd als nieuwe kracht: zij verhit onze uitstralingen.

Ineens hoor ik mezelf elegant spreken, en ontsnap daardoor aan mijn sombere hersenschimmen van even tevoren, in beslag genomen door het nieuwe, verborgen in het oude.

'Ik ga mijn verhaal opschrijven,' zegt Maya plotseling. 'Voor later, voor mijn kinderen. En dan: 'Jij moet jouw verhaal ook opschrijven.' Het klinkt uit haar mond als een strelende maar stekende liefheid. Haar gelukkige uitdrukking op haar gezicht spreekt boekdelen: zij is in de zevende hemel.

Ik schrik ervan. De schimmen keren terug. Gedachten met de snelheid van het licht. Haar ervaring als onderzoekende journaliste hindert mij ineens. Ik denk snel. Of is het juist een kans? De twijfel zit voorgoed in me. De herinnering borrelt in alle hevigheid op. Mijn reis, mijn naïviteit, Florian en mijn kinderen, mijn belofte aan Florian, mijn zwijgen hierover: Colombia... Colombia... de vrouw gillend met haar gesmolten ogen van pijn en liefde. Waar waren wij werkelijk getuigen van geweest? Een terroristische politieke vergelding of een anonieme individuele actie, of misschien wel een hartenzaak? Eigenlijk had ik de kranten van destijds, volledig en niet zo half, moeten consulteren. Dan had ik misschien een aanwijzing gevonden over het waarom. Een bepaalde gene doorboort mijn lichaam en een prikkelend gevoel op mijn huid maakt mij alert. Mijn benen klappen tegen elkaar en het duizelt in mijn hoofd. Toen geloofde ik er niet in. En nu, een reddingsboot gooit zijn reddingsvest uit en ik hoef hem slechts te pakken en aan te trekken.

Maya kijkt mij aan alsof zij mijn naakte gedachten kan lezen.

De doofstomme

Geritsel van iets onderbreekt ons. Een oerlelijk meisje staat naast ons tafeltje. Zij grabbelt in een grote tas, hangend voor op haar heupen, door een brede band schuin over haar afhangende schouders getrokken, om er iets uit te halen.

Met grote verbazing kijken wij naar haar. Welke betekenis heeft haar beweging?

Zij haalt een bosje witte kunstrozen uit die tas. Ze geuren als echte. Aan elke roos bengelt een kaartje, vol geschreven in kalligrafisch schrift. Zorgvuldig legt zij twee rozen op ons tafeltje neer terwijl zij ons doordringend aankijkt zonder te spreken. Haar ogen staan vol geheimen.

Sprakeloos blijven we naar het schouwspel kijken.

Snel verwijdert zij zich naar het tafeltje naast ons waar zij hetzelfde ritueel herhaalt.

Nog steeds kijken wij haar na.

Tafeltje na tafeltje voorziet zij van de prachtige bloemen. Na iedereen te hebben bezocht, verdwijnt ze stilletjes ergens achter in het café.

Nu neem ik een roos op en lees de tekst:

Ik ben doofstom geboren. De natuur heeft mij verkracht en willen vermoorden. Gelukkig is het niet gelukt maar door mijn handicap ben ik werkloos. Ik maak deze prachtige rozen zelf van gerecyclede materialen. U kunt mij daar in steunen door de roos te kopen met een bijdrage naar eigen draagkracht. Merci.

Onbeweeglijk beroer ik het kaartje niet meer. Het doet mij zwijgen. De lange zilveren tong van mijn spreekslot klapt om. Ik ben oprecht onthutst.

Maya, nieuwsgierig geworden, neemt het kaartje op. Zij leest en de zinnen slaan in als de absolute stilte voor een storm.

In de verte staat de doofstomme vrouw in een afwachtende houding. De hoge jukbeenderen, haar borstelige wenkbrauwen, de lange neus en dikke lippen vallen op. Haar lelijkheid vertoont sereniteit. Het bijzondere dat zij uitstraalt trekt als een oprukkende schaduw over de tafeltjes. Aan elk tafeltje valt het geluid weg, alleen nog de koffiemachines en het opruimen van vaatwerk is hoorbaar. Het duurt enkele minuten. Dan loopt zij naar het dichtstbijzijnde tafeltje om haar verkoop te concretiseren of haar roos weer in te nemen. Zorgvuldig plaatst zij de rozen terug in haar schoudertas.

Alleen de buitenlands uitziende man met het afgetobde gezicht koopt een roos.

Zij kijkt de mensen recht aan, geluidloos en waardig. Zonder enige vorm van verbale communicatie. Het valt niet uit te leggen.

Als zij ons nadert, duw ik een lege stoel naar achteren.

Ze bereikt onze tafel snel.

Wij wenken haar en gebaren haar op de stoel te gaan zitten.

Bevreemd keek zij ons aan, wantrouwig over dit gebaar. 'Wat willen zij van mij?' spreekt door haar ogen. Wij zoeken naar een vorm van communicatie zonder woorden, een absurde vergissing.

'Ga toch even zitten,' ontsnapt het na een domme stilte, hoewel mijn tong als een gestrande vis op het droge worstelt. Ik probeer duidelijk te articuleren; ik herinner me dat velen kunnen liplezen.

Voor het eerst stoot zij een geluid uit.

'Daaank je,' klinkt het met een zware en lange klemtoon op de letter a. Het lijkt op een rauwe afgebeten klank, opgestoten uit haar borstkas.

Tegelijkertijd steken we onze handen uit.

'Aangenaam kennis te maken.'

Onze ogen zoeken elkaar en in één seconde begrijp ik dat zij in mijn ogen leest, of ik het wil of niet. Ik begrijp dat zij Colombia in mij ziet. Je kunt voor haar niets verbergen. Zij weet vanaf die ene tel waar ik aan lijd: mijn verborgen tijd in Colombia. Ik kan er niet omheen want mijn geheim nestelt zich in haar. Zij wordt de eerste persoon met wie ik het wrange sentiment in mijn brein kan delen, zonder het te hebben verteld, besef ik angstig. Mijn ogen laten de hare niet los terwijl elk van ons zijn naam noemt.

'Iik been Noeeelie.'

We begrijpen dat het Noelie moet zijn.

'Wat een prachtige naam.' De naam vergoedt haar onvolmaaktheid perfect; het montert op.

'Ik heet Eliza en dit is Maya, mijn vriendin.'

Maya strekt haar hand naar haar toe en alle handen raken elkaar.

'Een kopje koffie?' ga ik nerveus verder.

Noelie knikt ja. Ze glimlacht en ze trekt haar mond vol scheefstaande tanden open, die haar oerlelijke trekken accentueren.

Even vind ik haar eng.

'Ik ga even koffie voor haar halen' en ik spoed mij weg, diep ademhalend.

Een tel later staat Maya naast me en trekt aan mijn mouw.

'Heb je het gezien? Dat doofstomme meisje. Hoe triest is de wereld niet? En wij maar zeuren over onze stuiptrekkingen van het leven.' Maya vergeet bijna adem te halen, zo hijgt ze.

'Ja, ik weet het, ieder leed is erg, dit is schandalig toch.. en ieder verhaal heeft iets.'

'Ze maakt mij nieuwsgierig,' continueert Maya. 'Wat heeft zij, als doofstomme vrouw, te vertellen. Ik wil er het fijne van weten. Hoe is het mogelijk dat deze vrouw haar plaats niet krijgt in een moderne sociaal ingestelde maatschappij en bedelend langs cafétafeltjes moet om haar creativiteit te verkopen en zo, neem ik aan, haar minieme uitkering aanvult.'

'Ja, het is absurd,' zeg ik ontdaan. 'De tijd dwingt. De strijd tussen mensen kent geen grenzen. Als je bedenkt dat we mensen willen gaan creëren. Is er dan alleen nog plaats voor mooie, gezonde en intelligente mensen? Het gevaar schuilt in de benadering. Laten we het toe dat het perfecte nog slechts kan overleven. In de toekomst komt vast en zeker de strijd, een oorlog tussen de mooie, gezonde en intelligente mensen en de lelijke, ongezonde en minder ontwikkelde mensen. Een nieuwe gecreëerde groep zal over de wereld gaan heersen. Ze zullen woonplekken stichten op de goede plekken op aarde en het door hun benoemde 'uitschot' naar de slechte plekken op aarde verbannen. Een onevenwichtige toestand.'

'Je spiegelt een echt doemscenario, Eliza, je maakt me bang.'

'Nee, het ergste kwaad bestaat. Je hebt gelijk, we moeten haar verhaal horen. We zullen de bloemen van de goedheid plukken. Zij moet bij ons komen.'

Het verhaal van de strijd tussen 'perfecte' en 'onperfecte' mensen

Terug aan het tafeltje zet ik de koffie voor Noelie neer. Haar sterke ogen, reebruin en onderdanig, ontroeren. Plots heft zij haar hand op en schrik ik van de zoekende vingers. Even denk ik aan een afwijzing maar mijn poging tot harmonie duwt mij naar de top van overgevoeligheid in negatieve zin. De vingers van Noelie grijpen mijn vingers en omstrengelen de mijne. Daarin bemerk ik een verborgen kracht, die ik ook in haar ogen lees. Zij komt zo vreemd op mij over en haar wereld lijkt zo ver van mij verwijderd. Is het echt of slechts een illusie, ontstaan uit mijn angst voor het onbekende. Zal deze ongekende barrière tussen ons zich opheffen? Net als dieren zenden wij onze vibrerende emoties naar elkaar. En het wordt me duidelijk: het zijn haar vingers en ogen die mij bedanken voor de stoel, koffie en openheid. De druppels van haar levensgeheim spetteren op mij: puurheid. Ik kan ze niet ontwijken.

Op dat moment besef ik dat een grens tussen mensen niet bestaat.

En dan hindert haar onbedorvenheid mij ineens. Het roept boosheid in mij op, die ik normaal met giftig venijn zou hebben bestreden in een katterige sfeer. Zelfs jaloezie doemt op. Ik herken mijn eigen rottige karaktereigenschappen en normaliter ontsnapt mij dan een lachsalvo maar nu durf ik mij niet bespottelijk te maken. Noelies smetteloze gedachten overtreffen al het vuil dat zich in mij heeft verzamelt. In één tel moet ik mijn denken veranderen. Ik zal het eruit moeten laten.

Noelie knikt alleen maar.

'Laten we mijn notebook gebruiken,' oppert Maya. Zij plaatst haar flamboyante nieuwe notebook in het midden van het tafeltje. Ze opent het en tikt iets in. Het verschijnt in sierlijke letters het op het scherm. Snel draait zij de tekst naar Noelie:

Noelie, ze wijst naar mij, wij zijn al lang vriendinnen, we vertrouwen elkaar. Voor een archiefjournaal maak ik schetsen van persoonlijke verhalen. Mensen vertellen van wat is geweest, hun missers en wat gaat komen, het vernieuwde. Jouw verhaal hoort daar bij. Wil je het ons vertellen?

Ik kijk tersluiks mee. Maya's snelheid tot de uitvoering van haar bijzondere ideeën heeft me geïmponeerd.

In spanning kijken we Noelie aan en wachten af, terwijl ik zelf al twijfel over Maya's voorstel, laat staan deze doofstomme vrouw, die ons amper kent.

Noelie aarzelt echter geen seconde. Haar 'Jaaaaaa' doorboort ons letterlijk. Het maakt me nerveus.

'Schrijf je tekst maar in mijn notebook,' zegt Maya, haar lippen overdreven bewegend maar schijnbaar door Noelie op prijs gesteld.

'Dat is gemakkelijker en hoef je je niet zo te vermoeien met het spreken.'

Noelie glundert van trots. Maya eveneens.

En ik, ineens weet ik het niet meer. Ik kan er niet over vertellen.

Noelie draait het notebook en zoekt naar de juiste letters, dan tikt ze: Graag.

Noelie begint haar verhaal en wij lezen met scheve hoofden mee:

Mijn vader handelde in diamanten. Een mooie man met een hoop aanzien. Wekelijks bezocht hij Antwerpen, het centrum van de diamant.

Mijn moeder werkte in een atelier bij een bekende Joodse familie van diamantairs. Al lange tijd zocht mijn vader naar een vrouw maar niet zomaar één: hij zocht de zeldzame diamant.

Op een warme zomerdag mocht mijn vader een rondleiding genieten.

Mijn moeder leidde hem door het atelier. Haar lange glinsterende haar hing half over haar schouders en versluierde haar blanke hals. Haar ogen waren zacht blauw met grote donkere uitwaaierende pupillen. Haar neus, lang en groot, liep zeer recht als een bergrug over haar gezicht. De volle mond kende natuurlijk dieprode lippen met een perfecte rij witte tanden. Dit alles in een leliewitte kleur van haar ovale gezicht verankert. Vanaf haar hals wasemde haar lichaam de zachte glooiingen uit, niet te groot noch te smal of te klein. Zij droeg een simpele jurk met ballerina sandaaltjes. Een diamanten snoer flikkerde als een zonnestraal in het geheel. Slechts in een droom kan ik het beeld van mijn moeder nog oproepen. Zij is al weer enige tijd geleden overleden; mij rest nog slechts haar dagboek als geschreven herinnering.

Mijn vader, gekleed in chique gestreept kostuum en zijn vilten hoed, imponeerde met zijn Griekse uiterlijk en deed niet voor haar onder.

Die dag trilde de grond van het atelier bij elke stap die mijn moeder zette.

Mijn vader volgde haar als een vastgeplakte pol aan een bij. Mijn moeder betekende de diamanten parel, door hem gezocht. Haar schoonheid overtrof alles. Hij liet haar niet meer los hoewel mijn moeder enige weerstand bood, ontstaan uit twijfeling, vrouwen eigen. Hij maakte haar het hof, met de gebruikelijke eti-

quette in vroeger dagen. En de aanhouder wint, zo ook mijn vader.

Hun liefde bracht hen naar het huwelijk.

Ze kochten een oud statig patriciërshuis vlak bij het Gare Centrale van Antwerpen, dicht bij de diamanten. Het geld vloeide rijkelijk. Een mondain leven begon: vrienden kwamen en gingen, luxe diners werden georganiseerd. De genodigden moesten verplicht Frans spreken. Zij werden lid van een filosofische beweging, schaakten en filosofeerden over natuurkundige problemen. Ze hingen het Griekse archaïsche concept van tijd aan: chronos, een open tijd en producent van nieuwe realiteiten met als opposant aion, de cyclische tijd. Het diamanten sprookje had zich bewezen.

De verzegeling en het einde van hun liefde was ik. Twee zeer ontwikkelde mensen gingen over tot mijn creatie en verwachtten een supercreatie.

Hoe groot de verwondering en teleurstelling bij mijn geboorte heeft moeten zijn valt te raden, ook al fluisterde mijn moeder mij lieve woordjes toe en zette zij vaak een zacht muziekje op. Mijn lelijke toetje reageerde niet op geluid: ik huilde niet meteen maar stootte slechts minieme hikjes uit alsof ik verstopt was.

Mijn vader speelde trompet en op een dag besloot hij terwijl ik sliep heel hard te blazen. Ik werd niet wakker en het verdict kwam hard aan: zijn dochter was doof.

Ik werd de nieuwe realiteit, ontstaan uit chronos.

Toen vielen zij terug in de tegenhanger aion: de tijd stopte.

Pas vele maanden later volgde de volledige diagnose: het meisje is doofstom. Na onderzoek in het ziekenhuis bleek dat mijn gehoorzenuwen niet functioneerden. Dit betekende dat ook een implantaat, dat dan de signalen in de hersenen tot geluiden had kunnen omzetten, geen zin had. Ik was voorgoed doof en zou nooit uit de wereld van stilte kunnen treden: mijn wereld.

Hun perfecte wereld sloeg om in een imperfecte menselijke

wereld: De twee bijzondere mensen hadden een doofstom 'wezen-tje' geproduceerd. Een imperfecte diamant, een misser en in de diamantwereld zijn missers uitgesloten. Perfectie en diamanten kunnen slechts samengaan, zonder uitzondering. Ik had hun wereld verkracht en vermoord.

Mijn ouders vluchten weg uit Antwerpen, zonder een spoor achter te laten, naar het land van de vlakke geestgronden en zo begon een nieuw leven in de hofstad Den Haag.

Al snel werd een 'nanny' mijn moeder, met wie ik de confrontatie aankon. Zij leerde mij heimelijk liplezen. In het jaren-lange leerproces, oefenend voor een spiegel moest ik elk gevoel onthouden dat een bepaalde klank in mijn keel, tong en lippen gaf.

Maar al te vaak heb ik mijn ouders gesprekken en verwijten begrepen hoewel zij dachten dat het woord stom 'achterlijk' betekende. Zonder dat zij het wisten, belastten zij met hun woorden mijn hart, overtuigd van hun eigen perfectie. Hun lage onwetendheid zaaide een tumor in mijn ziel.

Pas veel later leerde ik gebarentaal, hoewel gebarentaal afstotend werkt. De mensen kijken dan naar je en vinden je raar. Ze blijven denken dat je debiel bent. Ik eigende mij een stemgeluid toe, hoewel ik niet weet hoe het is. De leeslessen volgden. Eindelijk bevrijdde ik mij, tot dan toe steeds een gevangene van mijn eigen binnenste. Een echte taal kende ik nog niet, de taal te communiceren met de anderen. Elk plaatje, situatie en mens hoorde bij een beweging van lippen, de trilling onder je kin tegen je hals aan. Ik leerde en ik leerde, dag in, dag uit. Geleidelijk begon ik te praten en ik kreeg antwoord.

Wel werd het vredige in mij ruw verstoord want er drongen nieuwe elementen mijn wereld binnen: ik leerde dat er twee werelden zijn, de wereld van de schone mens en de wereld van de lelijke mens, verbonden door een tijdsbuis. In het midden van die tijdsbuis lijken de twee werelden zich op te heffen. De lelijkerds doen er alles aan om bij de schonen te gaan horen en laten zich nu zelfs al operatief mooi maken om bij de schonen te gaan horen. De schonen regeren de wereld en de nieuwe schonen zijn het ergst. Al hun frustraties voeren zij door in afschuwelijke daden. Zij regeren als tirannen, moorden en maken alles tot een hel. Eens zal de wereld overheerst worden door dit schoonheidsideaal, zo dat zelfs de machtigste religies en politieke ideologieën er door zullen worden vervangen. Iedereen, verblind, zal het nastreven in hun eeuwige hang naar macht. Maar niemand denkt aan de macht van de tijd, de ware macht.

Mijn vader is inmiddels ook overleden en mijn ouders hebben mij een fortuin nagelaten. Ik kan alles veranderen behalve de tijd. Ik kan de mensheid niet sneller laten evolueren naar onderlinge harmonie.

Tijdens mijn puberteit giechelden jongeren, buiten mijn speciale school, als ik ze niet begreep of ze fluisterden in elkaars oren zodat ik hun lippen niet kon lezen. Ze vonden mij een 'nerd" omdat ik anders was. En ik ben raar want ik praat luid of erg onduidelijk. Het negeren is het ergst, het er niet bij horen.

Ik laat zien dat vele problemen van mensen altijd aan de waarde van deze tijd vastzitten: perfecte schoonheid, gerelateerd op zijn beurt aan geld, en op zijn beurt weer aan macht, aan een nieuwe rangen- en standenmaatschappij. Ik vertegenwoordig de antischoonheid en toch kan ik mij laten opereren, nieuwe technieken zijn ontstaan, wie weet kan ik zelfs ooit een miniem geluid horen, en bij de schonen gaan horen. Maar ik wil niet, ik keer altijd terug, dat kan ik, naar mijn vredige, geweldloze wereld, veilig in mijn eigen zijn. Zo ben ik gelukkig en anderen met mij.

Begrijpen jullie mij? De tijd dwingt, maar ik wil mij niet laten dwingen. Ik ben vrij.

Maya slaat haar armen uit, klaar om Noelie in haar armen te sluiten zonder het te doen.

Ik zit verbouwereerd op mijn stoel. De grond onder mijn voeten is weggezonken in een onbekend gebied.

Noelie neuriet heel zachtjes.

Niemand spreekt.

Noelie is echter de rust zelf: zij laat ons in onze vreemde bezinning en kijkt ons om de beurt aan met zekere ogen.

Noelies verhaal staat nog op het beeldscherm. Maya trekt het notebook woest naar haar toe en begint te schrijven.

Nieuwsgierig rek ik mijn nek maar ik kan niets zien.

Daarop schuift zij het notebook naar mij.

Ik lees:

Noelie, je bent één van de schoonste wereldwonderen voor mij! Deze tekst zal ik voor altijd vastleggen in ons journaal der gedachten, opgeschreven op 14 december 2008.

Mijn vingers zoeken de toetsen haastig. Mijn naam verschijnt al en ik tik mijn eerste zin:

Ik sluit mij bij Maya's mening aan. Je hebt open ogen. Een troost voor de wereld. Je moet het zeker gaan opschrijven. Jouw verhaal bevestigt zoveel. Je durft het te zeggen en je bent daarmee een eigenzinnige creatie van je tijd. Het leven heeft jou met kenmerken zonder keuze uitgerust, de kracht van de natuur. Je accepteert jezelf en beheerst de tijd. Naast jou voel ik me zo zwakjes. Een stilstand in de tijd. Toch moet je ook nog altijd twijfels kennen, of echt niet? Ik wil net als jij de tijd gaan beheersen want de tijd dwingt ook mij. Jij begrijpt mijn verborgen tijd.

Ik had kriskras gedachten door elkaar geschreven maar het deerde mij niet. Voor het eerst had ik iets opgeschreven, en het was uit mijn hart gekomen. Verbaasd besef ik hoe het mij bevalt, zo te schrijven. Ik draai het notebook naar Noelie.

Maya blikt over haar schouder mee.

Terwijl Noelie leest lopen kleine pareltjes van traanvocht langzaam over haar wangen, zij kleven vast aan haar rode wangen. Haar mond vertrekt in een vermetele glimlach van doorziedende moed, het geeft haar een prachtige uitstraling. We kijken geobsedeerd naar haar en een euforiestemming groeit in ons.

Noelie pakt het notebook, we draaien met haar mee en ze schrijft slechts één zin: *Ik houd van het leven en van jullie.*

De serveerster van het eerste uur stevent voorbij onze tafeltjes en keert onverhoeds met rasse schreden terug. Zij blijft voor ons staan, haar ogen puilen uit van vermoeidheid. Zij kijkt eerst naar ons en dan naar Noelie.

'Communicatie hé, zonder woorden.' 'Geen gek idee,' spreekt ze luid terwijl ze tegelijkertijd haar lippen duidelijk beweegt in de correcte articulatie.

Noelie pakt haar hand.

'Jaaa, goeed zooo.'

'Ken je haar,' vraagt Maya.

'Ja,' antwoordt ze. Een rauwe, vermoeide stem.

'Zij,' wijzend naar Noelie, 'is onze mascotte geworden. Zij maakt mensen blij. Zij is nooit chagrijnig, nietwaar?'

Noelie poort haar goedig in de zij.

'Soms helpt ze ons wel eens, zomaar. We communiceren op gevoel met haar. Ze voelt je heel diep aan. Ze geeft iets.'

'Dat heb ik gemerkt,' zeg ik.

Breed glimlachend maakt Noelie een love & peace gebaar. De serveerster doet het ook.

'Ik moet opschieten, het werk moet af.' Waarop zij verdwijnt met opgestapeld vaatwerk in haar handen.

Noelie pakt haar schoudertas, klaar om hem over haar schouders te trekken.

Ze wil weg, gaat het door me heen en dan: de rozen. Een kettingreactie volgt.

'De rozen,' klinkt het uit onze monden. Het penetreert onmiddellijk Noelies gedachten.

'Dde rooozen kaadoo.'

De rozen, ik pak ze beet, ze komen tot leven in hun sierlijke vormen, en door de beweging openen de schelpjes hun blaadjes lichtjes.

Noelie pakt mijn handen. Zij schijnt mij de bij, vliegend over de bloemen, met haar pootjes elke bloem bevruchtend. Een vredig gezoem en de geur van de rozen klimmen door mijn neusgaten naar het duistere gebied van de hersenen om de illusie te bereiken. Ik waan mij plotseling in een landschap.

Een woest gebied ontvouwt zich aan mij. De zon schijnt helder en verlicht de steeds hoger wordende heuvels in de verte. Bomen ontbreken, slechts rotsen en diep groene grashalmen, met af en toe een gele bremstruik. Schotland komt in mij op, de afzondering en woestenij, of zijn het de Pyreneeën, bij de Frans-Spaanse grens, gezien de overdadige zonneschijn.

Ik klim in een snel tempo over de heuvels tot aan een verlaten stenen hutje. Verderop grazen schapen vredig en een mooie zwarte herdershond bewaakt de dieren met de strengheid van een gevangenisbewaarder. De hond merkt mij niet op, ik moet onzichtbaar zijn.

Mijn blik wordt in het huisje geworpen. Op de grond ligt de herder te slapen. Hij snurkt als een varken en zijn mond hangt half open. Een paar overgebleven zwarte zompige tanden worden zichtbaar. Het gezicht, verweerd door wind en zon, lijkt een leren geplooide doek in een vreemd geelbruine kleur. Naast hem ligt zijn stok en baret, zijn nog zwarte haren staan alle kanten op, het enig ontbloot gedeelte van zijn lichaam. De rest is bedekt met een dichte cape, leren handschoenen en grote leren rijglaarzen.

Plotseling opent hij zijn ogen. Ogen, met wit doordrenkt, in een ver gevorderde staat van staar. Deze man kan niets zien. Hij opent zijn mond en spreekt tegen mij alsof hij mij ziet:

'De tijd heeft mijn ogen weggenomen maar niet mijn weten. Alle gebreken van het menselijk lichaam doen lijden maar tegelijkertijd geeft het de vreugde al zijn zintuigen te leren kennen. Ik heb mijn ogen niet meer nodig... niet meer nodig...' De woorden galmen door het hutje.

Ik krijg koude rillingen en gelukkig voel ik een streek over mijn wang van Noelies vingers zodat ik terugkeer naar het grand café. Mijn verbeelding is verstompt. Wazig kijk ik haar aan.

Zij kijkt of ze het ook heeft gezien. Ik kan het even niet meer plaatsen.

Noelies aanraking had zo zacht en zuiver gevoeld. Ontroering kruipt in mij, bevochtigen mijn ogen terwijl Maya mij opneemt. Mijn hart bonst hard, bewust hoe ik door de filter der emoties getrokken word.

Ik niet alleen, Maya ontsnapt er eveneens niet aan. Zij pakt één roos uit mijn handen en staart er lang naar.

Gelukkig, Noelie zet haar tas weer neer en pakt het notebook. We schuiven naar elkaar en lezen terwijl Noelie schrijft:

De stille wereld heeft geen oren of ogen nodig. Herinneren jullie onze kinderverhalen uit boeken of de stille bewegende beelden van de computerspelletjes. Toen geloofden wij er nog in. Koningen en prinsen, grootgrondbezitters en boeren, heksen en zeemeerminnen, de schonen en de vuilaards, moordenaars en slachtoffers, doden en levenden. Duizenden sprookjes zijn er geschreven door volwassen mensen. Mensen die de tijd opzij zetten om zich te verplaatsen in de mythe van de stille wereld: onze fantasie. En toch, het waren mensen. De prins kuste de prinses om haar weer tot leven te wekken. De koning gaf zijn macht over. De grootgrondbezitter kreeg medelijden met zijn

*pachtende boer. De beul bevrijdde zijn gevangene. De heks vloog
op haar bezemsteel door de lucht om de mensen te helpen en de
zeemeermin leidde het bootje van de overlevenden der schipbreuk
naar de wal. De lelijkerd veranderde in een schone. De leugen
werd vervangen door eerlijkheid. De koning kreeg inzicht en
bevrijdde zijn gevangenen. De moordenaar kreeg spijt van zijn
misdaad en de dode kwam weer tot leven. Allemaal mensen die in
hun stille wereld eindelijk de daden konden bereiken waarvan
elke mens droomt. Eindelijk konden die schrijvers de tijd voorbij
streven en alle mensen met elkaar verenigen in hun verhalen.
Geen obstakel viel er nog te bespeuren. Het leven behoorde hen
eindelijk toe. Zij wisten hoe het leven in elkaar stak en leerden de
kunst van het leven. Zo zie ik het, vanuit mijn stille wereld.*

'Eeen nuu ulllie...' zegt Noelie verlegen. 'Mag ik jullie verhaal
horen...'

Maya aarzelt maar pakt het notebook en begint te typen.

Noelie wacht. Het duurt kort, verbazingwekkend kort. Ze draait
het notebook naar haar toe.

Gretig begint Noelie te lezen, misschien verwacht zij misère. Ik
lees mee.

*Mijn leven is een oase van routine, niets van waarde. Jouw ver-
haal, Noelie, heeft inhoud. Daar kan ik over schrijven. Mijn verhaal is een fijne jeugd, een prima opleiding, een man, en kinderen
die ik vaak verwaarloos om mijn werk. Mijn werk is mijn alles. Ik
ben een freelance journaliste. Ze eindigt met de klacht over die
eeuwig durende drukte in haar leven, die vele mensen om haar
heen het leven zuur maakt. Daar heb ik vaak spijt van maar ik
verbeter me niet. Ik geef het toe hoe afschuwelijk ik kan zijn met
het bedwingen van mijn gelijk en mijn absurde schoonheids-
perikelen. En dat is alles.*

Noelie gelooft haar, dat zie je.

'En jijiij' doorboort ze mij met haar liefdesogen. Ze draait het notebook naar mij toe. Ik moet wel beginnen mijn verhaal te typen. Nu leest Maya mee.

Ik ben getrouwd, heb twee kinderen en een fijne man. Bij een vertaalbureau zorg ik voor vertalingen en administratieve handelingen. Mijn ouders hebben me lange tijd kunnen steunen maar zijn enkele jaren geleden overleden. Een groot verdriet. Veel heb ik daarna gelaten voor wat het is. Ik wil sterker zijn, eerlijk en gezellig maar te vaak word ik opgeslokt door mijn vermoeidheid en dat spijt me altijd zo. Ik haat de dwingende tijd. Het maakt me gek en onredelijk. Familie, vrienden, werk, alles is aangetast.

Ik laat mij meeslepen in mijn geleefde story waarin mijn verwarring over de ontbrekende tijd overheerst, in herhaling van Maya's woorden, mijn eigen woorden nog een uur geleden; banaal en een beetje zeurderig, maar Noelie en Maya koesteren de verwarring met grote delicatesse. Ik schrijf niet over Colombia. Mijn stille getuigenis hoort er niet bij. Ik kan het niet. Maya en Noelie lezen in een dicht boek.

Het doet mijn schuldgevoel alleen maar groeien en het voelt akelig. De indrukken, zo heftig, ritsen slechts mijn eigen gesloten gevoelens open zonder te kunnen delen.

Geweerschoten klinken in mijn oren. De schokkende bewegingen van de priester en gespleten ogen kijken mij aan. Gewond kijk ik even weg. Waarom ben ik verdomme nooit op zoek gegaan naar de familie van de man en de vrouw. Leven zij in altijd voortdurende onwetendheid, hun ziel wegkwijnende van verdriet? Had mijn getuigenis nieuwe gijzelaars en moorden kunnen behoeden en nog steeds? In Colombia verdwijn je voorgoed en ik had daar aan meegeholpen. Maar hoe had ik, Eliza, als simpele toerist ooit de juiste personen kunnen benaderen? Ik zou nooit serieus zijn genomen. Moest ik terugkeren naar die plek. Kende ik maar iemand, verbonden met dit land zodat ik misschien... maar al die ontluikende gedachten ontmoedigen me. En Florian, hij heeft het mij laten beloven. Ik houd van hem, hij is mijn alles... Later misschien later... ik... klamp ik mij vast. Noelie tikt mij op mijn arm, ik ben gestopt met schrijven. Ik concentreer me weer op het toetsenbord.

Dat is het. Als ik erin slaag de dingen bij zijn naam te noemen en eerlijk op te schrijven..., en door jullie commentaar zie ik het misschien anders. Ik hoop het.

Langzaam schrijf ik nog wat onbelangrijke zinnen om mijn verhaal af te maken.

We hebben ons verhaal verteld, een versie zoals elke vrouw denkt dat haar leven in elkaar steekt. We kijken elkaar afwachtend aan.

'Noelie heeft duidelijk van ons gewonnen,' zeg ik. 'Ons verhaal,' en ik pak Maya beet, 'vertoont dezelfde misstap: de dwingende tijd als misleidende emotie.' Maya en Noelie kijken mij onbegrijpend aan.

'Als een insect in een spinnenweb, zitten we gevangen in de tentakels van onze emotie: de tijd. Emotie als de drijvende veer van ons leven. Emoties die creëren... Het leegspuiten van die emoties doet ons goed. Elk van ons heeft al een beetje zijn *zonde* bekend,' voeg ik schijnheilig toe.

'Zonde,' zegt Maya verbaasd en Noelie beaamt het met haar gebruikelijke knik.

'Nou ja, spijt dan, een soort zonde dan,' zeg ik, gegrepen door dat rotte woord zonde, dat zo in me leeft. Of het een zonde is, nee natuurlijk. Colombia, daar is zonde, denk ik.

'En wat levert het ons op,' vraagt Maya.

'Genoeeeg,' prevelt Noelie.

'Ach, de enige zonde is de dwingende tijd, als een duivel op ons losgelaten. Dat is ons eigenlijke doel: hem van ons af te slaan,' zeg ik moeilijk en opgewonden.

'Jullie vermoooorden heem,' zegt Noelie, alsof boosheid haar zou kunnen aantasten.

'Een symbolische moord,' verzin ik.

'Voor het eerst hebben ook wij een moord gepleegd,' roept Maya, 'een moord die ons verlost schuldig te zijn.'

Noelie schudt bezorgd haar hoofd.

'Niets kan ons nog tegenhouden,' brengt Maya verder.

'Wij zijn de uitvinders van de nieuwe tijd, nog niet vastgelegd in een wet,' volmaak ik.

'Bravo, bravo,' klappen we.

Net als onze rookverslaving destijds willen we gewoon de tijd de baas te worden, zodat we ons niet meer schuldig hoeven te voelen. Maar hoe?

Ik zie ons over jaren terugkijken op deze middag, overtuigd dat onze bevrijding van *de dwingende tijd* hier is begonnen.

We halen thee en broodjes. Ontspannen keuvelen we en maken grapjes. Een onzichtbare band rijgt ons aan een koord. De onderwerpen wisselen en na twee uur heerst er een absolute uniformiteit tussen ons. Maya leidt:

'We moeten ons verhaal blijven opschrijven. We huren een kluis. Eliza jij wordt de schatbewaarder van het kerkhof onzer gedachten. We ontmoeten elkaar elke maand. Volgend jaar, in de maand december komen we met ons opgeschreven verhaal. Vanaf vandaag moet jullie een dagboek bijhouden.'

Even heeft angst in mij gegloeid. Gelukkig, een nieuw begin, zo vlak voor het nieuwe jaar, en geen verleden meer, denk ik. Het voelt alsof wij elkaars bloed vermengen, zo'n sterke saamhorigheid.

'Iik veerlaang...'

'Naar de volgende keer,' maak ik af.

Maya lacht hard en pakt haar agenda. We volgen en plannen zonder te wachten.

Geruisloos staat Noelie op, ze knoopt haar jas dicht en haalt de schouderband van de tas over haar hoofd.

'Waar woon je?' vraag ik nog.

'Het staaat kaartje,' zegt ze vermoeid. Zij pakt mijn roos, roerloos gelegen op het tafeltje en maakt het kaartje op handige wijze los.

'Hiieer.'

Behoedzaam zoek ik tussen de prachtige letters naar haar adres. Noelie Troyes, artieste, Scheveningseweg 5430, Den Haag.

Maya grijpt haar roos en zoekt ook. Ze is sneller. 'Onze buurt,' roept ze opgewonden uit.

'Ja, onze buurt,' zeg ik devoot. 'De wijk waar we voor altijd wonen, waar we zijn opgegroeid, onze scholen bezochten en hartsvriendinnen zijn geworden.'

Noelie zwijgt. Dan kust ze ons, één voor één, en eindigt met het love & peace-teken.

In een roes zit Maya nog naast me. We kijken elkaar aan, voor luttele seconden in een stille wereld. Maya neemt dan haar jas op, trekt hem aan en we nemen afscheid van elkaar. De silhouetten van Maya en Noelie verkleinen snel tot ze geheel uit zicht zijn verdwenen. Ik blijf alleen achter.

De Colombiaanse fata morgana

Het gezicht van de vrouw vertoont zeer verfijnde trekken. Haar goudbruine tint valt op.

Ik schat haar van mijn leeftijd.

Zij heeft prachtig golvend gitzwart haar, uitgegroeid tot op haar schouders en het geeft haar een engelachtig uiterlijk. Haar donkerbruine ogen kijken floers.

Wij hebben heel even een oogcontact, één zoals ik lang niet meer heb gehad, waardoor ik enigszins van slag raak en mijn ogen probeer af te wenden.

Zij blijft mij echter gefascineerd aankijken en dan ontsnapt een warme stem uit dat mooie gelaat:

'Er is nergens plaats om mijn koffie op te drinken. Mag ik bij U aan het tafeltje komen zitten?'

Ik ben enigszins verbolgen dat mijn rust wordt verstoord.

'Ja, het is vol, dus u moet wel aanschuiven.'

'Dank u,' zegt ze zacht, waarop zij gemoedelijk aanschuift.

Plotseling kijk ik verschrikt op mijn horloge. *De tijd dwingt.* Het geeft al half drie aan. De dag rolt langs zijn spiraal naar de avond, ongemerkt. Moet ik niet naar huis? Tevergeefs probeer ik na te denken. De naast mij zittende vrouw leidt mij verschrikkelijk af. Mijn pogingen er geen aandacht aan te besteden houden geen stand: ik word door haar als een magneet aangetrokken. Zo sereen zit zij daar. Hoe kan iemand zoveel rust uitstralen? Terwijl ik haar observeer, draait zij haar hoofd naar mij toe. Opnieuw spreekt zij tegen me.

'Was uw maaltijd goed?' Die vraag verwacht ik niet. Ze wijst naar het zwarte bord bij de entree waarop de letters sierlijk zijn geschreven met witte kalk.

'Het dagmenu biedt een ovenschotel van gehakt, courgettes, aubergines, tomaten en Parmezaanse kaas,' zegt ze. Ze kijkt sceptisch. Het schijnt te simpel voor haar.

'Tja, het ziet er goed uit en het ruikt aantrekkelijk, maar zelf heb ik een broodje genomen. Maar het lijkt mij aan te bevelen,' antwoord ik in mijn absurditeit. Zij kijkt mij recht in mijn ogen aan, opnieuw dat oogcontact. De ogen stralen een vreemde gloed uit. Een soort vertrouwen groeit, en de barrière tussen ons brokkelt vanzelf af.

'Elke donderdag wandel ik naar het grand café om koffie te drinken en gewoon wat te zitten, een hapje te eten en lekker ontspannend te genieten van wat tijd voor mijzelf.'

Zij ook? Ik probeer mijn emoties te beheersen en probeer haar recht in de ogen te kijken. Mijn hersenzender registreert een verband: zij kent mijn doel. Gelijk twijfel ik niet meer over een goed gesprek met deze vreemdelinge. Met die wetenschap besluit ik tegen deze vrouw in alle openhartigheid te spreken.

'Weet u, ik zit hier wel rustig maar vandaag heb ik mijn taken verzuimd. Nee, erger nog, ik heb vandaag besloten onder te duiken, hier aan dit tafeltje. Ik voel een enorme behoefte na te denken over een leegte, die mij steeds vaker grijpt. Een alles doordringende leegte, alsof ik niet meer besta. Ik besef dat ik een machine geworden ben. Vanochtend besloot ik de machine uit te zetten.'

Een beetje uitdagend kijk ik haar aan.

'Sinds negen uur zit ik hier gewoon te niksen.' Colombia en mijn reddende vriendinnen verzwijg ik zorgvuldig. Het vormt een grens. Ze luistert en ik ga verder:

'Het is een echte première, spanning en ontspanning tegelijkertijd. Het is vooral de tijd die ik probeer te begrijpen. *Ik heb geen tijd* is mijn dagelijkse credo geworden en de tijd dwingt mij hoe langer hoe meer. Ik en de tijd moeten weer bondgenoten worden, vrienden in plaats van vijanden.'

Terwijl ik mij zo uit, constateer ik dat ik al een vordering gemaakt heb. Ik ben erin geslaagd het samen te vatten terwijl ik in het begin niet eens wist waar ik moest beginnen.

De vrouw is niet verbaasd.

'Och kind,' zegt ze. 'Mensen lopen vast in een patroon, raken de draad van het leven kwijt. Lange tijd heb ik net als jij in een soort roes verkeerd. Alles wat ik deed gebeurde als een automatisme: ik was ingedeeld in de lineaire, dwingende tijd, een rechte lijn met herinneringen, heden en toekomst. Maar mijn leven ontspoorde in mijn geboorteland Colombia en groef diepe sporen in mij.'

Een onzichtbare klap zwiept in mijn gezicht; hopelijk heeft zij het niet gemerkt, mijn voorhoofd fronst in plooien, dan zucht zij diep en begint te vertellen.

De terugkeer naar Colombia

'Tijdens mijn jeugdige jaren in Bogota werd ik lid van een politieke partij, de partij tegen de corruptie. We waren een stelletje slimme meiden met een goede studie achter de rug, en we hadden begrepen dat de romantische revolutie nog slechts een vuile oorlog van corruptie en drugshandel voorstelde. De echte armen moesten omgaan met een steeds toenemende armoede en voor de groep rijken werd het steeds beter. Ze verheerlijkten hun rijkdom in uitspattingen van schoonheidsidealen, alles moest mooier en deze nieuwe uitbuiting dook overal op. De wreedheden en bloedbaden namen elke dag toe en al die ellende stroomde net als bij velen het bloed, onze strotten uit.'

Het schiet versneld door mijn hoofd: de spaarzame berichten uit Colombia op de televisie en in de kranten over gijzelaars, aanslagen, hun nieuwe president Alvaro Uribe. Muurvast, als altijd in standpunten en eisen, kibbelden de partijen met als trofee de gijzelaars. Bij ieder bericht hadden mijn ogen heimelijk gehuild en had ik het einde van het bericht nooit gehoord.

Colombia, de vrouw met de gesmolten ogen van liefde en pijn... het had mij verlamd, en nu ook. Ik luister naar haar zonder het te horen, en zie vaag haar handen, expressief. Ik neem haar zinnen achteruit op: 'De tijd dwong en wij als kinderen van onze tijd hadden macht, de macht de corruptie te veranderen! Althans daar gingen wij van uit. We vertrokken op campagne om een nieuwe revolutie te propageren, in het gebied ten zuidwesten van Bogota in de buurt van de stad Cali, een cocaïnebastion, toen wij abrupt uit onze droom voor een nieuw Colombia werden gerukt.

Karina, front 47, een leidster van de FARC revolutionairen stond met een truck soldaten dwars over de weg, klaar om ons in te rekenen. De echte naam van deze zwarte vrouw is Nelly Avila Morena, bijgenaamd *Omaira* of *De Zwarte*, omdat zij negroïde is. Ze kijkt met één oog, het andere is in een zware strijd verloren gegaan, en zij draagt een prothese als arm, die haar goed herkenbaar maakt. Onder haar commando opereren grote troepen, die zij leidt als een moderne Jeanne d'Arc. Ze voert strijd tegen het Colombiaanse leger en andere autonome groepen, waaronder extreem rechtse paramilitairen, genaamd de AUC. Sommigen vertellen dat zij een heks is en dat kogels haar niet raken. De strijders vereren haar en na dertig jaar clandestiniteit is zij een mythe geworden.

De corruptie moest de verrader zijn. Ieder verzet zou ons doodvonnis betekenen.

We werden onmiddellijk de truck ingetrokken, vastgebonden en weggereden naar hun verborgen kamp, zo dachten we. Onderweg stopten we in een vallei, zo schoon, een waterval, grote varens en hoge bomen.

Aangekomen werden we letterlijk uit de truck geschopt.

Terwijl iedereen op de grond bleef liggen, profiteerde ik van hun onoplettendheid en verschool mij in een dicht bosje. In de chaos hadden de soldaten vergeten ons te tellen. Niemand miste mij.

Daar zat ik gebukt, geheel door angst beheerst. Met moeite hield ik een schreeuw binnen toen een hand mij aanraakte.

Een robuuste man met een diplomaten uiterlijk staarde in mijn angstogen. Hij hield een visitekaartje voor mijn gezicht zodat ik las: Secret Services of the United States. Zijn naam Samuel Truman stond er in elegante letters onder.

'St....' Hij hield zijn wijsvinger op zijn lippen. Zijn bijna onhoorbare stem ging verder: 'Ik ben ontsnapt.' Ik begreep dat ook hij in de val zat. We kropen tegen elkaar als onbekende minnaars en hielden ons zo stil mogelijk.

Wat ik toen zag valt mij nog moeilijk te vertellen.'

Even valt een stilte en dreig ik flauw te vallen. Ze kijkt mij aan maar merkt het gelukkig niet. Ik zucht zacht, knijp mijn handen samen. Dan hoor ik mijn ontroerde maar vastberaden stem.

'Ik wil het horen.'

'Een priester in een zwarte soutane dook plotseling uit het niets op. Hij lachte hard en toen...sloeg hij zijn soutane open. Hij droeg daaronder militaire kleding. De bult in zijn slobberige militaire broek maakte mij alert.

Een soldaat bracht hem een indianenvrouw, haar handen op haar rug gebonden. Hij liet haar knielen, pakte ruw haar nek beet, en duwde haar in het stof van de grond. Ze kronkelde als een slang. Hij greep haar beet, duwde haar rok omhoog, spreidde haar benen en trok haar slip naar beneden. Behendig gleed hij op haar lichaam en nam haar hijgend en kwijlend. Zij gilde, stribbelde tegen maar het ontketende slechts een orgie van geweld. Daarna volgden nog een paar mannen.

Het eindigde toen een schot haar schedel aan flarden sloeg.

Ik voelde het zuur van komend braaksel maar Samuel klemde mij zo stevig in zijn armen vast dat ik het binnen kon houden. Ik bleef kijken. Mijn vriendinnen ondergingen dezelfde behandeling en dienden voor de overgebleven militairen. Karina, dat manwijf, dwong één van mijn vriendinnen haar te strelen en je zag haar krioelend met haar heupen een hoogtepunt bereiken. De hele scène heeft misschien vijftien minuten geduurd maar die minuten hebben mijn leven geruïneerd. Een paar minuten maar. Ik ben dat moment geworden. Het heeft alles bepaald.

Toen vertrok dit legertje bruten. Ik heb mijn vriendinnen nooit meer teruggezien.

Eerst bleven wij verstijfd liggen maar Samuel trok mij omhoog en insisteerde dat wij ons uit de voeten moesten maken.

'Laten wij kijken of er nog overlevenden zijn,' zei ik in mijn naïviteit.

'Nee, snel, red je leven,' schold hij paniekerig tegen me. Moe en in shocktoestand gehoorzaamde ik hem. Eerst te voet en later liftend, zo zijn we naar Bogota teruggekeerd.

In de auto van een nette heer voelden we ons redelijk veilig. Samuel hield de hele weg mijn hand vast en streelde mijn gespannen schouders. Langzaam kwam ik er achter dat hij een geheim agent van de Amerikanen was, die erin was geslaagd te infiltreren in de groep strijders van Karina. De verdenkingen hadden snel de overhand gekregen zodat hij naar een moment zocht te ontsnappen. Dat moment deed zich voor bij de verkrachting.

'Ze waren onder invloed van drugs,' herhaalde hij steeds. Samuel probeerde mij hun barbaarse daden te verklaren. Ik kon het niet accepteren.

'Je moet me helpen de autoriteiten te waarschuwen,' zei ik hem.

'Je loopt gevaar. Het was geen toeval,' hield hij mij voor. 'Je naam staat op een zwarte lijst van politiek gevaarlijke vrouwen en mannen,' zei hij toen. Samuel scheen goed op de hoogte. 'De democratie die je is voorgehouden lijkt op een lekkend vergiet vol gaten waar het drugsvocht uitstroomt en de werkelijkheid bepaalt,' eindigde hij.

Mijn pogingen, zo vruchteloos en naïef, zouden naar mijn eigen dood leiden, begreep ik. En toen moest ik kiezen. Mijn lafheid won, ik koos voor een vlucht en zo werd ik een stille getuige.

Samuel, die knappe man en ik namen een hotel, onder een valse naam. Niets had ik meer van waarde. In de hotelkamer versierde hij me, ik viel direct voor zijn charmes. Die verkrachting verbond ons voorgoed. We zworen elkaar er nooit meer over te spreken: ik om te mogen leven en hij om te werken.

Met een geheim vliegtuig smokkelde hij mij uit Colombia naar de VS.

Zo begon ons nieuwe leven.

Samuel kreeg een post op de Amerikaanse ambassade van Den Haag in Holland. Daar dachten we het te kunnen vergeten.

Maar elke dag woonde heimwee naar Colombia in mij, mijn geheimen teisterden mijn psyche en lichaam, doch ik volhardde mij aan te passen aan mijn nieuwe leven, land en persoon. Die afschuwelijke beleving had Samuel en mij te veel aangetast en na de intensieve passie voor elkaar ontbrak een echt contact tussen hem en mij. De emoties liepen te hoog op en op een dag heb ik hem eruit gegooid. Ik kon niet meer. Spoorloos verdween hij; niemand heeft hem ooit nog ontmoet en niemand heeft het ooit begrepen.

Nu woon ik alleen.

Wie weet veranderen de tijden eens om terug te keren, terug naar het begin...Colombia.'

In haar uitspraak overheerst haar Spaanse accent parmantig en het maakt haar mooi.

'Ik ben ouder en wijzer geworden. Rust overheerst, de rust te leven... Maar ik blijf een stille getuige. Een misstap blijft hangen. Had ik het bijtijds doorzien. Want zie je het niet, dan ga je worstelen, je wordt stram van schuldgevoelens, hijgend en trillend van woede en jaloezie, en uiteindelijk eindig je met een waanzinnige schittering in je ogen. Je gaat krijsen: Je denkt dat je de enige schuldige bent. Dat je iedereen hebt laten stikken daar. Nee, vuile schoften, ik zal de duivel en mijn ondergang niet over mij afroepen.'

Even word ik bang van haar harde stem.

'Je moet leren jezelf en je moraal te beschermen tegen zulke stommiteiten. Wat je er voor terugkrijgt is de volmaakte liefde, liefde voor jezelf.'

Haar ogen glinsteren triest.

'Ik geef toe: Mijn beweringen schijnen serieuzer dan mijn handelen geweest is. Misschien had ik de dood in Colombia niet laf moeten ontvluchten. Misschien had ik toch iets kunnen verhinderen of veranderen? Ik heb niets voor mijn vaderland gedaan! Want als verslaafde aan onheil blijf je neigen naar misstappen.

Sommigen van ons moeten stijgen en dalen zoals in het reuzenrad op de kermis om op een goede dag boven stil te blijven staan. Dat is de hoop, die geeft ons verstand en macht om zelf te beslissen.'

Ze kijkt opzij naar buiten. Het namiddag schemerdonker verspreidt zich opnieuw. De gracht ziet grauwer.

Haar spreken verandert zich nu in zacht prevelen van haar herinneringen, opengebroken als een rijpe vrucht, die mij bevlekt.

Een vreemde rilling is er in mij. Deze vrouw heeft mij in het diepst van mijzelf getroffen. Mijn hoofd doet pijn van de emoties. Ik ben weer hevig verward.

En gelijk besef ik: zij reikt mij een hand. Ik moet proberen niet in valstrikken te vallen wil ik niet afdwalen in de chaos van het leven, heeft ze gezegd.

Florian en ik zijn al lang aangetast.

Ze vermoedt niet dat ik net als haar gebrandmerkt ben en alle ellende zich al in mij heeft opgehoopt.

Toeval lijkt ineens geen toeval maar een herkenning tussen ons als personen, die hetzelfde moesten ondergaan. Eindig ik alleen? Zal het goed blijven gaan tussen Florian en mij? Zij keert haar gezicht naar mij.

'Je hoeft niets te zeggen, ik weet wat je doormaakt. Het is een confrontatie, niet? Het kan een magische reactie geven. Voor mij is er zoveel veranderd sinds mijn ontdekking dat het leven meer inhoudt dan werken, een huisje, boompje en beestje. Het leven is iets wonderlijks. Het neemt maar het kan ook geven. Dat is iets wat je moet leren zien. Daar was je vanochtend waarschijnlijk mee begonnen. Nietwaar?'

Ik knik trillend, mijn hele lichaam is aan de reactie onderhevig. Er ontsnapt iets uit mijn lichaam: de spanning van al die jaren voortgaan, doorzetten, ondergaan. Mijn wens naar veranderingen bevrijdt zich uit haar gijzeling.

Ze legt troostend een arm om mij heen.

'Weet je, je bent gewoon begonnen jezelf te zien door naar de anderen te kijken. De weg is heel lang maar het begin is er. Wat denk je er zelf van?' Aarzelend kijk ik in de glinsterende ogen, trieste maar wijze ogen. Een diep respect groeit in mij voor deze vrouw waarvan ik niet eens haar naam weet. Ik barst in tranen uit. Golven van vocht stromen over mijn gezicht terwijl de vrouw met een papieren zakdoekje mij te hulp schiet. Ik schaam mij maar voel opluchting. Dankbaar neem ik haar papieren zakdoek aan. Na lange minuten kalmeer ik.

'Dank u.' De vrouw legt haar arm weer over mijn schouder. Even draai ik mijn blik naar buiten naar de voorbijgangers. Ze zien er in mijn ogen anders uit, ik heb ineens begrip voor ze. Voor wat zij hebben meegemaakt of hebben uitgehaald. Voor hun grillen, humeuren, hun rotstreken. Alles wordt mij duidelijk. Dan voel ik haar arm niet meer op mijn schouder. Ik kijk om en ontdek een lege stoel. Ik zoek de vrouw maar zij schijnt opgelost in het niets. Twijfelend blijf in de rondte kijken, haar zoekend. Maar ik vind haar niet meer. Was het echt of een droom? Maar haar zinnen staan in mij gegrift: je kunt de verslavende valstrikken van het leven vermijden.

Bij de volgende lunchbijeenkomst met Maya en Noelie zal ik erover vertellen.

En ik weet het: ik kan er niet meer om heen, ik zal ze weer tot leven moeten wekken, de gesmolten ogen der pijn en liefde. Zij zullen de andere gijzelaars naar de vrijheid brengen. Ik zal moeten schrijven.

Dan weer die twijfel. Hoe moet ik dat in vredesnaam doen? Maya. Hoe graag wil zij niet zo'n artikel in de krant. Een verhaal over de vergeten gijzelaars, nog steeds in handen van revolutionairen en een uitzichtloze troefkaart van alle partijen. Elke goede gedachte is welkom en mijn verhaal kan bijdragen aan het laten weten aan de wereld. Ik prevel geluidjes, spreek tegen mijzelf: 'Ik zal moeten terugkeren naar Colombia.' Voor de eerste keer voel ik vaag een behoefte: samen met Maya, de journaliste als pilaar om een echte enquête te voeren. Bloed spetterde, de uitgeperste hersenen, de verdwenen ogen. Waarom had de guerrilla twee eenvoudige lokale bewoners om het leven gebracht? Het waarom weten, en eindelijk de waarheid...Hadden wij iets kunnen verhinderen of doen? Een jaar, dan moet ons verhaal klaar zijn, heeft Maya gezegd. Maya's idee, je leven opschrijven, voorheen heb ik er nooit over nagedacht. Het is zo nieuw voor mij.

Maar het is beslist: ik ga het opschrijven. Een bladzijde, vele blaadjes, of misschien wel een boek. Een boek met het verhaal, een afschuwelijk verhaal, een beleefde thriller vol sperma, bloed en haat. Ik zucht. Mijn leven, zo anders beleefd zeven uur geleden, heeft zich geopend als een roman, een roman van de tijd, vastgelegd in een notebook met een begin. Ik hoef alleen maar het vervolg te gaan aangeven, in details...langzaam en sensationeel.

Ineens zie ik zelfs een boekomslag met de titel: *Van bloed naar leven*. Een foto met bomen, varens en de cascade. Prachtig. Ik geniet zelfs van mijn prestatie. Ik fantaseer onze verhalen in een archief, vol wonderlijke kaften, afgestoft door een oude man, overtuigd van zijn belangrijke werk. Boeken die hun plaats niet meer verlaten. Eindelijk glimlach ik.

Ik projecteer mij honderd jaar later. Een groep vrouwen, zeker goede vriendinnen, lezen onze verhalen. Nieuwe vrouwen, zeker behelsd met nieuwe wereldproblemen, obstakels, en andere relaties, opgebouwd met verschillende mannen, vrouwen en kinderen. Beseffen zij dat zij de tijdsgeest van hun moment vertegenwoordigen?

Een tafel verder roept een kind om zijn moeder.

Ik kijk weer op mijn horloge. *De tijd dwingt.* Ik moet naar huis. Mijn familie wacht op mij.

En daarmee is alles weer opgeslokt door het monster van het niets. Ik ben weer de zoekende vrouw, gekweld door haar verborgen tijd. Maar ik accepteer het. Ik ben niet bang meer. Het grand café, de veilige geluiden, lichten en geuren omringen mij. Zelfs het schemerdonker hindert mij niet.

Mijn verhaal is geopend in dat nieuwe hoofdstuk. Ik mag het gaan invullen, zonder schaamte of schuldgevoel. Colombia zal eindelijk zijn plaats krijgen en Florian en mij niet meer kapot maken.

Ik besluit dat we deze avond gewoon brood eten. In ongekende vrijheid loop ik de bar uit en neuriënd fiets ik naar huis.

Ik ben geen Haagse dame maar een Colombiaanse

De vrouw in het café, ik weet niet eens hoe ze heet, ze had haar blik naar buiten gekeerd. Haar zo te zien, in ledigheid, nee... zachtjes was ik opgestaan en uit haar zicht verdwenen. Ik weet niet waarom maar iets in haar herinnert mij aan Samuel, mijn liefde. Er kon tussen ons geen sprake zijn van iets anders dan een verwoestende kracht, onze liefde uit elkaar drijvend. Nu loop ik buiten, de wind striemt mijn gezicht, en kleine spatjes vocht bevochtigen mijn huid. De lucht grijs als altijd, herinnert mij mijn aankomst in deze residentiestad.

Mijn eerste wandeling over het schelpenpad van het Toernooiveld, waar Samuel en ik op de Ambassade woonden, de lieftallige mensen om mij heen, die ter beveiliging met mij meewandelden, terwijl ik naar de met stucwerk omrankte ramen en deuren van de imposante gevels keek. Mijn staat-van-zijn beheerste de regels van de welvoeglijkheid. In een keur van figuurlijke vermommingen wandelde ik telkens langs de grote fontein van de gracht om de regeringsgebouwen naar het buitenhof, waar ik mij nestelde in het grand café, gelegen met uitzicht op het spuitende water in de troebele vijver.

Daar voerde ik een lijf aan lijf gevecht met mijzelf, elke keer weer. Zodra ik mijn plaats aan het raam innam, tuurde ik naar buiten en probeerde de lucht te ontdekken. Maar de grijsheid van die lucht overheerste te vaak, zodat ik slechts sporadisch die blauwe lucht met bewegende wolken kon ontdekken. Die spaarzame momenten wanneer de wind de hemel schoon waaide en ik de begeerde zon eindelijk ontdekte, kon ik terugdenken aan

Colombia, mijn vaderland.

De paarden moesten na de lange rit droog geborsteld worden. Mijn lange haren wapperden in de koude wind en de zon scheen uitbundig. In de verte rezen de toppen van de vulkaan Nevado del Ruiz, de sneeuw glinsterde, verblindde mijn ogen.

Mijn vader riep mij:

'Dolores, maak voort, we moeten de goederen nog opslaan.' We bezaten een winkel in een hameau, die tevens diende als herberg, op een handelsroute in een gebied van herders, even ten noorden van Bogota. De stallen, waar mijn vader zelf zijn paarden besloeg en verzorgde, waren mijn domein. 's Morgens bezocht ik de school in ons dorp en 's middags hielp ik mijn vader. In de late namiddaguren nestelde ik mij altijd in de stallen, lezend in de boeken uit de boekerij van een rijke en geleerde weduwnaar uit Bogota, in het bezit van een buitenhuis niet ver van het onze.

Juan Concha, zo heette hij, heeft mij gevormd. Door hem ben ik geworden wie ik ben. Vroeger was ik hem er dankbaar voor maar nu kan ik geen waardering meer opbrengen. Juan, een gedreven politicus, initieerde mij in de moeilijke politieke situatie in Colombia. Zijn betogen en vurig verlangen naar vrijheid maakte op mij, een jong meisje, gek van paarden, grote indruk. Hij vertelde mij over de grote stad Bogota, over de problemen in ons land, in de hele wereld, en vooral over de te lange guerrillastrijd in de verschillende regio's. Hij stimuleerde mijn nieuwsgierigheid, en spoorde mij aan goed mijn best te doen op school.

Nu denk ik dat hij verliefd op me moest zijn, maar zijn leeftijd en ingetogenheid lieten mij gelukkig in mijn eigen wereld. Hij was geen gewiekste man. Samen met mijn vader speelde hij poker, en soms hielp hij zelfs in de winkel. Die weekenden in ons 'dorp,' zonder naam, gaven hem rust. Juan bleef lange tijd bestaan in mijn leven, ik woonde zelfs als student in zijn huis in een statige wijk van Bogota, waar hij alleen woonde en werkte. Op een dag ontwaakte hij niet, hij was gestorven in zijn slaap, vredig en waardig, zoals hij was.

De erfgenamen wierpen zich op zijn bezittingen, en even hoopte ik dat zijn liefde voor mij zeer ver was gegaan. Ondanks het gerucht van een notarisklerk dat mijn naam in het testament vermeld stond, gebeurde er niets dan tegenspoed.

Na de verkoop van Juans huis door de familie moest ik mijn kamer verlaten om te gaan wonen in een krot in het hooggelegen en slechte gedeelte van de stad waar straten zandpaden zijn en vieze geuren overheersen. Mijn studie voor sociaal politicologe liep op zijn einde maar de laatste maanden moest ik rondkomen van huishoudelijke baantjes bij Juans vrienden. Het schond mijn rust zodanig dat ik zeer fel reageerde op alle onrechtvaardigheid.

Toen hoorde ik van de mensen in de wijk een andere versie over de guerrilla, de strijd tegen de bestaande bevoorrechte politici, die het land regeerden, en die guerrilla zocht mensen, om ze omver te werpen en dat te kwader trouw. Ik zocht daar niet naar. Hoe ik ook ontzet kon raken over de armoede en de vieze zaakjes in de wijk hoog in Bogota, mijn weg wilde ik op rechtmatige wijze bewandelen.

Langzaam wandel ik langs het brede pad van het Lange Voorhout, de zeemeeuwen, ver van het strand, krijsen hard en schril, ik denk en besef hoe eenzaam ik hier loop.

Lijfwachten heb ik niet meer, Samuel is al zo lang uit mijn leven verdwenen. Colombia bevindt zich nog steeds in een uitzichtloze strijd, en ik woon nog altijd in dit vlakke land, zonder besneeuwde bergtoppen, met inwoners zonder kokend bloed, zoals ik heb gekend en waarvan ik zo hield, slechts uit op effectbejag, zonder diepgang voor mijn gevoelens.

De schelpen van het pad kraken onder mijn voeten, ik zie de Ambassade in de steigers staan, en de inwoners van Den Haag lopen voort.

Elke week verlaat ik op hetzelfde tijdstip mijn kleine appartement, neem de tram, stap uit bij het Centraal station en wandel
mijn route, op weg naar het grand café, de weg der herinneringen.
Die onbekende vrouw heb ik verzuimd te vertellen dat ik elke
week op die plek verschijn, trouw aan mijzelf, en zonder dat zij
het weet heeft zij mijn herinneringen extra geprikkeld.
Kan ik nog iets doen? *De tijd dwingt.*
Vurig hoop ik ineens dat ik haar nog eens mag ontmoeten. Ik
besluit voortaan naar haar uit te zien.

De opengerukte wond

De rust van de avond is aangebroken. De kinderen liggen al in bed, en ik ruim fluitend het overgebleven brood en beleg op. Florian, zijn handen vol borden en bestek, loopt voor mij uit naar de keuken, draait zich plotseling om en verspert mij de doorgang. 'Wat heb je vandaag allemaal gedaan?' Ik duw hem met mijn kont opzij en schuif langs hem heen.

'Raad eens wie ik heb ontmoet?'

'Ik heb geen idee.' Hij kijkt anders naar me.

'Maya. Mijn oude vriendin, mijn lieve Maya. Dus hebben wij elkaar in het grand café, in de stad, met ons weerzien beziggehouden.' Hij schuift ook door en rangschikt het vaatwerk keurig in de vaatwasmachine.

'En wat is er van haar geworden?' Hij herinnert zich Maya maar al te goed. Haar toen mannelijke vrienden waren zijn vrienden, eveneens door de tijd uit elkaar gerukt.

'Dat is een gecompliceerde geschiedenis om zo even op te sommen. De details zullen je vervelen. Maar we hebben besloten alles van ons leven vast te leggen in onze notebooks, een uitdraai te maken en in een gezamenlijk gehuurde kluis op te bergen.'

'Zijn jullie verhalen dan zo interessant voor een kluis?' spuit hij licht ironisch. Hij schijnt geïrriteerd.

'Ja, voor later, net als in een toekomstbeeld,' zeg ik grootmoedig.

'Hoe komen jullie erop.' Ik voel dat hij van het onderwerp af wil.

'En Florian...' Zoals hij naar mij kijkt voelt hij een komende dreiging. 'Je moet niet boos worden. Beloof je het? Het is te belangrijk voor me. Er is veel gebeurd in het café, de ontmoetingen en gesprekken hebben mijn ogen geopend voor een gesloten stukje in mijn hersenen.'

'Het gaat toch wel goed met je?' En hij pakt mij beet, schudt me zelfs door elkaar. 'Over wat voor een gesloten stukje heb je het in vredesnaam? Is het onze relatie? Je bent de laatste tijd zo afwezig?' Het is hem dus opgevallen. Dat brengt mij van mijn stuk.

'Sorry, Flo, maar mijn dromen schijnen te vervagen. Het heeft niets en toch alles met jou en mij van nu te maken. In het café heb ik een doofstomme vrouw, genaamd Noelie, en een Colombiaanse vluchteling, van haar weet ik niet eens een naam, ontmoet. Heel vreemd, zij zijn uit het niets opgerezen en deze vrouwen hebben duizend en één signalen in mij gewekt.'

Verschrikt en aangeslagen kijkt hij mij aan. Ik maak het nu in hem wakker. Ook hij wil het niet.

'Weet je het nog, Colombia,' begin ik voorzichtig.

'Het is verleden tijd,' blokkeert hij. 'Het is al lang niet meer van belang.'

'Voor mij wel,' houd ik koppig aan. 'Ik kan zo niet verder. Vanochtend doemden de beelden op mijn netvlies, ik kon ze niet meer verwijderen. De film begon te draaien hoewel ik er niet over heb gesproken met Maya en Noelie. Maar die vrouw, een Colombiaanse vluchtelinge, vertelde mij van een wrede verkrachting met moorden, gepleegd door de guerrilla's, luisterend naar codenaam Karina front 47.'

Zijn ogen spugen vuur. 'Wie is die vrouw en waar bemoeit zij zich mee,' schreeuwt zijn stem.

'Nee, Florian, niet doen.' Het heeft mijn wond opnieuw opengereten. En nu kan ik er niet meer om heen. 'Ik wil weten wie de vermoorde mensen waren en waarom zij zijn vermoord. Een moediger gedrag had misschien andere gijzelingen of moorden kunnen voorkomen. Die knellende vraag wurgt mij langzaam waardoor ik zo anders ben de laatste tijd. Maya kan ons redden.

Zij is journaliste en zij weet hoe je zoiets moet aanpakken, het in de openbaarheid kunt brengen. Wij kunnen nog helpen, al die gegijzelden wachten al zo lang. Wij kunnen de familie van de omgekomen man en vrouw zoeken en met hen gaan praten. We moeten hun ons verhaal vertellen en wie weet zoeken zij nog steeds naar hun dierbaren. We melden deze keer de officiële autoriteiten onze informatie. De door ons aangegeven locatie kan worden vergeleken met hun archieven om andere vermisten op te sporen. Zelfs het signalement van de soldaten en hun werkmethodes kunnen nog nuttig zijn. Mijn herinneringen zijn niet vervaagd. Elk detail kan ik nog opsommen.' Mijn niet te stoppen zinnen zijn eruit. 'En jij'?' eindig ik buiten adem.

'Maar Eliza toch, waarom nu nog? Ik heb het al lang achter me gelaten. Die landen zijn verscheurd door domme mensen, een drugsmaffia, uit op macht en geld. Het is triest, maar besef het: wij mogen ons gelukkig nog tot de levenden rekenen terwijl wij in onze toeristische naïviteit onnodig risico's hebben gelopen. Ook wij zijn verbonden aan onze familieleden. Is dat niet belangrijker? Dat wij stille getuigen zijn geworden verandert niets... maar dan ook helemaal niets. De toestand is daar nog steeds eender en zal nooit veranderen,' zegt hij vermoeid.

Nu schreeuw ik: 'Ik heb het niet verwerkt, Florian, het is bezig onze relatie te verscheuren. Wil je dat?' En dan niets meer. De plotselinge stilte maakte mij koud en onzeker. Het duurt lang, te lang.

'Nee, liefste, ik wil altijd bij jou blijven. Je bent mijn reden tot leven geworden.'

Mijn schreeuw verbleekt. Ik pak hem beet en duw mijn lichaam stevig tegen hem aan.

'Jij ook, mijn Flo, ik houd zo veel van je.' Zeker van mijzelf zeg ik hem: 'Ik ga iets aan je vragen en als je echt van mij houdt, zeg je ja. Ga je met mij mee naar Colombia?'

Ruw duwt hij mij terug.

'Nee,' Eliza en nog eens 'nee.' Begrijp mij goed. 'Ik kan het gewoon niet.' Zijn ogen staan vreemd.

'Laat mij dan met Maya gaan? Ik moet het uitvinden. Alles hangt hiervan af.'

Hij trekt mij weer naar hem toe.

'Ik weet het niet. Ik ben bang je te verliezen. Maar mijn liefde voor jou dwingt mij ertoe, is het niet? Ik ken je zo goed. Je doorzettingsvermogen heeft altijd indruk op mij gemaakt. Je hardnekkige volhouden heeft ons veel geluk gebracht. Je zult het niet meer opgeven, ik zie het in je ogen.' Hij kust mijn ogen teder. 'Het spijt me dat ik je hierin in de steek laat. Maar echt, ik kan het niet. Ik geef je aan Maya. Vergeef je het mij?'

De gesmolten ogen, deze keer de onze. Ik kus hem innig.

'Laat maar, terwijl ik hem met mijn tong streel, het is goed zo.'

Een Affaire d'Etat

De salon vertoont felle kleuren. De telefoon rinkelt luid en Maya pakt hem snel op. Haar gezicht vertoont een serieuze informatie terwijl ze één hand vrij houdt.

'Oui, Oui, c'est toi Daniel?' hoor ik in het Frans terwijl zij haar agenda en pen behendig met de andere hand uit haar tas opdiept. Ze slaat hem open, wringt de pen achter haar oor, en bladert daarna naar de pagina's van de volgende week. Na enkele minuten schakelt zij over naar het Engels.

'Yes, alright, so it is ok. I will see you soon, I confirm by mail,' ze eindigt met een krabbel op de bladzijde. Ze legt de hoorn neer, haar ogen twinkelen opgewonden.

'Het is in orde, Eliza. Daniel is journalist bij Agence France Presse (AFP), bezig met een reportage over een geheime Franse operatie in Brazilië, recent uitgevoerd door de Franse geheime dienst (DGSE).

Philippe, zijn collega, is persfotograaf.

Een bevriende journalist, Yves Brel, directeur van het Franse AFP in Bogota heeft belangrijke nieuwe aanwijzingen gevonden dat een vliegtuig van het type Hercules C-130 van het Franse leger vorig jaar juli in Manaus in Brazilië is geland met aan boord: wapens, een veldhospitaal met medische staf, en een elite militaire eenheid met het doel enkele, naar ze aannemen, Franse gijzelaars uit Colombia op te halen.

Dit veroorzaakte een ernstig diplomatiek incident tussen Brazilië en Frankrijk en het heeft voor korte tijd de relaties verkoeld.

Kort na het incident belde een Braziliaanse journalist Yves op en vertelde hem over een artikel in het revue Carta Capital. Yves heeft toen het artikel opgevraagd. Het artikel, vaag en sussend, sprak van een onhandige vergissing van twee bevriende staten. Hij stelde zijn bureau in Frankrijk ervan op de hoogte tot grote woede van de Franse ambassade in Bogota.

Ondertussen had zijn homoloog, de Franse ambassadeur in Brasilia die ochtend zijn gebruikelijke tour gemaakt. Hij kocht, zoals elke dag, zijn krant en het tijdschrift Carta Capital. In zijn stamcafé nipte hij, lezend aan zijn koffie, in de gekochte lectuur voordat hij zich naar de ambassade begaf. Toen hij de eerste bladzijde van het tijdschrift omsloeg, kreeg hij een vreemde sensatie te verwerken. Geheel niet op de hoogte las hij: *Misverstand door Franse humanitaire actie op 14 juli j.l. Frankrijk tracht gijzelaars in Colombia te bevrijden via Braziliaans grondgebied.*

Die Franse ambassadeur in Brasilia heeft zich zeker verslikt want als verantwoordelijk ambassadeur was hij niet op de hoogte gebracht, zelfs niet op het matje geroepen door de Braziliaanse president, en het betekende grote problemen in het vooruitzicht.

De Ambassadeur haastte zich naar zijn ambassade. In zijn bureau nam hij gelijk contact op met alle betrokkenen: zijn Ministerie in Parijs, de Franse ambassadeur in Bogota en zijn Braziliaanse collega in Parijs.

Het antwoord was absurd: te urgent zeiden ze allemaal zodat niemand op de hoogte mocht zijn, de FARC had namelijk plotseling besloten twee Franse gijzelaars in het Amazonegebied tegen de grens van Brazilië vrij te laten, zonder verdere details. En hij werd vriendelijk verzocht zich er niet mee te bemoeien!

'Daar heeft iets tegenover moeten staan, zeg ik je, een deal onder de tafel in de vorm van geld, wapens, of een ruil van gevangenen. Yves deelt mijn mening en hij wil de geruchten eindelijk een verhaal geven. Hij heeft Daniel en Philippe persoonlijk verzocht een onderzoek te houden en een wereldartikel te leveren. Het begin is gemaakt. Maar of zij de waarheid kunnen aanraken is een andere vraag. Een grote poppenkast is het achter de schermen.' Maya zucht diep, ik zwijg maar luister.

'De heer Villepin, toen nog eerste minister heeft trouwens ooit, naar horen zeggen uit een betrouwbare bron, een passionele liefdesaffaire met één van de vrouwelijke gijzelaars beleefd, en hij is verantwoordelijk geweest voor die georganiseerde operatie daar in Brazilië, denken we. Helaas is de hele zaak verkeerd afgelopen. De FARC heeft op het laatste moment haar aanbod ingetrokken.'

Ik kijk haar wazig aan niet in staat mij iets voor te stellen over dit gecompliceerde gebeuren. Eerlijk gezegd begrijp ik er niet veel van.

'Natuurlijk, het lijkt bizar hoe dit tot stand is gekomen,' zorgvuldig verberg ik mijn onvermogen. Ze merkt het niet.

Gepassioneerd gaat ze verder:

'Die geheime militaire elite in dat Franse vliegtuig, klaar voor die actie, zijn zelfs gearresteerd door de Braziliaanse federale politie en een tijdje vastgehouden in Manaus.

'Wij zijn Franse diplomaten,' schijnen ze telkens te hebben geroepen, hevig transpirerende in hun benarde situatie. De toon ging omhoog, de emoties liepen steeds hoger op. Maar de verantwoordelijke Braziliaanse commissaris week niet van zijn overtuiging af: 'Diplomaten of niet, voor mij zijn jullie ordinaire spionnen en jullie zullen je verhaal snel gaan uitspuwen,' dreigde hij steeds.'

Maya's handbewegingen geven het verhaal een krachtige zet terwijl haar stemgeluid wisselt van hoog naar laag.

'Op het politiebureau werden de handboeien afgedaan en moesten ze een indentiteitsformulier invullen. De eerste man heeft toen het Parijse adres Boulevard Mortier in Parijs ingevuld. Het betreft slechts een boulevard ...maar die boulevard is de centrale afvaardiging van het 'Piscine,' de gevreesde naam van de Generale directie van de Franse dienst voor veiligheid. Een dienst

ter bescherming van de Franse belangen in het buitenland, met op het dak van het gebouw een chaos aan antennes, dat men lang geleden 'Piscine' heeft gedoopt vanwege het nabij gelegen zwembad Georges-Valleret.
Een van de Braziliaanse politiemensen, een verwoed kenner van geheime diensten, kende de 'Piscine.' Hij waarschuwde zijn hiërarchie.
De hogere Braziliaanse autoriteiten waarschuwden op hun beurt de Quai d'Orsay, het centrale orgaan van de binnenlandse veiligheid in Parijs, dat deze interventie van de Fransen grote gevolgen voor de betrekkingen tussen beide landen kon hebben, en niet in goede zin.
Het is dan ook bijna een affaire d'état, een staatszaak geworden. De Franse regering dreigde zelfs te vallen maar op het laatste moment werd de zaak geblust.
Brazilië besloot slechts een waarschuwing af te geven en liet het daarbij.
De ontstelde Franse ambassadeur te Brazilië heeft zich daarop, in groot ongenoegen over deze kennisneming, gehaast de Franse Ambassadeur in Bogota tot orde te roepen, die hypocriet in een latere persconferentie geen woord over de actie met de Hercules 130 repte.'
Maya pakt een vodje papier en geeft het mij waarop ik een tekst kan inzien:

AFP 18 juli 2003: toespraak van een woordvoerder van de Franse Ambassade te Bogota:

Er zijn media die een rumoer over een bevrijding van Franse gijzelaars hebben verspreid. Ik ontken met klem dat er een contact is geweest, en nog minder onderhandelingen tussen de Franse autoriteiten en de FARC. Zoals al gezegd in mijn discours van afgelopen 14 juli, de regering van Frankrijk vraagt in continuïteit de bevrijding van onze Franse gijzelaars, en die van de drieduizend andere gijzelaars in Colombia. Ik onderstreep en herhaal, ter attentie van degenen, die nog steeds geweld als te betalen prijs beschouwen, om te komen tot een rechtvaardigere maatschappij, en dat onmenselijke akten, zoals het gijzelen van mensen, hun geen betere dagen zullen brengen.

Maya staart naar mij, vast en zeker om mijn reactie te peilen terwijl zij verder spreekt.

'Er klopt hier zoveel niet. Waarom hebben de Fransen in hun eentje gehandeld? Geen gijzelaar is vrijgekomen en volgens de weinige vrijgekomen informatie heeft dit onbeheerste gedrag de FARC en Colombia in een nog grotere impasse gebracht, een uitzichtloze hoop. De partijen zijn zo wantrouwend geworden dat elke gijzelaar zilver waard is geworden en de Franse gijzelaars goud. Frankrijk heeft zijn hand in eigen boezem willen steken, en in een paar uur tijd een vliegtuig gestuurd. Wie heeft de macht en het belang hierbij gehad?

Twee Franse vrouwen zijn vastgehouden, Ingrid Betancourt, en een Frans-Colombiaanse politicus, ik weet haar naam niet eens, met een onbestemd programma tegen corruptie, waar nog nooit niemand over heeft gesproken. En dan nog duizenden Colombianen, Amerikanen en andere nationaliteiten. Allemaal tegen hun wil worden of werden zij vastgehouden, gemarteld of slecht behandeld.

Leven zij nog? Of zijn ze opgegaan in de ideeën van hun belagers. Vrouwen en mannen, met gevoelens en verlangens naar genegenheid, seks en leven. Als je jaren van je eigen familie en wereld wordt afgesloten, hoe en wat denk je dan nog? Alleen liefde kan je dan nog helpen te overleven.

Die Ingrid Betancourt had zeer invloedrijke mannelijke vrienden in Colombia en Frankrijk. Het zou mij niets verbazen dat hier sprake is van een hartenzaak. Een geheime romance die de tijd doet dwingen. Snap je,' en zij kijkt mij uitdagend aan.

Romances, gijzelaars, geheime vliegtuigen en onderhandelingen in de jungle, gelijkend op het hof van Eden, met prachtige varens, kletterende cascades, hoge bomen en schril vogelgefluit. Een doolhof van gedachten rijst in mij op. Onbegrip en angst kruipen door mijn aderen. De draad naar mijn beleving lijkt in de knoop. Wat moet ik hiermee? Het is interessant journalistiek werk voor Maya maar heeft het iets te maken met de weg naar Popoyan, Karina front 47, de vuile priester en zijn aanhang. Een Frans vliegtuig, geland zo diep in Brazilië, ver weg van Colombia. Betreft het een verdieping van de gecompliceerde toestand in die landen?

Maya wacht.

'Ongelooflijk,' begin ik aarzelend want ik ben verdwaald in dit alles. Die Inspecteur Colombo-achtige trekjes zijn zo nieuw voor mij. 'Is het de bedoeling dat die journalisten in die geheime staatszaken gaan fouilleren? Is dat niet link? Ik bedoel: natuurlijk het is jullie werk maar geeft het geen grote consequenties zoals intimidatie en rechtszaken of iets dergelijks? In detectiveromans lees je zulke verhalen.'

Maya lacht geheimzinnig.

'Het is waar dat ik je eigenlijk nooit veel verteld heb over mijn journalistieke enquêtes. De krant of het tijdschrift waar je voor werkt moet je in principe dekken. Maar je weet nog niet alles.

Het plan is dat wij met Daniel en Philippe vertrekken. Zij hebben toegang tot alle informatie van de AFP te Bogota, archieven en vele officiële instellingen en via hun relaties kunnen we zeker de namen van de vermoorde vrouw en man uit jouw verhaal achterhalen, nieuwe elementen ontdekken, die jou meer duidelijkheid kunnen brengen.

'Weet je het zeker?' vraag ik niet op mijn gemak.

'Absoluut, de Franse persvrijheid moet worden gegarandeerd, zodat hen niets in de weg zal worden gelegd. Volgende week reis ik naar Parijs voor een bespreking met Daniel over ons vertrek. Mijn artikel zal super worden. En hopelijk vinden we gelijk jouw misère!'

Enthousiast pakt zij mijn arm.

'Gezellig, samen op reis. Ga je koffers maar vast opzoeken.'

Sinds Maya *het* weet, heb ik mij verzoend met het idee terug te keren naar Bogota maar nu Maya het zo onverwacht en eenvoudig aankondigt, raak ik in paniek. Kleine elektrische stroompjes trekken door mijn onderrug. Mijn ledematen beginnen licht te trillen. Mijn oogleden knipperen tegen een felle zonnestraal, die zomaar binnentreedt door het grote raam in de salon. De meubels en Maya veranderen in een fabelachtige helderheid. Het is zover.

'Ik ben bang, Maya. Te bang. Ik weet niet of ik het kan.'

'Niet bang zijn, Eliza. Je bent niet alleen, nooit meer.'

Het vertrek

Het Hollands Spoor in Den Haag gonst van de stemmen. De ene trein na de andere loopt het station binnen. Stromen werknemers en scholieren passeren.

Maya en ik haasten ons, kriskras een weg banend door de massa, naar het juiste perron.

Een gure wind striemt onze gezichten en we trekken tegelijkertijd onze kragen goed dicht. Op het perron scharen we ons dicht tegen de lange muur van het gebouw.

De letters van het bord draaien al en we zien de nieuwe bestemming verschijnen: Internationale thalys- trein naar Parijs via Brussel; vertrektijd 9.36.

Maya zoekt in haar tas en vindt de tickets. Zij heeft zorg gedragen voor de reisorganisatie.

Twee weken voor de vertrekdatum dicteerde zij mij een lijst van basismaterialen om 'in geval' de ongastvrijheid van een tropisch gebied te weerstaan. Inenting tegen malaria, 'repelen' lotion tegen de muggen, dikke rubberen laarzen tegen slangenbeten, een waterafstotend windjack, tropenhelm, goede zonnebril, slaapzak, muskietennet, zonnecrème met zeer hoge beschermingsfactor, kortom de accessoires om in een tropisch woud de risico's te beperken.

Zij was het gewend en gaf mij ruimte mij te organiseren.

Ik moest een vervanger op mijn werk vinden en een hele lijst instructies schrijven voor Florian die voor de kinderen de zorg kreeg. Het had mij volledig in beslag genomen.

Over de overige details van de reis had ik niets meer gevraagd, daarvoor vertrouwde ik volledig op haar.

Nu geeft ze mij mijn ticket.

'We nemen de trein naar Brussel om daar over te stappen op de Eurostar naar Londen, prijst Maya de reis aan. Vanaf Waterloo station nemen wij dan de snelle metrolijn naar het vliegveld Heathrow. We zullen onze medereizigers, Daniel en Philippe, daar ontmoeten en samen inchecken op de vlucht London-Bogota. Morgenochtend, onze tijd, staat de aankomst gepland en worden we afgehaald door Daniels Colombiaanse collega, die ons naar ons hotel zal brengen.

Dan stopt ze me een paar velletjes met visa toe: Colombia en voor de zekerheid de aangrenzende landen.

'Liefje, je hebt je paspoort toch niet vergeten anders loopt de hele boel in het honderd.'

Zenuwachtig controleer ik mijn paspoort, geld, creditcard en portable terwijl ik het visum toevoeg.

'Jee, Maya, ik voel mij alsof ik op schoolreis ga, zo opgewonden.'

'Ja, ik ook, te heerlijk gewoon.'

De luidspreker begint te schallen:

'De internationale trein thalys van 9.36 naar Parijs zal binnenkomen op spoor 4. Deze trein doet de volgende stations aan: Rotterdam, Antwerpen Berchem, Brussel midi, eindbestemming Parijs Gare du Nord. Reserveringen voor deze trein zijn verplicht. De wagonnummers zijn op rode vlaggetjes op het perron aangegeven.'

De rode Thalystrein met afgeplatte neus dendert langs het perron en remt laat maar zwaar om zijn hele lengte langs het platform te krijgen. We trekken onze reistassen op wieltjes naar het genummerde vlaggetje met succes.

Als twee nieuwsgierige pubers stappen we in. Een verantwoordelijke steward komt aangesneld en gebiedt ons hem te volgen de coupé in. Hij wijst onze besproken plaatsen in de eerste klas en installeert onze koffer galant.

'De rode bekleding en ruime fauteuils voelen goed aan, Maya.'
Ik kijk naar buiten, de plaats aan het raam is mij ter ere gevallen.
Maya, al langer bekend met deze vorm van reizen, glimlacht geamuseerd.

'Ja, het wordt genieten. Een krantje, een hapje en drankje.'
Maya haalt haar notebook uit de koffer. Ik zie haar in haar aantekeningen kijken, af en toe typt ze.

Ik doe niets. Er wordt koffie en een krant gebracht. Ik blader door het dagblad hoewel mijn concentratie verdrinkt in mijn excitatie over deze reis. Mijn blik dwaalt steeds af naar buiten. Het voorjaar kondigt zich aan. Ontknopte lila en witte bloesem aan het geboomte, laag als gevolg van voortdurende zuidwestenwinden, verraadt het. Wilde veldbloemen, nog klein in aanzien, proberen boven de grasprieten uit te groeien. Slootjes, die de kavels scheiden, zijn half gevuld, en al dichtgegroeid van het kroos. Koeien en schapen grazen idyllisch in de zachtgroene velden, genietend van de malsheid van het nieuwe. De trein zweeft over de rails, zacht schuddend of ik gewiegd word. Als een baby in moeders armen troost de beweging mijn onrustige angst.

Dan ben ik terug en kijk naar Maya. Zij merkt het en beantwoordt mijn blik met een zwoele glimlach terwijl haar gezicht rustig naar haar beeldscherm terugkeert.

Ik moet alles gaan opschrijven, denk ik weer, niet goed wetend waar te beginnen. Later, later...mijn gedachten kunnen slechts dwalen.

Brussel laat zijn kluwen van eerste huizen zien. De passagiers ruimen hun spullen op, klaar voor hun volgende doel. Na de aankondiging doen we hetzelfde. Mijn regenjas is verkreukeld en ik probeer hem recht te strijken.

Maya blijft onberispelijk netjes en haar rode mantel plaatst zich als tevoren.

Na een stevige controle stappen we uit. Een gladde roltrap

brengt ons naar de grote hal beneden. Een zee van mensen stroomt door de hal, allemaal op weg. Gelukkig vallen de grote borden van de Eurostar goed op. We volgen een groep toeristen, opgewekt trekken ze hun koffers richting douane. Een lange rij wacht op ons. Na een half uur zijn we eindelijk aan de beurt. De beambte kijkt amper naar onze papieren en laat onze koffers met rust. We mogen gelijk de vertrekhal in. Moe installeren we ons op de ijzeren zitjes. De trein is nog niet aangekondigd dus houden we ons bezig met mensen kijken. Samen maken we bij elk mens een verhaal.

Dan galmt een stem dat de trein klaar staat. We lopen snel. De witgele reus kijkt ons recht aan als we het perron betreden. En eindelijk mogen we weer in een zachte stoel plaatsnemen.

De trein vertrekt op tijd. We zakken diep weg en daardoor missen we de beroemde tunnel onder het Kanaal. Als we wakker worden zijn we al in Engeland aangekomen. Vlak voor we het Waterloo station inrijden komt een steward naar ons toe. Hij overhandigt ons twee formulieren.

'Waar dient het voor?' vraagt Maya.

'Dat is voor de door u bestelde taxi,' antwoordt hij.

Ik kijk verbaasd maar Maya schijnt het onmiddellijk te begrijpen.

'Dank u.' Ze keert ze zich naar mij: 'We gaan per taxi, zijn ze niet super mijn Franse collega's?'

'Het is hoogst galant,' proest ik uit.

Daniel

Later in het vliegtuig neemt Daniel, de journalist, naast mij plaats. Maya en Philippe zitten twee rijen achter ons. Na de vluchtige ontmoeting op de afgesproken plek op Heathrow, hoop ik beter kennis met hem te kunnen maken.

Het vliegtuig tilt zichzelf op en ik kijk uit het raampje hoe de huizen kleiner en schuiner worden tot een grijze massa wolken alles egaal maakt.

Dan voel ik vingers over mijn arm strijken. Het verbaast me. Ik draai mijn gezicht een slag om en kijk in Daniels ogen, die rusten op mijn ringvinger waaraan de bewerkte trouwring genoeg zegt. Discreet verander ik mijn hand van positie terwijl ik hem aankijk. Een aanstekelijke rust omringt hem zodat ik, nerveus als ik deze reis ben begonnen, er mij bewust van word. Nog steeds spreken we niet maar tasten de onbekende gebieden van elkaar af. Ik neem zijn gezicht stilletjes in mij op: gladde matte huid, bruine goedaardige ogen, een grote maar rechte neus in een ovaal gezicht en volle mond, afgebakend door een grote bos zwarte krullen met af en toe een grijze haar. Mijn eigen gekrulde haren heb door een stylist laten ontkrullen en ik adem een moderne look uit. Ik weet dat ik er goed uitzie. Mijn te diepe decolleté hindert mij ineens, een te mannelijke reactie vrezend want hij zuigt mij letterlijk in hem op. De intensiteit van zijn ogen spiegelen zijn beheerste wellust. Weer wrijft hij mij over mijn arm. Hoewel ik het niet wil voel ik mij op mijn gemak.

De eerste zin spreek ik in mijn beste Engels, en ik doorboor de extase.

'Hoe is het in Colombia?' Een kleine pauze volgt.

'Slecht,' antwoordt zijn hese stem, door een verkoudheid aangetast. 'En als specialist van dat gebied druk ik mij licht uit. Eigenlijk is het land een grote brandende hel geworden, die niemand onder controle krijgt. 'Ken je Colombia persoonlijk?' vraagt hij mij plotseling alsof hij mij heeft gelezen.

Een plotselinge lichtheid grijpt mij vast en geeft mij een ongekende behoefte deze Daniel mijn geheim te vertellen. Hij doet mij aan een voorbestemde coïncidentie denken: hij past in mijn puzzel. Het eerste stukje zit naast me. Zijn aandacht voor me dringt nog dieper in me. De opgekropte zenuwen en verborgen krachten, die mij het leven de laatste tijd zuur hebben gemaakt, ontwortelen alle onzekerheid. Als een stille kracht wacht hij op mijn verhaal en ik kan het eindelijk aan de specialist vertellen. Genoeglijk zak ik iets onderuit, strijk heel even over zijn arm, klaar mijn Colombia misère te spuwen.

'In 2003 maakten mijn man en ik een reis naar Colombia. We genoten van de gastvrijheid van de bevolking, de cultuur en wonderbaarlijk schone natuur. Op de weg van Cali naar Popoyan ontmoette ik de andere kant van Colombia. Op die weg besloten wij, in afwachting van een nieuwe lift, een rustplaats te zoeken en zo belandden wij in een kleine oase...' Mijn stem verhoogt een octaaf en de details klotsen tegen hem aan terwijl hij in mijn beleving zinkt. Ik vertel en vertel, een waterval golft uit mij. Zo intens heb ik het nog nooit kunnen vertellen.

Zijn hand pakt de mijne vast. Zijn ogen, zo anders, doen de rest.

'Die ogen gesmolten van pijn en liefde, ik kan ze niet meer vergeten. Daarom heb ik besloten terug te keren naar de plek des onheil. Jullie gaan voor een artikel maar ik voor het onbekende, hopend dat het mij bekend zal worden.'

Even blijft het stil terwijl hij nadenkt.

'Misschien kan ik je wel helpen,' biedt hij liefdevol aan. We kunnen navraag doen over vermissingen rond die tijd en proberen te achterhalen wie die vermoorde mensen waren en in welk verband zij bij de guerrilla terecht zijn gekomen. Misschien waren zij één van hen en wilden zij hun 'commandante' de rug toekeren. Dat gebeurt dikwijls. De afloop is nooit goed. Slechts weinigen lukt het.'

'Aan die mogelijkheid heb ik eerlijk gezegd nooit gedacht. Voor mij waren het gegijzelden.'

'Heb je eigenlijk een idee over de werkelijke situatie daar?'

'Enigszins, maar een goede uitleg is een goed begin.' Hij haalt diep adem en forceert zijn hese stem:

'De huidige politieke situatie in Colombia is hopeloos. Tegenover de overheid zijn in de jaren '60 linkse guerrillagroepen genaamd FARC en ELN ontstaan. Grootgrondbezitters hadden van oudsher hun eigen legertjes ter verdediging van hun land. Restanten hiervan vormen nu de vele paramilitaire rechtse strijdgroepen (AUC). Met de opkomst van de cocaïneproductie bewapenden de lokale maffia's zich op grote schaal.

Op dit moment is een scheiding niet duidelijk. Zo maakt de maffia gebruik van bescherming door de guerrilla en financiert zij de oorlog tegen de overheid met drugsgeld. De strijd tegen paramilitair geweld, guerrilla, cocaïnemaffia, corruptie en machtsmisbruik is van voortdurende invloed op de politieke situatie.

Vele Colombianen, Amerikanen, Fransen en andere nationaliteiten zijn ontvoerd en werden, worden tegen hun wil en de mensenrechten vastgehouden in dit vastgelopen conflict. Zo werd in 2002 o.a. de Frans Colombiaanse presidentskandidaat Ingrid Betancourt, ook voorstander van dialoog, door de linkse guerrillagroep FARC ontvoerd. Deze factoren maken het voor buitenlandse investeerders een onaantrekkelijk land en dat weerspiegelt zich in de economische situatie.

De huidige president Alvaro Uribe Vélez volgt enerzijds een harde lijn tegen de terreur en probeert anderzijds grip te krijgen op de paramilitaire groepen door overeenkomsten te sluiten en ze te demobiliseren of te integreren in leger en politie. Door de harde lijn wordt de FARC in de verdediging gedwongen en verbetert de economische situatie enigszins. De cocaïnemaffia wordt met wisselend succes bestreden in de War on Drugs, grotendeels gefinancierd door de Verenigde Staten. Hoewel er bezwaren zijn tegen de tolerante houding van de regering tegenover de paramilitairen, de besproeiingen van cocaplantages en het inzetten van burgerbevolking bij de strijd steunt de bevolking in meerderheid het beleid door Uribe. De internationale gemeenschap ondersteunt de Colombiaanse regering in het herstel van de rechtsstaat, het herstel van het gezag over het gehele grondgebied van Colombia en een oplossing voor het gewapende conflict in Colombia. Een groep landen, G-24, functioneert hierbij als controlerend orgaan. Weet je wat Amnesty International meldde in zijn jaarboek?'

Ik knik nee.

'Ofschoon het aantal moordpartijen en ontvoeringen in sommige delen van het land is teruggelopen, maken alle partijen bij het conflict zich nog altijd schuldig aan ernstige mensenrechtenschendingen. Vooral zorgwekkend zijn buitengerechtelijke executies door de veiligheidstroepen, het vermoorden van burgers door gewapende oppositiegroeperingen en paramilitairen, en de gedwongen ontheemding van burgergemeenschappen. Gedemobiliseerde paramilitairen op grond van een omstreden wet, onlangs geratificeerd, blijven verantwoordelijk voor mensenrechtenschendingen, terwijl gewapende oppositiegroeperingen het internationaal humanitair recht nog altijd op ernstige en grootschalige wijze schenden. Personen die mogelijk verantwoordelijk zijn voor oorlogsmisdrijven en misdrijven tegen de menselijkheid worden niet voor het gerecht gebracht.

Frankrijk heeft geprobeerd zijn Franse gijzelaars te bevrijden door geheime eigenzinnige acties, georganiseerd door hun geheime diensten. Maar alles wat het heeft opgeleverd is dat hun klungelig handelen schade heeft toegebracht aan de relaties tussen Bogota en Parijs. De Colombianen verdroegen het eigengereide gedrag van de Fransen niet meer, die constant de vrijlating van hun Franse gijzelaars eisten alsof de Colombiaanse regering kon toveren, zij die zelf dromen van een oplossing en de vrijlating van de duizenden Colombianen want elke Colombiaanse familie heeft wel een slachtoffer van deze strijd.

Ik ga uitzoeken wat er precies is gebeurd op 14 juli 2003, de dag dat de Hercules C-130 landde in Manaus in Brazilië om Franse gijzelaars terug te brengen. Sinds die dag zijn de gijzelaars een schat van ongekende waarde geworden waardoor er nog meer, in plaats van minder, dodelijke slachtoffers zijn bijgekomen. Maar de zaak zit muurvast. En ik wil daar het fijne van weten. Dan ga ik er een goed artikel over schrijven. De wereld heeft recht op de waarheid, dat is mijn vak,' eindigt hij trots.

Ik bewonder zijn edele gedachten maar het schijnt mij James bond gedoe. Een aantal aanhoudende tikken draait mijn hoofd naar achteren en ik kijk tussen de spleet van de stoelen. Een Inca gevormd gezicht op een gespierde romp bezet de stoel achter ons. In zijn hand houdt hij een dictafoon, die geluiden opneemt. Ons gesprek? Gealarmeerd ruk ik mijn hoofd terug. Ik besef dat ik er midden inzat, ik Eliza, door de gedwongen tijd hier gebracht.

'Ik ben bang,' Daniel.

'Niet doen, waarom zou je bang zijn?' waarop hij mijn hand vastpakt. De stewardess stopt bij ons.

'Wilt u gebruikmaken van een slaapmiddel om de komende jetlag te kunnen overbruggen?' Daniel schudt nee maar ik antwoord:

'Graag.' Een half uur later slaap ik als een roos met mijn hoofd tegen zijn schouder.

De Incaman

Het vliegtuig hotst mij wakker. Even weet ik niet meer waar ik ben tot ik Daniels handen voel die mijn schouders masseren. Door de waan Florian te voelen slaak ik een relaxte kreun. 'Ja, Flo, heerlijk zo.' Ineens dringt het tot mij door hoe Daniel zijn weldadigheid over mij uitstelpt. Een verkramping, veroorzaakt door schaamte, bereikt Daniel en hij stopt snel. 'Eliza, je praatte in je slaap. Heb je soms gedroomd?' 'Ik herinner mij niets. Wat heb ik gezegd?' 'Wat gemompel en een vaag huilend geluid. Het heeft mij verontrust. En wie is trouwens Flo?' 'Mijn man,' zeg ik kortaf. Zijn naam heb ik in mijn verhaal niet genoemd alsof ik hem heb willen laten verdwijnen om met deze man de terugkeer te maken. Zijn innige liefdevolle ogen beroeren me. Onze ogen haken aan elkaar vast. Hij verschuilt zijn gevoelens voor mij niet. En het laat mij niet koud, integendeel het veroorzaakt liefde in mij. Liefde voor hem, een onbekende maar toch bekende. Ik besef dat één misstap voldoende is om de zaak te laten afglijden naar een ordinaire vrijpartij, die mijn werkelijke doel kan torpederen. Een innerlijke stem geeft het weerwoord. Florian verdient een goede afloop, corrigeer ik mijzelf. Niettemin blijven de indrukwekkendste zinnen van Noelie en de Colombiaanse Haagse dwars door mijn verstand zweven: volg je gevoel.

Daniel brengt zijn gezicht dicht naar het mijne. Zijn lippen tuiten zich, klaar voor ontvangst. Mijn lippen tuiten zich ook maar een lichte knoflooklucht redt mij.

Mijn hoofd draait weg terwijl de luidsprekers ons bevelen de veiligheidsriemen vast te gespen.

We hebben de tijd niet voorbij zien gaan.

De piloot spreekt ons toe: 'Over enkele minuten zetten wij de landing in. De stad Bogota ligt er zonnig bij en de temperatuur is 21 graden. De lokale tijd is 14.50 p.m.'

Het vliegtuig lijkt omlaag te duiken. Door het raampje zie ik miljoenen rode daken, krioelend als rode mieren in een mierenhoop. We vliegen er langzaam overheen naar een groene strook heuvels, als de opgeklopte aarde rond de mierenhoop. Achter de heuvels ontdek ik een vlakke grijze streep, geasfalteerd en vele witte lijnen, met in het midden een verkeerstoren als herkenningspunt. We dalen snel en schudden terwijl de riemen ons op onze zitplaats moeten vasthouden. Een knerpend geluid van de uitslaande wielen voegt zich bij de loeiende motoren. Een kleine schok, remmen, hard en gillend, zodat onze ruggen terug in onze stoelen gedrukt worden. Niemand beweegt of spreekt tot het toestel eindelijk stilhoudt.

'De landing is met succes afgerond,' klinkt de stem van de piloot zelfverzekerd. Hij brengt het leven terug.

Een daverend applaus, als ware wij in een theater, volgt als vanzelf, het verlengde van ons overlevingsinstinct. Sommigen gillen ineens: 'Dank u, dank u! We zijn er.'

Mijn stijve benen blokkeren mij in mijn stoel. Daniel trekt mij er letterlijk uit.

'Dank je,' en ik kijk hem aan. Weer die liefde in zijn blik. Zijn wang, enigszins scheef, trekt mij aan tot een kordate daad, ik klets er een ploffende kus op. Ontroerd komen zijn liefdesogen terug.

'Ik begrijp je heel goed, Eliza. Luister, ik kan het niet langer voor mij houden. We lijken bij elkaar te horen, al is het maar voor één reis. Sta het mij toe. Na de reis zullen wij elkaar weer vrij laten.'

Ik begrijp niets meer van mijzelf. Mijn geordende wereld verlaat mij. Ik hunker ernaar.

'Oh Daniel, deze reis is van ons.' Enkele seconden zakken we terug op onze stoelen, geen luchtje kan hier nog iets aan veranderen. Onze lippen vinden deze keer de weg moeiteloos, onze tongen bewegen blindelings in onze vochtige holtes en laten ook weer los.

Maya roept in de verte.

'Hello, slapers. Word eens wakker. Dit is geen vakantiereisje met een petje en een fototoestelletje, rondgeleid door een slaapverwekkende gids. Het is zover, het echte Bogota wacht op ons.'

'Ja, we komen,' roep ik hard, opgeschrikt door haar stem. In een dronkemansroes trekken wij onze handbagage uit het rek en stappen wankelend het gangpad in, de anderen achterna.

De gespierde Inca, voor in de rij, heeft zich al uit mijn geest verwijderd maar als hij opnieuw vluchtig omkijkt, herinnert het mij mijn intuïtieve wantrouwen ten opzichte van zijn dictafoon. Het zit mij dwars maar ik durf niemand ermee lastig te vallen. Het kan evengoed een illusie zijn. Hoe kan ik op zoek gaan naar waarheden als ik mijn fantasie laat beslissen. En toch...iets hindert mij.

Aan het einde van de brede slurf wacht het elegante luchtvaartpersoneel ons op.

'Die richting, alstublieft.' We volgen de massa op weg naar de douane.

De Incaman is inmiddels verdwenen.

Alle herkenningspunten ontbreken wanneer ik door de grote hal stap. Daniel pakt mijn hand vast. Ik zie de vele zalen van het vliegveld, een leeg vlak in mijn geheugen, na ons overhaast vertrek destijds.

Maya trekt aan mijn arm.

'De grond van Bogota ligt onder je voeten. Hopelijk laat je je benen niet trillen onder de herinnering, tenslotte gaat het nu beginnen.' Haar ogen vallen op de verstrengelde handen van Daniel en mij.

'Ik voel mij zeer sterk.' Ze zegt niets maar ik weet dat zij smakt naar uitleg.

Philippe kijkt Daniel aan maar niemand verbreekt onze intimiteit.

De vele douaniers in grote hokken geven de rijen een snelle doorgang. We schuiven met bagage, onze paspoorten en visum langs de besnorde beambte achter zijn raampje. Onze lichamen worden niet gefouilleerd en wij bespeuren geen bijzondere handelingen ter toelating op het Colombiaanse grondgebied.

Als laatste passerende word ik bevrijd om eindelijk echt opnieuw Colombia te betreden.

Terwijl ik opnieuw Daniels hand zoek om een snijdende emotie tegen te houden, bevriest deze emotie door een angstaanjagend opstootje bij de douane. Blaffende honden horen we waardoor wij achterom kijken. Ik bespeur daar de gespierde Incaman, die ons groepje vanuit de verte aanwijst. De grommende herdershonden, bewapende soldaten en de douanebeambten staan om de Incaman heen, die er ver boven uitsteekt, luid schreeuwend en gebarend tegen elkaar.

De situatie verplaatst zich onmiddellijk in mij: 'wegwezen hier,' roep ik, 'die Incaman heeft ons gesprek gevolgd in het vliegtuig. Hij denkt zeker dat wij spionnen zijn. Hij heeft ons aangegeven. Snel, zorg dat wij het gebouw uitkomen.'

Geen vraag of tegensputteren blokkeert en we rennen hard weg richting uitgang. Daniel gaat voorop. Eén minuut is genoeg om de kleine aankomsthal te verlaten en de auto van de bevriende AFP journalist, pal geparkeerd voor de hal, te vinden. Hij ziet ons aankomen en in een reflex opent hij alle portieren. We springen er in en proppen onze bagage erbij. Daniel gooit met een zucht van verlichting het portier dicht. En wij volgen in het ritme.

'Rijden, anders worden we gepakt. We zijn als spionnen opgegeven.' Opnieuw zijn vragen niet nodig.

De onnatuurlijke stilte in de auto ondanks de herrie van de omgeving, vol aankomende taxi's, bussen en mensen, heeft iets bovennatuurlijks, alsof ik het droom.

Daniel, naast mij gezeten en Philippe op de voorbank, nemen niet de moeite ons aan hun collega, tevens chauffeur, voor te stellen. Hij is al gestart en scheurt zonder commentaar weg.

Door de achterruit waken Maya en ik voor een achtervolgingsscène maar geen enkele politie- of veiligheidsdienst komt in zicht.

De waarde van een leven: 50 euro

We rijden door lanen met hoge kantoor gebouwen en luxe flats, zo modern, dat het een wijk in een Europese stad lijkt, en nu zoeven wij door een nauwe straat volgepropt met smalle hoge huizen, sommige gerepareerd met klodders rode leem op de kale betonnen bouwblokken, een middelmatige wijk.

'Hoe hoger je komt, hoe slechter de bouwsels,' placht de rijdende journalist ons uit te leggen. Voor het eerst spreekt hij. Zijn rustige stem kalmeert mij een beetje en ik zie Maya eindelijk haar omgekeerde gezicht naar voren richten. Heimelijk moet zij net als ik op uitleg wachten. In plaats van een verklaring of vragen over het gebeurde, laten de mannen het vliegveld voorval rusten, als een dagelijks voorkomend verschijnsel, en krijgen wij een uitgebreide rondleiding door het arme maar levendige Bogota. Het onthoudt ons onze vragen. Af en toe kijken we nog even angstig om door de achterruit. De auto klimt de hoogte in en we komen in een brede straat, die koloniaal aandoet. Rood gepleisterde huizen, opgesierd met balkons, afgeschermd door bewerkte ijzeren hekjes, warmen mijn onbekendheid voor deze plek. Winkeltjes met uitgestalde waren op het trottoir en overal krioelende voetgangers geven een levendige indruk.

'De wijken boven tegen de heuvels aan zijn een netwerk van terroristen,' wijst de chauffeur ons de richting en we zien hoog boven ons dozen huizen tegen elkaar en de berg geplakt. 'De FARC heeft zijn mensen daar. Politie en leger kunnen de wijk niet in vanwege de moeilijke toegankelijkheid voor voertuigen in de smalle steegjes. En lopend is je leven er, zelfs met een zware bewapening en alle moderne communicatiemiddelen, niet zeker. Je wordt altijd gepakt en dan verdwijn je gewoon.'

'Waar naartoe?' is mijn eerste vraag.

'Het hangt ervan af welk prijskaartje jouw persoon draagt: een simpele politieagent, een onbekende burger of een belangrijke strateeg. De bestemming is of het rijk der doden of de gouden spaarpot van de gijzelaarskampen in de jungle. Achter de wijk, op het hoogste punt van de berg, ligt onze beroemde Monserrat, een echt bos, met beken vol forellen en watervalletjes, waar vele jonge Colombiaanse stelletjes elkaar op zondagmiddagen de liefde verklaren. Zelfs daar zijn mensen gekidnapt, meestal bespioneerde burgers met een politieke of andere bijzondere achtergrond. Zo onveilig is het hier.'

We naderen een kruising van straten. Een samenscholing van mensen, een ambulance en politieauto, leidt onze chauffeur naar de andere kant van de straat. Een taxi staat dwars en half op de stoep met het portier wijdopen. Op de grond ervoor ligt een man op zijn buik, zijn armen en benen wijd gespreid alsof hij gekruisigd is. Zijn hoofd baadt in een bad van helderrood bloed. Met afschuw krimpen Maya en ik in elkaar. Daniel pakt mijn hand opnieuw stevig vast. Philippe aarzelt niet en fotografeert in alle haast de scène. Onze chauffeur begint het gebeuren rustig te becommentariëren terwijl een politieagent hem gebaart door te rijden.

'Als je in Bogota een taxi neemt ben je nooit zeker van je leven! Een Franse vriend van mij heeft ermee te maken gehad. Terwijl hij zich in een taxi veilig voelde, stopte die taxi opeens ongevraagd. Toen hij de chauffeur de reden ervan vroeg, noemde hij het woord autopech. Nog voordat hij er erg in had, stapten twee lugubere types in zwart lederen jack de taxi in en reed de taxi op gierende banden weg. De twee mannen namen onder bedreiging van een wapen de Fransman zijn creditcard en cash geld af. Een eind verderop werden hij en de chauffeur de taxi uitgegooid, gelukkig nog in leven wat niet altijd het geval is! Sommigen eindigen in een gegraven gat in de natuur of worden zoals deze taxichauffeur, die waarschijnlijk weerstand heeft geboden tegen afpersing of iets dergelijks, koelbloedig neergeschoten. Als hij het overleeft noemen wij het de 'ballade van een miljonair.' Weten jullie dat een leven in Bogota vijftig euro waard is. Voor vijftig euro heb je een moordenaar of kidnapper zo gevonden.'

'De jungle is dus al lang tot in de stad doorgedrongen,' zeg ik op trieste toon in goed Engels. Een gevoel van onbehagen kruipt door mijn lijf. De blik op de bebloede man laat mij de realiteit beseffen. De gesmolten ogen van pijn en liefde zijn hier overal aanwezig. Ik ben toch teruggekeerd om er voor eens en altijd mee af te rekenen. Maar mijn angst verlamt mij. Straks moet ik Florian opbellen en hem meedelen dat ik goed ben aangekomen terwijl ik over de momenten van doodsangst zal moet zwijgen. Een achtervolging, en in het eerste uur op Colombiaanse grond zijn we al tot spionnen bestempeld. Mijn eerste lijk heb ik al gezien. Het duizelt mij en ik weet niet hoe lang ik dit ga volhouden. De straat versmalt en even denk ik aan eenrichtingsverkeer maar tegenliggers passeren ons en moeten we half over de stoepen langs elkaar rijden. Te vaak zie ik de chauffeur aandachtig in zijn achteruitkijkspiegel kijken en dan begint hij plotseling wild te roepen.

'Schuif onderuit mensen, snel. Geen hoofd of lichaam mag nog zichtbaar zijn.'

Het was mij eerst niet opgevallen, de glazen ruit achter de chauffeurplaats. Nu zie ik het en begrijp dat het kogelvrije glas is en een beschermende functie vervult. Zo leeft men hier.

Philippe zakt meteen onderuit. Hij lijkt mij een zeer ervaren oorlogsfotograaf, zo snel handelt hij. Daniel duwt Maya en mij naar onderen, trekt ons opzij en gebaart ons op de achterbank te gaan liggen. Zelf wringt hij zich tussen de stoel van Philippe en de achterbank als een lenige opgerolde mensslang. Hij streelt mijn benen die naast Maya's hoofd liggen.

Maya's stem klinkt opgewonden: 'Wat is er in hemelsnaam aan de hand?'

De chauffeur rijdt nog sneller en zijn woorden zijn spaarzaam: 'We worden gevolgd en ik moet zien ze kwijt te raken. Houden jullie jezelf onzichtbaar, dat is alles wat ik vraag. Het komt in orde. Ik heb een plan.' De ronkende motor van de auto blijft als enig geluid over. We zien niet meer wat er gebeurt maar voelen de hevige rukken die de chauffeur aan de auto geeft. Ik heb geen idee hoe lang het duurt tot we eindelijk zijn stem weer horen. 'Daar is het plein 93, en de barricade van het leger staat op zijn plaats. Mijn informatie is juist,' gilt hij en begint hard te lachen. 'Die imbecielen zullen het zwaar gaan betalen.' Met gillende banden remt hij hard, we slaan tegen Daniel aan, terwijl de chauffeur zijn ruitje opendraait.

We kijken vanuit onze rare en pijnlijke positie, onwetend of wij omhoog kunnen komen maar niemand beweegt.

'Buenos dias,' buldert de stem van de soldaat. De chauffeur zet nu een rap gesprek in en hij laat de soldaat een visitekaartje zien. De man wijst naar ons maar de chauffeur wuift met zijn hand alsof wij lucht zijn. Weer zegt hij iets en opnieuw laat hij zijn kaart zien. Ook wijst hij naar achteren.

'Si, Si, comprendo. Bueno.' De soldaat krijgt een vreemde blik in zijn ogen. Hij salueert met een militaire groet en de chauffeur draait zijn raampje vliegensvlug weer dicht.

'Het is oké.' De bandieten achter ons zullen ons moeten laten gaan. Zij beschikken niet over mijn relaties en ze weten niet dat de hele wijk is afgezet vanwege een mogelijke uitgelekte terroristische aanslag. Alleen 'zuivere' bekenden mogen de wijk in. We horen een auto piepend remmen, een hevige ruzie op de achtergrond ontstaat en wapens chargeren.

'Oef,' een kreet van opluchting ontsnapt uit mijn mond waarop de anderen hetzelfde doen.

'Blijf nog even uit zicht, jongens,' zegt de chauffeur. Hij trapt zachtjes op het gaspedaal zodat de auto moeilijk op gang komt. Na een tijdje bromt zijn stem: 'Kom maar uit jullie benarde houding, het is voorbij.'

Opgelucht hijsen we ons uit onze gekronkelde houdingen.

'Is het goed?' vraag ik angstig.

'Je hoeft niet bang te zijn Eliza.' Daniels stem klinkt als honing in een bijennest. 'Deze man, en hij klopt de chauffeur vriendschappelijk op zijn rug, is Luis Cordoba. Hij is de baas van de Franse AFP hier, half Frans en Colombiaans; hij bezit een verre band met het oude continent en is de meest zekere zet in het te spelen spel van Bogota. Met hem riskeer je niets. Hij wordt beschermd door de Franse staat en het Colombiaanse leger moet hem daarin bijstaan. Het is een zeer goede levensverzekering.' Philippe klopt hem ook op de rug en lacht eveneens hard.

Luis groet ons via zijn achteruitkijkspiegel. 'Aangenaam kennis met jullie te maken. Luis' stem rolt door Engelse en dan weer Franse woorden. Twee zulke schone vrouwen redden is een grote eer. Ik heb al vernomen waarom jullie hier zijn en geloof mij: Ik ga jullie veiligheid tijdens jullie verblijf garanderen. Mag ik jullie straks een Franse handkus geven, zoals mijn Franse voorouders altijd voorstonden bij een eerste kennismaking.'

Zijn grappige Franse accent maakt ons voor het eerst weer echt aan het lachen.

Maya kijkt hem met interesse aan en hij haar. Haar rode haren zitten in de war en haar donkere ogen schitteren fel.

'Nu breng ik jullie naar het hotel, zodat jullie rustig de jetlag afwerpen en een bad na deze lange reis zal zeker welkom zijn. Vanavond houden we onze eerste bespreking.'

Zijn zinnen gaan langs ons heen, zo verlangen wij naar een kamer.

We rijden op een grote avenue, vol imposante gebouwen en de wijk oogt zeer chique. Een bordje naar links geeft een plein aan: 'Plaza Bolivar.' Twee tellen later draaien we een imposant plein op.

'Aan dit plein ligt jullie hotel.'

We rekken onze nekken om het beter te kunnen zien. Het koloniaal aandoende gebouw van witte pleistersteen wordt opgesierd door een lange Spaanse arcade, grote witte ramen en een statig bordes waar de rode loper en gigolo voor de deur ons toch echt in een andere stad als Bogota wanen.

'Wat een contrast. Maar we hebben toch niet hier gereserveerd! Dat is veel te duur voor ons,' roept Maya onthutst.

'Voor genodigden van Daniel en Philippe zijn de kosten altijd voor het bureau,' zegt Luis zonder emotie alsof hij een bevel geeft. We willen jullie graag in leven zien en niet laten terugkeren in een geïmproviseerde kist.'

We knikken beiden ontdaan zonder nog een woord te kunnen uitbrengen. Door de vermoeidheid heb ik moeite met helder denken en ik zie dat Maya dezelfde symptomen vertoont.

De koffers worden uitgeladen en met een vreemd gevoel schrijven wij ons bij de receptioniste in.

We vinden ons kamernummer gemakkelijk.

De kamer oogt goed. Een ruime vestibule in de kleine entree van de kamer geeft genoeg plaatst voor onze bagage, die we blij van ons afschudden. Het geurt naar lelietjes van dalen. Een litsjumeaux is geplaatst tegen een met edele stof beklede muur in roze tinten, afgedekt met goudkleurige spreien, het getuigt van goede smaak. Een secretaire van mahoniehout op maat, versierd met de initialen van het hotel, geven plaats aan een telefoon, een schrijfmap, en een televisie. Grote beige lampenkappen op gouden sokkels pronken op de bijbehorende nachtkastjes. Een kristallen kroonluchter en aangepaste spots verlichten de kamer. Twee fauteuils in beige velours stof aangevuld met tafeltje en het boeketje bloemen creëren een gezellig hoekje. De grote Franse ramen zijn bedekt met lange witte vitrages en zware oker gordijnen met witte bloemmotieven, gedrapeerd rond het houtwerk. In een hoek staat een koelkastje, gevuld met drankjes. Een doosje chocolaatjes met welkomsttekst liggen op het sprei. Het trekt meteen onze aandacht. We trekken het papiertje eraf en knabbelen de chocolaatjes gulzig naar binnen.

Philippe en Daniel hebben hun kamers toegewezen gekregen op de tweede verdieping terwijl wij ons op de derde verdieping bevinden.

Mijn hand in hand houding met Daniel betekende voor ons niet vanzelfsprekend een gezamenlijke kamer, daarvoor ben ik Maya te trouw. Ik denk aan Florian en mijn hart herinnert zich Florian maar al te goed. Ben ik hier ook niet voor hem, maar ergens diep weggestopt jengelt een ongekend verlangen naar Daniel. Ik heb hem nodig. Hij bleef maar naar me kijken bij de receptie. Zijn ogen spraken zijn gedachten. Hij wenste een kamer met mij maar ik gaf geen reactie.

Maya ploft neer op het bed en gooit haar jas en schoenen uit. Ik volg haar voorbeeld en zink op het bed neer. Mijn ogen sluiten en even hoor ik niets meer, ik veronderstel dat Maya, net als ik, meteen in slaap gaat vallen. Met mijn laatste krachten kom ik weer overeind om haar welterusten wensen.

Ze staat al weer naast het bed. 'Mijn voeten veren op de vloerbedekking, zo zacht!' roept ze uit. De kamer heeft haar nieuwe energie gegeven. Ze huppelt enthousiast door de kamer voordat ze zich opnieuw op het bed nestelt. Lang kijkt ze mij aan.

'Gaat het goed met je, Eliza,' begint ze voorzichtig. 'Ik bedoel, nou ja, al die emoties na het betreden van het Colombiaanse grondgebied, je herinneringen. En die achtervolging betekent niet veel goeds. Dat kan uit de hand lopen. Maar jouw gevoelens, lopen die niet erg uit de hand?' Haar doordringende blik benauwt me. Ik begrijp dat ze uitleg over Daniel en mij wel op zijn plaats vindt. Goede vriendinnen, samenhorigheid, de ontmoeting. Ben ik alles al weer vergeten?

'Ja, je hebt gelijk. Daniel en ik beleefden tijdens de vlucht een ongekende sensatie. Een gevoel voor elkaar en deze zaak bindt ons, hij begreep me meteen. De bescherming van het geduide lichaam wierp zich van ons af en als gepelde personen zaten we naast elkaar. Niets scheidde ons meer. Het viel gewoon op zijn plaats en het heeft mijn angst gekalmeerd. Maya, naast jou heb ik hem nodig dit te klaren. Florian heeft het niet gekund, snap je, ik vergeef het hem. Begrijp me wel, in Daniel lijk ik Florian te hebben gevonden.' Het klinkt absurd, en ik aarzel om de volgende woorden uit te spreken. Mijn stembanden trillen en verward uit ik de betekenisvolle klanken: 'Ik houd van deze twee mannen. Zij zijn één voor mij.'

Maya's ogen bewegen niet, slechts haar hand schiet omhoog, zij streelt mijn haren en kust me liefdevol hoewel ze niet overtuigd schijnt.

'Ik houd tenslotte ook van jou. Daar is toch niets mis mee.'

'Nee, Eliza, maar denk aan de vele bekende verhalen. Je moet altijd oppassen voor de liefde. Het kan helen maar ook kapotmaken. Dat weet je toch heel goed.'

'Ja, ik moet op mijn hoede zijn, op alle fronten.' De wereld draait om mij heen, zo duizelig ben ik. 'Ik kan niet meer. Laat mij alsjeblieft.' Te moe voor een bad strek ik mij uit op het bed, draai mijn lichaam om, en val in een diepe slaap.

Maya kijkt ongerust naar mij. Ontroerd, waarop ook zij haar bed omhelst, blij eindelijk te kunnen gaan slapen.

De enquête

Het overgaan van de telefoon rukt mij uit een diepe slaap. Maya heeft de hoorn al in haar handen. 'Ja, dat is goed, dus over een uur beneden bij de receptie,' hoor ik haar zeggen en zij legt de hoorn op het toestel. Slaperig kijk ik haar vragend aan. 'Het was Luis. Hij biedt ons een diner aan in restaurant Exquis, hier pal aan de overkant van het plein. Hij haalt ons om zeven uur precies op, beneden bij de receptie. Er zal een belangrijke generaal van het Colombiaanse leger aanwezig zijn.' Maya loopt op het raam toe, schuift de vitrage opzij zodat het plein zichtbaar wordt. 'Waarom komt hij ons ophalen? We zijn toch met Philippe en Daniel,' zeg ik achterdochtig. De gedachte dat ik die Luis op de één of andere manier niet vertrouw durf ik niet uit te spreken. Zijn uiterlijke contouren vertonen een zelfingenomenheid, ik weet niet, ik vind hem antipathiek. Iets kwalijks, een vreemdheid en afstand is in mij gedrongen. Ik kan er niets aan doen. Het bevalt mij gewoon niet.

'Weet je, begin ik, Luis lijkt mij wel erg bevoorrecht. Zoals wij die militaire blokkade passeerden. En nu een generaal! Ik heb eigenlijk niet veel zin mijn zaak met die mensen te bespreken; ik houd het graag neutraal. Het is hier zo'n corrupte bende dat ik bang ben dat ik in het geheel niets te weten zal komen over die vermoorde mensen.' Ik bibber maar het is niet koud in de kamer. Ik kom overeind en kijk in de spiegel tegenover het bed. Mijn witte gezicht is getekend door het tijdsverschil.

Maya schuift het gordijn weer dicht.

'Luister eens liefje,' zegt ze geïrriteerd, 'dit is voor jou iets heel nieuws. Luis garandeert onze veiligheid, dus...Voor mij en de anderen is dit een routineklus. Wij, journalisten, hebben altijd zulke ontmoetingen. Het is nodig om alle gegevens en autorisaties eruit te halen. Die generaal is belangrijk voor hulp in het onderzoek want via hem zullen we in krantenarchieven, bij politiebureaus en andere instanties binnenkomen en op zoek kunnen gaan informatie, waaronder jouw vermisten.

Philippe heeft mij tijdens de vlucht verteld wat Daniel en hij precies zoeken: wat deed de Franse geheime dienst met een transportvliegtuig Hercules C-130 in juli 2003 op Braziliaans grondgebied? Waarom was er geen samenwerking met het Colombiaanse leger? Zij zijn toch het meest ervaren op het gebied van die materie, zou je kunnen stellen. Gaven ze iets om Colombiaanse gijzelaars of andere vastgehouden nationaliteiten? Nee, natuurlijk niet. Een schofterige instelling. Alleen die Franse politicus met een aristocratische achtergrond scheen te tellen. Er zijn geruchten dat de ontmoeting met de FARC op de grens van Colombia en Brazilië zou plaatsvinden. De hoofdprijs moest de bevrijding van één Franse gijzelaar worden en niemand meer. En je weet dat het grondig mislukt is. Het ergste is dat de FARC pas daarna zijn Franse gijzelaar als een echte serieuze prooi is gaan beschouwen. De FARC heeft geredeneerd dat als de Fransen zoveel waarde aan hun gijzelaar(s) hechten terwijl duizenden Colombianen en vele andere nationaliteiten vastzitten, het een goede schat zou zijn om pressie op de regering van President Alvaro Uribe uit te oefenen. Hun revolutie mocht niet verloren gaan. Ondertussen is er niemand vrijgekomen en is de situatie geheel vastgelopen. Die hele 'revolutie' in Colombia, met uit hun voegen gerukte idealen om voor iedereen een beter leven te bereiken is zwaar rottende. Het heeft een staat in een staat opgeleverd met een eigen hiërarchie, privileges en methoden door de revolutionairen gehanteerd. Niemand wil nog een pas in goede richting doen en teveel gijzelaars zijn voorgoed opgesloten. Het is de langste guerrillastrijd die wij kennen tot nu toe met teveel slachtoffers. Philippe en Daniel willen het Franse geheim openboren en daarmee kunnen wij zeker binnentreden in andere ondoorzichtige zaken. En dan een goed artikel schrijven over hoe de situatie hier werkelijk is. De wereld moet weten wat hier al te lang gebeurt! En Luis is de chef van de Franse persdienst hier. Dus toch geen schooiertje. Kom, Eliza, schuif je angst nu eens opzij en gooi je in de strijd. Denk aan de geestesmoord die je wilde plegen: *de tijd dwingt*. Het is al begonnen want die achtervolging betekent dat wij onze neus in iets hebben gestoken wat niet gewenst is.' Ze kijkt mij strijdlustig aan.

Verlegen schud ik mijn hoofd. 'Maya, ik weet dat ik spoken zie en het bloed der strijd aan mijn herinneringen kleeft, onverdraaglijk. Ook ik wil graag bijdragen aan bekendheid van dit conflict en eveneens mijn vragen beantwoord zien maar het is niet mijn bedoeling koelbloedig vermoord worden. Ik kan niet roekeloos alles en iedereen accepteren. Dat is toch mijn goed recht. Maya, we hebben kinderen en een familie. Dat staat op de eerste plaats voor mij. Voor jou toch ook? Mijn ogen boren in de hare. En ik geloof dat Luis en jij elkaar aanvoelen toch..'

Maya's ogen verzachten ineens. 'Oh, Eliza, sorry voor mijn harde toon. Je hebt gelijk. Soms vergeet ik zo maar alles, totaal opgeslokt door mijn professioneel streven.' Ze buigt haar hoofd licht naar beneden. 'Wat ben ik toch een onding.'

'We hebben nog niet eens onze familie op de hoogte gebracht van onze aankomst,' zeg ik schuldig. 'Ik ga Florian meteen bellen en ik zal hem maar niet van die achtervolging vertellen anders wil hij dat ik onmiddellijk Colombia verlaat.'

Maya pakt haar telefoon ook. 'Laten we dat inderdaad maar niet doen.'

Het diner

Na een flinke opknapbeurt kunnen wij weer voor de dag komen. Maya heeft een zwarte luchtige jurk aangetrokken. Daarover draagt zij een chique wollen poncho tegen de kou. De nachten op het plateau van Bogota op een hoogte van 2600 meter zijn gemeen koud. Zelf draag ik een wollen mantelpakje à la Chanel, een dikke leren jas en gevoerde laarzen.

De receptie, in stijlvol licht gedompeld, is leeg en stil. Slechts de groom voor de draaideur vormt een teken van leven. Philippe en Daniel zien we nergens. Ik verlang naar iets vertrouwds. In afwachting vallen we neer in de aanwezige leren fauteuils tot de groom op ons toe stapt en onze namen moeilijk uitspreekt. 'U wordt opgewacht,' zegt hij op officiële toon. Hij begeleidt ons naar buiten en wijst ons op een luxe zwarte limousine waarvan de motor draait. Vertroebeld blijven we als versteende poppen staan. De groom twijfelt echter geen moment, hij pakt onze armen en duwt ons er gemoedelijk naar toe. Hij opent het achterportier en gebaart ons in te stappen.

Nieuwsgierig zoeken onze blikken door de auto op zoek naar onze vrienden: Luis, Daniel en Philippe. Maar in de auto zit alleen een chauffeur en een medepassagier, die zijn hoofd langzaam naar ons toe draait. Het is een man, gekleed in militair pak met ijskoude ogen waar wij recht inkijken. Een schok slaat door mijn lijf en Maya blijft ook niet onbewogen voor zijn afschuwelijke ogen. Het wit ziet geel en de pupillen zijn onnatuurlijk verwijd en donker getint. Geheel ontredderd sla ik mijn ogen neer. Ik hoor alleen nog zijn stem, die niet overeenkomt met de koude ogen: 'Buonos tardes. U bent vanavond mijn genodigden. Luis is mijn persoonlijke vriend en voor hem ga ik door het vuur,' spreekt hij kort, bondig en vlammend. Door de jaren heen zijn wij trouwe bondgenoten geworden in de strijd tegen het terrorisme. Een zaak die, naar ik heb gehoord, jullie journalisten interesseert. Stap snel in, we kunnen hier niet blijven staan, het zal hinderen,' gebiedt hij licht geïrriteerd.

We staan nog steeds voor de geopende portier. Of we het willen of niet: we moeten instappen. De groom geeft ons het beslissende duwtje en slaat de portier dicht. We schuiven dicht tegen elkaar aan op die achterbank, bang voor die ogen. Hij heeft zijn gezicht al weer omgedraaid en vervolgt zijn betoog:

'Tijdens het diner zal ik jullie vragen graag beantwoorden.' De toon daalt alsof zijn interesse geveinsd is.

Maya herstelt zich als eerste en vat moed door te spreken:

'Met plezier, het zal ons zeker een beter beeld van de echte situatie hier geven en wij zijn u daar natuurlijk zeer erkentelijk voor.'

De lederen zitting van de voorstoel kraakt hevig zodat ik vermoed dat hij zijn hoofd weer heeft omgedraaid. Ik meen mij verplicht mijn ogen op te lichten en opnieuw kijk ik in die koele waterige ogen, staand in een opgeblazen gezicht; een scheve neus, vieze tanden en de vettige slierten van haren maken het nog afschuwelijker. Deze man vertegenwoordigt de verharding van de patstellingen in dit land. Ik zie het meteen. Hard als steen, doof en blind. Die woorden schieten door mijn hoofd. Ik kan er niets aan doen. Toch dwing ik mezelf tot een klank:

'Eliza Corbusier, aangenaam u te leren kennen. En dit is mijn collega Maya Tati.'

Hij steekt zijn hand naar achteren en we moeten elkaar aanraken. Zijn hand voelt eveneens koud aan.

'Generaal Mario Montes.'

'Zijn onze collega's niet vergeten?' zeg ik, terwijl ik naar adem hap. Hij heeft mijn hand nog steeds vast.

'Nee, ze komen lopen. Het restaurant bevindt zich op 400 meter aan de overkant van uw hotel maar dames van uw allure kunnen niet zo maar gaan wandelen. Nee, het is ongepast, vooral in Bogota.'

Waarom had Daniel niet op me gewacht? Nu moeten wij met die griezel in zijn auto meerijden. Maar ze hebben er zeker niet eens bij stilgestaan.

Maya ontspant en begint zich in de situatie te amuseren. Heimelijk stoot zij mij aan en maakt het kruisende gebaar, iets waarmee wij vroegere tijden voor ons raar ogende mensen aanduidden en dan compleet in een ontoombare lachbui uitbarstten.

Ik begrijp haar meteen maar ik onderdruk de reactie, bewust van het officiële karakter in deze zaak. De afstand is zo kort en de auto stopt al zacht zoemend.

De portier wordt opnieuw geopend en dit keer is het de manager van het restaurant die ons opwacht. Hij helpt ons uitstappen en leidt ons als beroemdheden naar binnen waar de andere gasten ons nieuwsgierig aankijken. Die gasten, anders dan in mijn verwachting, zijn hallucinerende opiumrokers en een intense geur dringt mijn neusgaten binnen. De manager wijst ons onze tafel. Onze mannen zitten er al.

De generaal schuift als eerste op zijn stoel. Een diepe zucht van genot dat hij eindelijk zit ontschiet zijn keel. Daarna kucht hij telkens hinderlijk, een soort zenuwtrek. Onze mannen begroeten hem met grote eerbied alsof de president van Colombia zelf heeft plaatsgenomen.

Daniel kijkt mij verwachtingsvol aan.

'Je bent vanavond nog mooier,' zegt hij charmant. Hij neemt geen blad voor de mond en moedigt mij aan in het openbaar aan onze gevoelens toe te geven.

'Dank je.' Mijn mond voelt droog aan en mijn handen zweten.

Luis complimenteert Maya, die duidelijk een oogje op haar

heeft.

Philippe kijkt ironisch naar het bonte gezelschap, beheerst door de liefdesperikelen van losgelaten mannen en vrouwen terwijl de generaal, die onze taal niet goed verstaat, in zijn eigen wereldje vertoeft.

Zo begint een vreemd gesprek.

Het gesprek

Een autoritaire wenk van Mario Montes laat een verschrikte ober onmiddellijk toesnellen. Hij maakt op mij zo'n indruk van een typisch mannelijk agressieve en schofferende persoonlijkheid. Het heeft iets ontmoedigend. 'Een aperitief voor onze gasten, roept hij hard.' 'Aguardiente en het gebruikelijke menu,' gaat hij op commanderende toon verder. Je ziet dat hij gewend is te beslissen voor anderen.

Ik kijk zo vragend naar Luis dat hij zegt: 'Het is brandewijn, gearomatiseerd met anijs.'

'En de andere dames en heren ook?' vraagt de ober.

'Si, si.' Ongeduldig wuift hij met zijn hand, nog steeds zonder één keer onze eigen wensen te raadplegen. Overdonderd door zijn gezag durft niemand te protesteren. 'Als iemand opium wil roken kan het ook,' voegt hij nog toe of het vanzelfsprekend bij het aperitiefje hoort. 'Opium maakt de geest los. We kauwen ook wel cocabladeren maar dat is voor het volk.'

'Voor mij een pijp en spul,' zegt Luis. 'En jij ook, Mario?'

'Ja, ik wil mijn lange pijp met grote bek. En jullie?' Hij kijkt ons brutaal aan.

Wij schudden verschrikt nee.

Terwijl ieder van ons naar een opening van het komende gesprek zoeken, tippen wij voorzichtig aan het ondertussen voorgezette drankje. Het smaakt zoet en bitter, een amusante combinatie.

Luis en de generaal roepen opnieuw de ober, die van tafel naar tafel holt, en laten hem de pijpen aansteken. Behendig, met kleine zekere bewegingen, rollen zij dan het kogeltje op de kop. Het is meteen doorboord, en zo te zien genietend, zuigen zij de rook naar binnen.

Mario laat ons echter geen tijd.

'Mevrouw Eliza, mag ik u zo noemen?' Ik knik beleefd. Mijn vriend Luis heeft mij op de hoogte gebracht van een nare, in Colombia, door u beleefde ervaring. En in die ervaring komt Karina front 47 voor. Kunt u mij dit bevestigen?' Strak kijk ik hem aan om mijn onzekerheid te verbergen terwijl mijn hersenen op volle toeren werken. Ik zou Luis willen vragen wie hem mijn verhaal zo goed heeft verteld. Daniel natuurlijk. Daniel voelt intuïtief mijn gedachten aan, en schuift zijn been tegen het mijne waardoor ik van zijn fysieke aanwezigheid bewust blijf en het mij herinnert dat mijn doel is de vermisten te vinden. Ondanks mijn apathie voor de generaal moet ik de kans aanpakken.

'Ja, de truck met al die misdadigers had het insigne Karina front 47.'

'Heeft u Karina gezien?' vraagt hij nog indringender.

'Nee, niet persoonlijk, althans niet dat ik weet. Ik heb vele militaire mannen en vrouwen waargenomen maar de details zijn me grotendeels ontgaan. Maar in Holland is iets vreemds gebeurd. Ik ben door toeval in contact gekomen met een gevluchte Colombiaanse vrouw, zij bevond zich op dezelfde plek op dezelfde dag en zij werd net als mij getuige. Zij herinnerde zich meer details. Zij sprak over een zwarte vrouw met een robuust gezicht, kort negroïde geknipt haar en dikke ronde brillenglazen. Haar lichaam moet zijn gekenmerkt door een verwoestend parcours want zij heeft slecht één oog en draagt een prothese aan één arm.

De ogen van Mario lichten vurig maar kil op.

'Ja, het is Karina. Ik haat die vrouw. Zij heeft haar aandeel in vele vermissingen. Ik heb haar bijna te pakken gehad. Hij neemt een diepe teug, zijn pupillen verwijden iets. Het duurt even dan vertelt hij krachtig:

'In die tijd waren weinig mensen op de hoogte dat deze vrouw door de FARC was gepromoveerd tot commandant van het 47ste front. Dit betekende voor Karina het bevel over 20.000 gewapende mannen en het commando over een zestigtal posten in het door hun toegeëigende gebied. Zij werd hiermee beloond voor haar dertig jaren trouwe dienst. Vele posten van onze trouwe militairen zijn door haar aangevallen waarbij altijd slachtoffers zijn gevallen. Zij kende de luxe zelfs buiten het destijds gedemilitariseerde gebied van Caguan, in het zuiden van het land, waar de guerrilla zich ophield, op te treden.

In augustus 2000 verscheen zij op de grote marktplaats van Narino (noordwesten) in het openbaar, in aanwezigheid van verschillende media en kondigde een nieuwe Boliviaanse beweging voor een nieuw Colombia aan: MBNC, te weten een clandestiene partij van de FARC. Ze vocht ook tegen andere paramilitaire groepen, die in onvrede met de FARC verkeerden. Zij is een goed getrainde revolutionaire, bij de FARC geboren en getogen.

Vanaf die dag kreeg ik met haar te maken vanwege de bloedige operaties, die zij leidde. In september 2000 viel zij onze militaire basis in Montezuma (ten westen van Bogota) aan. Onze kolonel José Eduardo Sanchez en veertien van zijn soldaten werden koelbloedig afgemaakt. Een paar dagen later plaatste Karina overal wegversperringen op de wegen in het departement Caldas, daarbij stak zij voertuigen in brand en schuwde niet politiemensen en burgers in gijzeling te nemen. Zij hield dit enkele dagen vol. Een legende om deze wrede strijdster begon zich te verspreiden. Angst domineerde mijn troepen op andere posten in de afgelegen bergachtige gebieden van ons land. Toen zij daarop nog eens vier mensen gijzelde, was voor president Ulribe de maat vol. Die avond belde hij mij geënerveerd op.

'Mario,' zei hij mij uitdrukkelijk, 'doe er wat aan. We moeten haar pakken.'

'Ik had haar levensloop al bestudeerd en wachtte slechts op dit

telefoontje. Ik heb toen op één dag mijn maatregelen getroffen.'
Een geheimzinnig lachje trok over zijn gezicht.' We hebben haar
echter niet kunnen pakken maar wel uitgeschakeld. Ik wist dat zij
zich schuil hield in de bergen van Caldas, om aan onze legereen-
heden te ontsnappen. Zij was toen al geen commandant bij de
FARC meer noch leider van de door haar opgerichte politieke partij. Ze had al teveel fouten gemaakt en dat beviel haar leiding
niet.' Hij buldert van het lachen en proost naar ons met zijn tequi-
la.

Als houten poppen zitten we daar. Ik begrijp niet veel van zijn
verhaal. Daniel neemt als eerste het woord.

'Het is dus goed mogelijk dat Eliza te maken heeft gehad met
zo'n door Karina geleide operatie van ontvoering, verkrachting en
moord?'

Mario staart strak voor hem uit maar zijn antwoord is direct: 'Ja,
haar operaties waren altijd gevuld met gruwelijk uitgedachte
daden. Het is zeer goed mogelijk.'

'Kunnen wij mijn dag,' en ik vermijd opzettelijk het woord
verkrachting, 'natrekken met de data van de door u bekende operaties door Karina uitgevoerd?' vraag ik opeens klaarwakker.
'Misschien kan ik mijn datum en plaats daarin ontdekken.' Wazig
en bizar kijkt hij mij aan, de opium werkt door.

'Nee en ja,' zegt hij stug. 'Het is militair geheim. Daarvoor hebt
u mij nodig.' Zijn loensende blik in mijn decolleté doet mij verzit-
ten. 'Morgen kan ik u in mijn kantoor ontvangen. Als u wilt,
natuurlijk. Maar u alleen, ik ben gewend dames te ontvangen. Het
zal geen argwaan opwekken, begrijpt u,' en nu knipoogt hij naar
mij.

Daniel kijkt geïrriteerd naar Mario. Maar Mario trekt zich nergens wat van aan.

'En?'

Mijn benen bibberen onder de tafel. Ik zoek de ogen van Daniel
in de hoop dat hij mij zal redden. Hij knikt goedkeurend naar me

wat me een beetje geruststelt.

'Hoe laat en waar?' vraag ik stijfjes.

'Ik laat je wel afhalen bij je hotel. Morgenmiddag vroeg na de siësta, laten we zeggen drie uur. Dan is het nog rustig op kantoor.' Weer die blik. Ik kots ervan maar ik moet wel. 'Dat is goed,' hoor ik mezelf toonloos zeggen. Ik ben weg, in mijn gedachten gekropen.

De ober verschijnt met grote schalen gerechten: beignets van maïsmeel, gevuld met gekruid rundvlees, rijst, gevulde paprika's pepertjes en gebakken banaantjes. Ik eet zonder interesse, spreek verward en ben nog slechts toeschouwer geworden. De rest van de avond zeg ik niet veel meer. Het toetje, een Catalaanse pudding, weiger ik te eten, mijn honger is al gestild.

De mannen onderling praten honderduit.

Maya luistert aandachtig, af en toe noteert zij iets in haar schrijfblok.

Om middernacht precies verlaten we het restaurant. Opnieuw zijn Maya en ik verplicht mee te rijden in de limousine. Bij aankomst voor het bordes schiet Mario uit de auto en houdt, naast de verbouwereerde groom, zelf het portier voor ons open. Een handkus als afscheid sluit het af. Eerst Maya. Dan ik. Zijn hand valt op. De dikke korte vingers en gele nagels. Een diep litteken loopt over zijn duim. Terwijl hij in gebogen houding mijn hand vasthoudt drukt hij zijn vette lippen extra stevig op mijn handrug, dan draait hij die koude ogen in de mijne.

'Tot morgen dan,' zegt hij licht hijgend en naar ik ontdek erotisch geprikkeld.

Terug op de hotelkamer praat ik met Maya.

'Ik ben bang voor morgen. Die generaal heeft mij gedwongen alleen te komen maar ik ga liever met jou of Daniel daar naartoe. Wat weet Mario precies van ons? Luis heeft mijn verhaal aan hem verteld en die heeft het weer van Daniel. Maar wat heeft hij precies verteld? Vooral nu ik hem zo in de weer met de opium heb gezien. 'Ze zijn verslaafd,' zeg ik minachtend. 'Die Luis, ik vertrouw hem echt niet,' herhaal ik drakerig. Het kan me niet meer schelen of ik Maya tegen haar schenen trap. 'Luis rookt opium, dat is toch niet iets om trots op te zijn.'

Maya gooit haar tas neer en schopt kwaad haar schoenen uit.

'Ik vind hem heerlijk lief,' zegt ze uitdagend met een verliefde blik. 'Maak er toch niet zo'n drama van,' Eliza. 'Als je iets onderzoekt, en geloof mij uit ervaring, zal je jezelf tolerant moeten opstellen. Kom, als je de identiteit van de vermoorde mensen echt wilt weten ben je bij Mario aan het juiste adres. En dankzij Luis heb je dit contact gekregen, niet te vergeten. Vergeet toch niet waarom je hier bent. Je doet rot tegen me, gaat je eigen weg, zet mij tegen Luis op. Bah, ik begrijp je niet echt. Wat wil je eigenlijk?'

'Ben je verliefd, Maya,' vraag ik haar direct. Even blijft ze nadenken.

'Ik weet het niet maar Luis maakt iets in mij los zoals Daniel bij jou heeft gedaan. Ben je het vergeten soms?' zegt ze ironisch en ze maakt de strijd gelijk. Ik word rood waardoor ik er belachelijk uit moet zien.

'Het is waar,' zeg ik mij bewust van dezelfde zwakte en probeer het snel te verlichten. ' Ach, het betekent weinig. Er is niets tussen ons gebeurd.' Ons gezoen in het vliegtuig verzwijg ik wijselijk. Ik had het heerlijk gevonden ondanks mijn spijt. Nog een keer probeer ik haar toch te waarschuwen voor iets wat ik rationeel niet kan verklaren.

'En kijk jij maar uit voor Luis en zijn opium. Je bent mij veel te dierbaar.' Daarna zwijgen we stug en kruip ik mijn bed in, zo moe ben ik.

De radio der vermisten

De volgende morgen ontmoeten we elkaar fris aan het ontbijt. Daniel trekt mij even apart.

'Ik mis onze samenwerking en intimiteit. Waar is het gebleven? Vanwaar die plotselinge afstand tussen ons, die ik sinds gisterenavond bespeur?' Hij probeert mijn hand te pakken. Ik duw hem lichtjes terug.

'Mijn excuses, Daniel, maar ik strijd.' Hij kijkt niet begrijpend. 'Werkelijk, het spijt mij als ik je in mij heb doen geloven, echt ik ben heel blij je te hebben leren kennen, ik verlang naar je maar ik wil niet verloren raken terwijl ik hier ben om antwoorden te vinden.' Verward gooi ik mijn tegenstrijdigheden over hem heen. 'Je moet mij die ruimte geven, alsjeblieft.'

Daniel krijgt eerst een woedende blik. Ik schrik en wacht op een spetterde en hatelijke opmerking die mijn gedrag in hem moet oproepen. Tot mijn verbazing duurt de woede niet lang. Hij zucht, kreunt zelfs van ongenoegen.

De anderen verderop, merken niets, zij bedienen zich aan het buffet.

Daniel staat op en gaat dan weer zitten. Zijn ogen, nu geknecht door pijn, doen ook mij pijn. Onhandig neemt hij mijn hand.

'Ik houd van je en zal je met rust laten.' Hij zegt het zoals hij het hoort te zeggen. Deze zin maakt mij gek van liefde voor hem, helaas, een stem uit de stille wereld, door Noelie zo goed gekend, laat mij weten nooit aan zijn verwachtingen te kunnen voldoen. Nu graaft dit bewustzijn al de eerste geul tussen ons. Water, golven van water stromen in de geul, die Daniel zou willen dichtgooien. Een drogbeeld dringt zich aan mij op. Hoe kan ik hem zeggen dat ik hem tot een deel van mijn eigen innerlijk wil maken maar dat het niet meer kan worden dan dat. Ik besluit hem niet over die wereld te vertellen, hij zal het vast niet begrijpen.

'Dank je Daniel voor je begrip.' Ik kus hem openlijk zonder gene op zijn mond. Ik vertrouw hem te veel. Hij is een man van het woord.

'Vanmiddag ga ik naar Mario toe.' Jullie hebben toch die ontmoeting met de radio der vermisten,' verander ik handig van onderwerp om er van af te zijn. 'Maar kan ik vanochtend met jullie mee? Misschien kan het personeel mijn verhaal en de datum wel in verband brengen met een vermissing?' We schuiven aan de grote ontbijttafel, gevuld met broodjes, koffie, honing en een ranzig uitziende boter.

'Philippe, Eliza wil mee naar de radio,' zegt hij zonder enthousiasme. 'Maya, wil jij ook met ons mee?'

'Als Eliza meekomt, laat ik het niet afweten.'

Zo wordt het besloten.

We vertrekken met de gammele auto van Luis. We zitten krap maar zijn vastbesloten het vol te houden. Onderweg stopt Luis een bandje in de oude radio met bandrecorder en begint te zingen. Het ritme van de rumbamuziek dreunt door de auto.

'Ik ben een verwoed aanhanger van de rumbadans, roept hij tussendoor en 'ik ben van plan jullie een avondje mee te nemen naar onze Zona rosa, een hippe wijk met autoloze straatjes waar dans en muziek ons echt laten leven.'

Maya moedigt hem aan.

'Buono, magnifiqua, Luis,' en zij streelt hem over de rug.

Spijtig denk ik aan Daniels handen.

De auto vult zich met vrolijkheid en de muziek. Er ontstaat er een echte ambiance.

Ik moet mijn geestesmonster doden, en ik moet het alleen doen, beslis ik, gekneld tussen mijn vrienden op de achterbank.

Ze zingen en lachen.

Ik sluit mijn moeilijke gedachten af, en zing ineens hard mee. Mijn stem is hard en onregelmatig.

De straten van Bogota glijden aan ons voorbij. Op deze hoogte schijnt de zon fel in de onbewolkte lucht en tegen de flanken van de Montserrat zie ik de rode cabine van de kabelbaan, die naar de opvallende witte kerk boven op de Montserrat leidt. Ik blijf zingen. Een onvergetelijk schouwspel. Ik dring het echte Colombia binnen.

Luis draait de auto een nieuwe straat in, aan weerskanten bebouwd met hoge flats, het ontneemt ons het prachtige zicht. Deze straat daalt af naar de tussenliggende wijken, volgestouwd met huizen en mensen. De heksenketel van verkeer maakt op Luis absoluut geen indruk. Op ons des te meer.

Philippe fotografeert. Je ziet hem genieten.

'Wel oppassen met dat fototoestel,' waarschuwt Luis. We kunnen elk moment op een barricade van militairen of politiepatrouilles stuiten. Fotograferen is altijd verdacht.

'Ja, ik blijf op mijn hoede,' stelt Philippe hem gerust.

'Persvrijheid hier,' Luis spuugt op zijn dashboard, bestaat niet. Geen Colombiaan is vrij. Wij zijn gevangen in angst: angst te leven, angst vrij te spreken, angst te hinderen, angst honger te hebben, angst voor onze kinderen, angst voor onszelf. Hij draait zijn hoofd woest naar ons toe: 'Daarom rook ik opium, om te vergeten. Die spaarzame momenten van het totale legen van die vuilnisbak met angst, die ons lichaam pijn doet. Daarom moeten jullie dat niet veroordelen. Het is verbonden aan de onvrijheid in dit land. Het is een grote ketting. Teelt, guerrilla, militairen, het onbegrip en onvermogen van dit land om ons korte mensenleven beter te maken. Hoe moet je daar mee omgaan? En een oude gewoonte hier zijn die drugs, gebruikt als voedsel en medicijn, niet om rijk van te worden maar om de misère te vergeten. Dus als de mens nou eens een geciviliseerd mens kan worden in zijn denkbeelden dan zijn drugs niet eens meer nodig.' Verbitterd voegt hij toe: 'Maar wie wil het voor elkaar brengen? De hersenen van ons volk zijn ondertussen door al die drugs al teveel aangetast om nog zinnig te kunnen denken. En ik probeer mijn werk als journalist nog steeds uit te voeren maar wie weet ben al knettergek, schimpt hij ironisch en daarna barst hij in hysterisch lachen uit.

'Voor mij ben je nog prima in orde,' spreekt Maya, bewonderend toe. 'Maar je moet wel oppassen, het is niet goed, en zorgelijk zendt zij hem een elegante handkus, terwijl hij naar haar in zijn achteruitkijkspiegel kijkt.

Even hebben we de rumbamuziek niet meer gehoord, meegezogen in zijn hartstochtelijke discours maar nu begint Luis weer hard te zingen en voor we het weten neuriën en klappen we als volleerde musici op het denderende ritme mee. De muziekgolven overheersen zo sterk dat de auto lijkt te deinen.

Ik luister naar die prachtige muziek, het maakt me gek van emotionele passie. Het is geen beredeneerd plezier maar het ontwaakt iets speciaals. Ik denk vluchtig na en dan weet ik het: het maakt in mij de vaardigheid wakker om uit de liefde het onzichtbare zichtbaar te maken, de wens om wie je niet ziet voortdurend bij je te hebben. Ja, dat is het. Rumba besluit ik, zal voortaan mijn liefde zijn, en op dat moment weet dat ik dat ik mijn liefde voor Daniel nooit hoef te verliezen. Heel rustig word ik van die verfijnde gedachte.

En ik zie Maya genieten. Ik moet haar mijn nieuwe gedachte aanraden. Zo kan ook zij haar liefde voor Luis behouden. Laat het dansen in je hoofd. Straks op onze hotelkamer zal ik het haar vertellen.

Luis draait nog één maal een hoek om en dan stoppen we voor een statig oud huis. Een grote houten poort, en vele bewerkte deuren en ramen geven het gebouw aanzien.

Luis stapt uit.

'Wacht even op me.' Hij loopt naar de intercom, drukt op het belletje en wij horen hem rap spreken. Snel is hij terug, stapt weer in terwijl de poort zich al in beweging zet. We rijden door naar een grote binnenplaats vol geparkeerde auto's en scooters. Hij vindt gelijk plek. Eindelijk kunnen we uit onze benarde positie in de auto komen.

Een jonge vrouw wenkt ons. Haar gitzwarte haren en uitpuilende neus verraden haar Indiaanse afkomst. Boven de deuropening, waar zij op ons wacht, zie ik in grote verlichte letters: Radio Caracol.

Luis loopt op haar toe, kust de vrouw hartelijk.

Wij volgen hem als eendjes achter hun moeder. Hij stelt ons gelijk voor.

Ze neemt ons nieuwsgierig op maar vraagt niets. Weer volgen we, nu de Indiaanse vrouw en betreden de studio's.

'We bevinden ons in één van de beste radio's van de wereld vanwege zijn strijdlust in het zoeken naar informatie over vermisten.' Luis hijgt een beetje terwijl hij praat.

Nieuwsgierig en onder de indruk kijken we om ons heen.

'In de dimensie van dit drama, hoef je maar naar hen toe te gaan. Vanaf zes uur in de ochtend tot twaalf uur aarzelt de bezielde omroeper niet ministers en hoge bazen op te roepen om hun reacties over deze zaken te peilen in een rechtstreekse uitzending. Het programma 'De stem van de gijzelaars,' geanimeerd door Angel Esperanza, is de emotie zelf. Deze journalist heeft zelf gedurende zeventien dagen vastgezeten bij de FARC voordat een legereenheid hem bevrijdde. Voor zijn microfoon defileren kinderen, echtgenoten, moeders en grootouders om hun gevangen gehouden familielid het laatste nieuws te brengen. De guerrilla heeft een vleugje humaniteit bewaard en laat bij gelegenheid de gegijzelden luisteren naar dit radio programma.

Het beeld van de Colombiaanse vluchtelinge in het café in Den

Haag doemt ineens voor me op: ogen, gesmolten van pijn en liefde. Het verdwijnt zoals het is gekomen.

We zijn aangekomen aan het einde van de gang waar verschillende deuren op uitkomen. Door vergeelde verf en het armoedige zeil op de vloer beseffen we hoe weinig middelen ze hier ter beschikking hebben. We nemen de laatste deur en betreden een kamer zonder ramen. Achter de draaitafel zit de omroeper tussen bergen apparatuur, een oude vrouw bevindt zich naast hem. De koptelefoon, iets te groot zakt half van haar oren af. De Indiaanse gebaart ons het stilte teken en wijst naar de rode lampen. We maken ons klein en geluidloos, en glijden de ruimte in naar de opgestelde stoelen waar genodigden zitten.

Ik zie een echtpaar met drie kinderen, die teveel wiebelen op de houten armoedige stoelen. Een oudere man luistert met tranen in zijn ogen naar de vrouw terwijl zij zenuwachtig aan haar neus friemelt tijdens haar verhaal. Een gevoel van eerbied en onmacht grijpt je hier. Een boze droom waarin iedereen hoopt dat de gruwelijke mensenrovers worden omgetoverd tot humane wezens, en men elkaar kan vergeven en iedereen herenigd wordt in een gelukkige afloop in de zin van: en zij leefden nog lang en gelukkig. Moed ontbreekt niet, gezien het jarenlange uithoudingsvermogen van de programmamakers en de getroffenen van deze ondraaglijke onrechtvaardigheid, zonder veel echt resultaat. Slechts een boodschap, een noodkreet opdat het kleine beetje leven van de familie doorkomt. Dat is alles. Om hier te komen moet je een vergevorderde zijn, en geen beginneling in de familieamputatie, veroorzaakt door gijzeling.

De vrouw, een ontredderde echtgenote, spreekt:

'Je kleine meisje heeft nu al haar tandjes,' wetend dat haar echtgenoot het kind nooit heeft gezien. 'Houd toch moed, geen dag gaat voorbij zonder dat we aan je denken. Ze is uitgesproken, kust de omroeper en keert vermoeid naar haar stoel terug.

Nu is de oude man aan de beurt. Moeizaam dreunt zijn stok op de stenen vloer, terwijl een technicus de geluiden probeert te dempen. Hij ploft in de stoel alsof hij zijn leven daar op die stoel neerzet. Hij wacht niet en wil meteen praten maar de omroeper maant hem tot orde.

'U krijgt een signaal. Ik moet eerst uw naam, en situatie doorgeven zodat uw zoon weet dat u het bent.'

Hij blijft ongeduldig. Eindelijk mag hij zijn zinnen uitspreken: 'Hier spreekt Fidel Castagno. Ik ben de vader van Ulro Castagno.

De omroeper maakt de opening: 'Ulro, hier is je vader. Hij maakt het goed en is hier in de studio om je moed te geven.' Hier komt hij:

'Denk aan ons zoon. Elke dag bidden wij voor je vrijlating en we laten het er niet bij zitten. Er is misschien hoop,' maar zijn stem zinkt weg in zijn verdriet.

De omroeper schiet hem te hulp:

'De regering hoopt op nieuwe onderhandelingen dus verlies jezelf niet, we wachten op je.

Kippenvel komt op mijn huid.

De oude man krijgt geen woord meer over zijn lippen en moet geholpen worden om weer naar zijn plaats te kunnen komen.

Een van de kinderen van het echtpaar wordt nu naar voren geduwd.

'Deze maand mag jij spreken,' zegt de vader tegen een van de meisjes. Zij holt naar de stoel en heeft goed opgelet. Zij wacht het signaal keurig af. De omroeper kondigt haar naam en trots haar jonge leeftijd aan.

'Opa, ik heb hoop dat je op mijn feest van mijn vijftiende levensjaar aanwezig zal zijn. Het is over vijf maanden. Alstublieft mijnheren de guerrilla's, laat mijn opa alstublieft gaan.'

'Waarom...' Ze wil doorvragen maar haar vader legt haar een zwijgteken op, het is voldoende.

'Het gaat om een levensteken van zijn familie aan opa...' en de omroeper aait over de bol van het meisje.

'Je moet de guerrilla nooit teveel onder druk zetten.' Hij is duidelijk bang dat het meisje te ver gaat. Discreet snikkend keert zij terug.

De omroeper wenkt Daniel en Maya te komen.

Philippe begint foto's te nemen.

'Vandaag hebben wij gasten uit het verre Europa en wel uit Frankrijk en Holland. Kunt u ons vertellen wat u Colombia doet bezoeken.'

Daniel begint in het Engels een klein betoog. Hij heeft het zeker voorbereid en vreemd genoeg ben ik trots op hem. Hij is een rustige en goede spreker.

'Wij zijn journalisten en bereid de wereld te laten weten hoe Colombia uit een prachtig idealistisch gedachtegoed, waarin ieder mens een plaats en menswaardig bestaan moet krijgen, nu is vastgeketend aan dat streven, zonder resultaat. Het ideaal, uitgedragen door mensen, opgevreten door hun eigen stommiteiten en egoïsme, is slaaf geworden van macht en drugs, in het gelijk hun gepretendeerde vijand. Wie is het slachtoffer en wie de vijand? Mensen met een hart, hier aanwezig, ongelukkig in hun bestaan door het amputeren van een familielid in het korte moeilijke bestaan voor een ieder. Zij begrijpen de boodschap: we willen met elkaar leven en elkaar een leven schenken, in goede condities. De tijd dwingt voor Colombia. Maar hebben drugs de hersenen van velen in dit land niet al te ver aangetast? Kunnen zij nog redelijk denken? Je zou zeggen van niet. Wij, in Frankrijk, moeten constant vechten om vrijheid, gelijkheid en broederschap te verdedigen. Maar wie maakt geen fouten. Wij zijn hier om een objectief beeld te brengen aan de burgers in Europa, zodat uw zaak niet verblind raakt want blindheid betekent stilte.'

Ik denk aan Noelie. Haar stille wereld. De gegijzelden hebben die wereld moeten ontmoeten. Ik hoor zijn stem verder spreken: 'Een stilte die eerst naar de diepe duisternis leidt, de mens doet kwijnen maar dan een gevoel raakt: onrechtvaardigheid. Geen mens verdient het zijn vrijheid, in welke vorm te verliezen. Maar vrijheid betekent ook extremen, en uit extremen ontstaat angst. Laten wij toch niet bang zijn. Wij zullen ons werk doen in de hoop dat het kleine druppeltje informatie een plas, een meer en tot een zee van bewustzijn wordt en hoop het leven terugbrengt.' Hij stopt en je kan een speld horen vallen. En dan applaudisseren de aanwezigen hard en lang. Een glimlach is op de gezichten gekomen. Een piek van hoop en euforie is gelanceerd en toch weet ieder in die studio maar al te goed dat het valse hoop is, het duurt al te lang. Maar toch...heel even had het leven de overhand gekregen en dat voelt goed voor de mensen.

De omroeper kucht.

'Dank voor uw woorden. Dank voor uw lef. En dank voor de moed van de gijzelaars. Morgen zijn er we er weer op hetzelfde uur met nieuwe familieleden. Tot morgen, en toi, toi, houd jullie taai, makkers.' Hij sluit de zender af. Hij richt zich tot zijn publiek in de studio.

'Hopelijk hebben jullie familieleden het kunnen horen tenzij hun cipiers de radio hebben afgegooid. Sommigen zijn zulke schoften.'

Bijna iedereen, afgezien van de oude man, is opgestaan en heeft zich om zijn draaitafel geschaard. De gasten schudden de hand van Daniel en Philippe en ook wij worden omhelsd en vastgehouden. We maken uitwisselingen met de gasten in moeilijke Spaanse en Engelse zinnen, die door het zaaltje kaatsen.

En dan valt ineens de naam Karina. Heel duidelijk.

'Ik wil u graag vertellen over Karina,' roept een man. Verbaasd kijk ik op. Hij is niet bij de omroeper aan de tafel gekomen maar is gewoon blijven zitten, in zijn eentje als een bestaande schaduw. Tot nu toe was hij mij niet opgevallen. Ik loop op de man toe. Iedereen spreekt met iedereen, hard, zodat ik de man bij zijn arm letterlijk van zijn stoel trek en hem naar de verste stoelen loods.

'Wie bent u en wat is uw verhaal?' Ik veins een journalist te zijn.

Mijn notitieblokje ligt al in mijn handen.

Hij neemt mij onderzoekend op. Toch is er geen wantrouwen. Beheerst antwoordt hij zonder vragen:

'Karina is een legercommandant van de FARC. Op een dag viel zij onze legerpost in Tabatinga aan, op de grens met Brazilië, waar ik toen in het leger diende. Ik ontsnapte aan die aanval. Samen met een kameraad, bezocht ik op dat bewuste moment zijn familie, een boerenechtpaar, in een aangrenzend dorpje, noch Braziliaans, noch Colombiaans, het bevindt zich op een berg, de Pico da Neblina, een berg waarnaast mensen slechts vliegjes lijken, te midden van dit woud, gevuld met bomen, die hoogtes van wel vijftig meter bereiken. Hier wonen de Tikuna-indianen, sommigen blond met groene emeraldkleurige ogen, ontstaan uit vermengingen van gestuurde soldaten met de locale vrouwen in dit vergeten gebied, waar de uiterste grens van armoede bereikt is en hun kinderen met bosjes aan diarree sterven. Het echtpaar had net bezoek van een priester. De vrouw opnieuw zwanger, dat zag je zo, wilde haar kind liever houden. De man wilde, naar ik aanneem, een abortus want toen wij binnenstapten, hoorde ik de priester zeggen:

'Doe het niet. Ik zal uw financieel helpen dit kind te laten opgroeien naar behoren. Vertrouw op mij.'

Toen hij ons zag zweeg de priester abrupt, excuseerde zich en verdween. Die priester kwam mij vaag bekend voor en ik scheen hem te verwisselen met een hoge generaal uit ons leger. Maar verder stonden we er niet bij stil.

Ze boden ons een koffiebrouwsel aan en later gaf mijn kameraad het echtpaar wat munten.

Na het afscheid vertrokken we naar het einde van de straat waar een ander familielid van hem op hem wachtte. Mijn kameraad vertelde mij dat de indianen leven van 'diensten' tussen Brazilië en Colombia. Toen ik hem vroeg wat voor diensten aarzelde hij maar vertrouwde het mij toch toe. Drugs, simpelweg drugs, zei hij. Een indiaan hangt zijn mand, vol verdovende middelen, verstopt onder voedsel en medicijnen, op zijn rug en loopt twee weken door het tropisch woud. Zij kennen het woud op hun gevoel, herkennen het ongedierte en het gif, weten de remedies, zijn excellente jagers en oriënteren zich als de dieren. Via de rivier de Salimoes sluist men drugs door het hele gebied en zo ontvangt de Colombiaanse guerrillero voedsel, medicijnen en al wat nodig is. De twee aanwezige federale politieagenten per oerwoudstadje doet iedereen glimlachen. Hier heersen andere regels, de regels van belangen en intense armoede. We bezochten nog enkele indianen terwijl hij zijn gage uitdeelde uit pure solidariteit met zijn familie.

Op de terugweg naar ons legerkamp ontdekten wij een guerrilla wegversperring maar slaagden op goed geluk onopgemerkt te blijven door ons voertuig tijdig te laten verdwijnen. Niemand had ons, wonder boven wonder, opgemerkt waarschijnlijk doordat de bewaking even moest zijn ingedommeld. We besloten te voet verder te gaan. Na een door mijn kameraad gekozen route, waarmee wij eromheen probeerden te komen, raakten wij plotseling geconfronteerd met motorgeronk. We kropen achter bosjes en zagen tot onze afschuw een open militaire truck verschijnen met daarin het een paar uur tevoren bezochte echtpaar, zijn dierbare familie. Op de truck stonden de zwarte letters: 'Karina, front 47' geschilderd.

Ik lees haat in zijn ogen.

'De priester was ook aanwezig, hij zegt het zacht. 'Hij stond te schreeuwen tegen de andere soldaten en ineens verdwenen ze allemaal naar de zijkant van de truck zodat wij niets meer konden zien. Schoten, een oorverdovend gillen joegen enkele vogels krijsend weg en toen een angstaanjagende stilte. De kleur trok uit het gezicht van mijn kameraad en ik moest hem knijpen, wrijven en duwen om het leven niet uit hem te laten glippen. Als sluipende panters, ons in het leger aangeleerd, verdwenen wij de andere kant op, terwijl opnieuw geweerschoten klonken.

Wij verscholen ons in een natuurlijke grot. Daar bleven wij, gehuld in stilte ter eigen bescherming tot de ochtendschemer terugkeerde, in de wetenschap dat de guerrilla altijd naar haar basis terugkeert.

Toen we eindelijk bij ons kamp terugkwamen was het hele kamp leeg. De puinhopen rookten nog. Terwijl wij er doorheen struinden op zoek naar het niets, hoorden we een helikopter die de landing inzette. Uit het toestel stapte onze commandant, die ons kwam ophalen.

Jarenlang hebben mijn kameraad en ik geprobeerd te achterhalen waarom zij onschuldige mensen, zijn familie,' en zijn ogen tranen lichtjes, 'zo maar kapot hebben geschoten. We vonden niets.

Kort op dit gebeuren is mijn kameraad overleden, verteerd door een oorlogstrauma. Op zijn sterfbed heeft hij mij laten zweren het gebeuren nooit te laten rusten en daarom kom ik hier elke week. Soms spreek ik, soms niet. In mijn legereenheid heeft mijn spreken tot een conflict geleid en ze hebben mij om die reden ontslagen. Ik leef van hulp van mensen om mij heen, lotgenoten. En de guerrilla kan mijn bloed wel drinken maar zoals u ziet, ik leef nog.

Ik zie hem nu echt. Zijn gezicht is doorgraven met rimpels en zijn grote bos grijs haar bevestigt zijn ellende. Ik pak zijn hand.

'U vertelt mij iets zeer belangrijks, iets waar ik toevalligerwijze meer van wil weten.' Hij kijk mij verbaasd aan.

'U bent niet de eerste die mij over Karina 47 vertelt. Het moet tot op de bodem worden uitgezocht. Tot nu toe heb ik slechts enkele aanwijzingen maar vanmiddag hoop ik meer informatie te krijgen. Kunnen wij een afspraak maken? Ik kan uw hulp gebruiken.'

Zijn trieste uitdrukking klaart op, zijn ogen beginnen heen en weer te bewegen en hij rangschikt zijn kleding. De arme man lijkt aangetast als zijn kameraad. Ik besef hoe gevaarlijk zulke ervaringen zijn. Het maakt je langzaam maar zeker kapot. Mijn strijdende geest moet ook geholpen worden, klinkt een stem diep in me. In wezen ben je niet anders dan hem.

'U kunt me helpen.' Ik ben de man dankbaar, en zonder dat hij het vermoed, ontwaakt hij een dosis nieuwe moed in mij. Hij kan mij brengen naar die berg, waar het echtpaar geleefd heeft. Er moeten nog familieleden in leven zijn. Hadden de andere bewoners van het dorp de ontvoering gezien? Waren zij op de hoogte? Of leven zij eveneens in het raadsel van de obscure vermissingen? Was er gevochten of was het stiekem gegaan? Weten ze dat het echtpaar gedood is? Teveel vragen gillen in mijn hoofd. Snel geef ik hem papier en pen en trillend schrijft hij zijn naam en adres op. Ik lees het papiertje: Eugenio de Nora is zijn naam.

Ik geef mijn visitekaartje en schrijf mijn naam, telefoon en het nummer van mijn hotelkamer erop. Net wil ik nog de namen van het echtpaar vragen als de deur van de studio wijds opendraait en de jonge vrouw in haar handen klapt. De tijd is om, het volgende programma gaat beginnen. Niemand treuzelt en we verlaten in een rij de studio.

Buiten nemen we ontroerd afscheid van de families en radiomedewerkers, we beloven duizend goede dingen aan elkaar. Eugenio de Nora blijft op afstand, hij fixeert me.

In de auto van Luis praten we als jonge kinderen door elkaar terwijl mijn stem domineert met mijn verhaal van Eugenio over Karina .

'Dat is het een fraaie ontwikkeling' zegt Luis.

'En vanmiddag hoop ik aanvullingen te vinden bij Mario.' Even vibreert mijn onderrug als teken van angst maar het papiertje in mijn tas sterkt me.

'Laten we het hopen.' Luis stem verbergt een ondertoon. Of verbeeld ik het mij. Niet denken, Eliza. Niet denken... Ik grijp Daniels hand en de vertrouwde warmte helpt. Spontaan liefkoost hij mij. Ons gesprek van vanochtend lijkt niet te hebben bestaan.

'Ik heb vreselijk honger,' zeg Daniel.

'We nemen straks een specialiteit: een bonenschotel. Ik houd van goed eten,' zegt Philippe.

'Of een lamabiefstuk in een Colombiaanse saus. Om eens iets heel anders te proberen,' voegt Daniel verlangend toe.

'Het zijn echte eetfrieken, he Elsi' grinnikt Maya. 'Onze Hollandse eetcultuur valt zo uit de toon.'

'Eh.'

Ik ben nog steeds verbaasd over mijn ontmoeting met Eugenio, maar zij praten nog slechts over eten.

Het bezoek aan het Ministerie van Defensie

Mijn chauffeur zeilt door de nodige versperringen, hij gebruikt telkens dezelfde boodschap en nodige papieren. Alles is tot in de puntjes geregeld. Het ministerie van Defensie ademt zijn imposante postuur uit ondanks de alles omhullende mist, opgesloten tussen de bergtoppen. De Colombiaanse vlag hangt stil aan de machtige gevel. We stoppen voor de hoofdingang. Twee soldaten in een onberispelijk tenue, de beige blouse is afgewerkt met witte boorden, een rood sjaaltje om hun nek, en een schuin opgezette baret met zilveren sterren, maken een keurige indruk. Ik ben echter niet gerust. Zenuwachtig struikel ik bijna bij het uitstappen. Hier kan mij toch niets gebeuren, herhaal ik telkens en nog voordat ik verder kan piekeren, treedt een dame van middelbare leeftijd, modern gekapt en in een modieuze jurk, naar buiten. Zij steekt mij haar hand toe, die ik afwachtend in de mijne laat drukken.

'Ik ben de secretaresse van de minister. U bent Eliza Corbusier.'

'Ja.'

'Volgt u mij maar.'

De hal, in koepelraam en hemelhoog, geeft mij een gevoel van ruimte. Overal liggen tapijten en aan de muur hangen schilderijen, zo te zien belangrijke mensen. Historische wapens in de vorm van lansen omkrullen elk schilderij. Twee mannelijke onbestemde medewerkers lopen met ons mee. Mijn ogen schieten vol van ontzag. Het overal aanwezige marmer maakt mij een museumbezoeker.

'Wat mooi,' probeer ik in mijn halve Spaans maar door de uitblijvende reactie zwijg ik maar. Ze voert mij met een lift omhoog naar een gang waar geen einde aan lijkt te komen. Het licht is er spaarzaam maar deuren zijn er genoeg, deuren met nummers. Aan het einde van de gang zijn we een etage hoger in de koepel. Het glas brengt een vrolijk zonlicht. Tropische planten sieren de plek en zo te zien gedijen ze goed. Leren comfortabele fauteuils, een salontafel en lectuur staan uitnodigend opgesteld.

'U kunt hier plaatsnemen tot de Minister u persoonlijk komt halen.

'Dank u,' en ik laat me vallen in één van de fauteuils.

Zij verdwijnt terug de gang in.

Mijn ademhaling klinkt zwaar waardoor ik mij dwing te ontspannen. Ik kijk nieuwsgierig alle kanten op. Achter welke deur bevindt Mario zich? Een harde klap laat me schrikken. Ver in de gang, in het onduidelijk licht, zie ik de man met de witte haren, de Incaman van het vliegveld, de door Luis aangeduide 'spion' staan. Stil als een standbeeld en zijn hoofd is naar mij gedraaid. Grimmig. 'Oh,' ontsnapt het uit mijn mond, terwijl mijn hand naar mijn mond zoekt om elk volgend geluid te dempen. Dan draait hij zich om en stapt een deur binnen. Een opwelling te vluchten welt in mij op, maar een loden last in mijn benen maakt mij onbeweeglijk. Ik kan het gevoel van samengeperst worden niet beschrijven. Het lijkt op dat onvergelijkelijke moment dat alle ruimtes een worden, zoals sterven wel beschreven is, sterven van pure angst. Terwijl ik wegzak in mijn doodsangst, slaat de eerste deur open en brengt mij weer tot leven. Mario verschijnt. Hij heeft zijn weinige vette haren glad gekamd, een intelligent aandoende bril opgezet en zijn militaire tenue verwisseld voor een elegant grijs kostuum, dat direct uit Italië zou kunnen komen. Zijn voorkomen doet zo officieel aan zodat mijn scheve gedachten enigszins recht trekken.

'Eliza, welkom op mijn ministerie.'

Ik sta op maar hij is al bij mij, pakt mijn hand en likt mijn hand met zijn Franse handkus. Het ironische glimlachen van de uit het niets toegesnelde veiligheidsagenten geeft mij de tijd te herstellen, het brengt mij terug in de waarschuwende zone. Ik moet op mijn hoede zijn seint mijn instinct en het spelletje zo goed mogelijk spelen. Zijn mond nadert mijn oor en hij fluistert: 'Een enorme blijdschap beheerst mijn denken. U te weerzien, heerlijk. Ik heb de hele nacht van u gedroomd!'

Ik hoop dat de kleur in mijn gezicht is teruggekeerd. Om hem te behagen neem ik een beminnelijk glimlach aan.

'In dromen kom ik er zeker beter van af dan in werkelijkheid.'

Hij schudt verongelijkt zijn hoofd.

'In geen enkel opzicht, u bent vandaag nog mooier dan vannacht. Zijn lippen tuiten zich verheerlijkende.

'Eliza, heeft u, of mag ik jij zeggen, goed geslapen?

'We tutoyeren elkaar dan maar,' spreek ik hem tegemoet in zijn aanmoediging. Ineens twijfel ik aan mijn hallucinatie van zo even tevoren. Misschien heb ik mij vergist. Mario is toch de vriend van Luis. Mario pakt mijn arm en leidt mij elegant naar de stoel voor zijn bureau. Zelf neemt hij erachter plaats en trekt een lade open. Een groot gedrukt vel gooit hij op zijn bureau.

'Kijk Eliza,' dit is een kopie van de gegevens waar je voor gekomen bent. Het zijn de data van aanvallen van Karina op onze militaire posten.' Zijn stem verhard, is met haat gevuld.

Ik verroer mij niet, zwijgend zoek ik naar mijn datum op het vel. Vaag zie ik 17 juli 2003. Maar veel tijd krijg ik niet.

'Loop maar even met mij mee. Ik moet je iets laten zien.' Hij is al om het bureau heengelopen om mij zijn arm aan te bieden, die ik eerst wil weigeren. Gearmd lopen we naar een afgebakend stuk van zijn werkkamer, gescheiden door een gestuukte boog. Het tweede gedeelte van de werkkamer is een salon. Comfortabele fauteuils, een Spaanse tafel en stoelen, en zelfs een bed ontbreekt niet.

'Kan ik je jas aannemen, Eliza.'

Aarzelend doe ik mijn jas uit. Hij loopt naar een staande kapstok in de hoek met slechts één opgehangen kledingstuk: een zwarte priestersoutane. Het valt mij op dat onder het witte aangehechte boord een speldje van een blauwe vinder prijkt. Wat vreemd! Het lijkt een ordinaire grap maar mijn hart begint zo hard te bonken dat hij er pijn van doet. Wat moet een priestersoutane in zijn bureau. Wat weet Mario echt van me en wie is hij werkelijk? Mijn ledematen doen ineens pijn van angst en ik wil weg maar herinner mij dat ik het spel moet blijven spelen voor mijn eigen veiligheid.

'Mario,' en mijn stem trilt, 'wat moet ik zo nodig zien?'

'Daar,' en hij wijst op een gigantisch bord tegen de muur.

Nu zie het pas. Het bord is vol gekrast met vlaggetjes, data, kruisjes en oké's. Bovenaan staat in grote letters *Karina front 47*.

'Kijk, Eliza, het zijn de aanvallen van haar op mijn mannen en de resultaten: verloren of gewonnen.' Hij geeft geen nadere uitleg maar de weinige oké's spreken voor zich. 'En voor jou heb ik de lijst met data en plaatsen gemaakt, afgeleid van dit bord. Ik ga voor jou door het vuur,' fluistert hij vurig en hij kijkt mij verliefd aan. 'Je hoeft het mij maar te vragen. Je bent sinds gisteravond mijn hart ingeslopen.'

Voordat ik het zie aankomen grijpen zijn twee handen mijn nek ruw vast, dringt zijn tong door mijn lippen heen mijn mond binnen en betasten zijn koude handen mijn tepels dwars door mijn kleren. Mijn tepels verharden en tintelen. Heel even laat ik het toe tot het doordringt. Ogen, gesmolten van pijn en liefde. Een vlaag van woede en haat welt in mij op. Als ik een hond zou zijn geweest had ik hem zo hard gebeten dat mijn tanden zijn botten zouden voelen om mijn zwarte gedachten te sussen en mij daarna uit de voeten te maken. Als mens verzin ik een andere list. Ik trek mijn lichaam iets omlaag waardoor hij probeert te buigen. Vervolgens trek ik zo hard mijn knie omhoog en beuk tegen zijn gevoelige geslachtsdelen, gereed mij te doorboren. Hij laat mij onmiddellijk los, kermt met een huilende schreeuw en begint hard in het

Spaans te vloeken.

'Rotmeid, slet dat je er bent. Je hebt met mij gespeeld. Niemand ontkomt aan mij' en dreigend nadert hij opnieuw. Hij wil me slaan. Ik draai me om en steven op de deur af met Mario achter mij aan. Er wordt hard op de deur geklopt, en de deur slaat open waardoor mijn benarde positie doorbroken wordt. De secretaresse, in het deurgat, vraagt poeslief:

'Bent u al klaar, mijne excellentie de Generaal? Haar grijns maakt mij woedend.

'Ja, wij zijn klaar.'

De stem van Mario achter mij klinkt vermoeid en aangedaan.

'Brengt u mevrouw Eliza terug naar de dienstauto, die haar naar haar hotel zal terugbrengen.

'Wacht,' roept hij nog na. Ik schrik en ben niet van plan te stoppen. Ik voel mijn jas half op mijn schouders terecht komen. Ik trek hem aan, kijk niet meer om en marcheer weg met de secretaresse aan mijn zijde. Eenmaal buiten weiger ik bot de dienstauto, pak mijn draagbare telefoon en bel Daniel. Ik praat niet maar schreeuw in de hoorn.

'Die viezerik heeft mij ongewild betast,' blijf ik zonder schroom gillen. De soldaten blijven ijskoud onder mijn gekrijs.

'Ik kom eraan,' Daniel hijgt benauwd. Binnen vijf minuten staat hij naast me. Het is me een raadsel hoe hij zo snel bij mij kan zijn. De soldaten blijven van steen.

Hand in hand, in elkaar gestrengeld, steken we dwars het monumentale plein over, terug naar het hotel, zonder nog een woord te spreken. We zijn allebei te diep geschokt.

De vlucht

Terug in het hotel vind ik Maya in bad met Luis. Ze roepen me, verrast door mijn vlugge terugkeer maar ik antwoord niet. Onthutst sla ik de deur dicht van de badkamer en verlaat de kamer. Ik moet ergens naar toe. De verwarring heeft mij ingesloten. Paniekerig loop ik naar de lift en zak naar de etage waar Daniel zijn kamer heeft. Ik klop woest op zijn deur.

'Wie is daar'? 'Ik' is voldoende.

Daniel opent de deur en trekt mij naar binnen. Hij zoent me en ook nu zie ik het niet aankomen. Zijn tong dringt zacht naar binnen, zijn strelingen brengen me in een gewenste droomwereld. Het duurt en ik voel het in zijn broek spannen, mijn bekken opent zich maar dan verstart mijn doen, flarden van de ogen die smelten van liefde en pijn zie ik. Langzaam maak ik me los uit zijn armen.

'Ik weet dat ik het wil doch ik verbied het mijzelf, Daniel. Het brengt alleen maar problemen,' spreek ik triest. 'Liever blijf ik voor jou een vriendin.'

Opgewonden kijkt Daniel mij aan.

'Ik verlang zo naar je. Ik houd het niet meer.' Toch beheerst hij zich. Hij trekt zijn kleren recht. 'Je hebt gelijk, het zal ons moeilijkheden brengen. Maar hij blijft mij strelen en dan barsten we alsnog open. De tijd dwingt ons. Hij trekt mijn blouse open, kust mijn borsten en zakt al kussend naar beneden. Ik laat hem gaan, geuren van zijn geparfumeerde haren trekken door mijn neus. De kamer draait. Leven is genot denk ik. Verkrachtingen, dat is pijn, maar de samensmelting van twee liefhebbende mensen, op een moment van intense stress is de verzachting van het lot. Het is niet slecht maar een echte troost, schiet het door mijn hoofd. Zelfs Florian zou zo kunnen denken, denk ik nog, maar ik weet nu al dat een nieuw geheim mijn oude gaat vervangen. En zo vrijen we door tot we in alles bevredigd zijn. Gelukzalig liggen we op het bed. Hij streelt mijn vochtig geworden haren. Mijn ogen verorberen hem, zijn woeste haren, zijn matte huid, zijn uitstekende neus. Zijn ogen kleuren van licht naar donker van pure extase. Ik heb het toegelaten. Heb ik spijt? Lang blijven we liggen.

Terwijl ik onder de douche vandaan kom, hoor ik de telefoon overgaan. Daniel spreekt lang en antwoordt koel: 'Begrepen.' Even denk ik dat iedereen het weet en ik ontmoet de realiteit weer.

'Wie was dat?' vraag ik ongerust.

Zijn ogen rollen in de oogkassen.

'Een mannenstem, die mij aanraadde mijn laatste sacrament te laten brengen.' 'Jullie gaan eraan, zonder pardon,' zei hij nog en toen heeft hij de hoorn erop gegooid. 'Dit is link. Luister, Eliza. Het is zeker dat door het incident met Mario de boel nog verder gaat escaleren. Waarschuw zo snel mogelijk Maya, pak jullie spullen en kom naar mijn kamer.'

'Maya ligt met Luis in bad,' zeg ik verlegen. Maar het dringt niet echt tot hem door.

'Luis zal het meteen snappen dus stuur hem ook naar mijn kamer. Ik haal Philippe op.' Meteen hoor ik hem een telefoonnummer intoetsen. Hij trekt mij naar de deur, opent hem, en duwt mij naar buiten.

In paniek ren ik de trap op zo hard ik kan. Nerveus trek ik de magnetische sleutel door het kastje van de deur en na twee keer lukt het mij de deur te openen.

Luis staat keurig aangekleed voor het raam en tuurt dromerig naar buiten. Hij beweegt eerst niet.

'Luis,' en mijn stem waakt hem uit zijn rêverie.

'Eliza,' brengt hij verstoord uit, als hij mijn staat van paniek ontdekt.

'We zijn door de telefoon bedreigd en we moeten hier onmiddellijk weg, we hebben geen minuut te verliezen.' Hij reageert niet echt. Maya stapt uit de badkamer, geheel gekleed en gekapt. Je ziet dat zij mijn zinnen heeft gehoord. Bevreemd kijkt zij ons aan. De boodschap houdt nog even stil tot de inhoud werkelijk betekenis krijgt. Maya pakt haar tas en begint alles erin te gooien. Door haar geste grijp ook ik mijn tas, trek mijn kleren van de haken in de kast, hol de badkamer in en veeg in een beweging mijn toiletspullen op een hoop. Ik bots tegen Maya aan die als een gek tekeer gaat. Slechts Luis blijft onbeweeglijk in onze tumult. Onbegrijpelijk, en ik roep hem nogmaals. Hij is verdomme toch de man die ons zal beschermen.

'Snel, Luis, Daniel wil je dat naar hem toekomt,' schreeuw ik tegen hem. 'We moeten hier weg.' We krijgen al onze spullen op orde en nog steeds staat Luis als een stenen beeld aan het raam.

'Kom nou,' zegt Maya ongeduldig tegen hem.

'Nee,' galmt het door de kamer. Het woord lijkt te echoën. Hij loopt naar Maya, pakt haar hartstochtelijk beet:

'Ik moet hier blijven voor jullie. Ik zal ze afleiden. Probeer het niet te begrijpen. Ik houd van je Maya. Voor het eerst in mijn leven houd ik oprecht van een vrouw. Ik wil dit diepste moment van geluk nooit meer vergeten. Hij kust haar op haar gehele gezicht met diepe zuchten van genot. Maya herhaalt alleen maar dezelfde woorden: 'te quiero,' die zij onwezenlijk en slecht heeft uitgesproken. Het duurt te lang en eindelijk laten ze elkaar wanhopig los.

'Haal Daniel en Philippe op en ga onmiddellijk twee etages hoger naar kamernummer 1089. Open die deur en jullie zullen via de schacht naar de wasserij kunnen wegkomen,' zegt hij. Zijn gezicht is krijtwit geworden. 'Achter de wasserij ligt een hippodroom. Loop naar de ingang, verschuil je in de witgekalkte kassahokjes en wacht op hulp. Ga nu!'

Maya klampt zich aan hem vast, zij is verward en wil nog iets zeggen, naar ik vermoed mijn raad de rumba als middel de onzichtbare liefde zichtbaar te maken en elkaar voor altijd te voelen. Ze wil zich aan hem plakken, begrijpt het niet, maar hard en gehaast duwt hij haar naar de deur waar ik al met mijn bagage wacht. Hij geeft Maya haar tas aan.

'Het is goed, ga nu toch.'

We lopen de gang in en nog eenmaal kijk ik om, Luis houdt zijn telefoon aan zijn oor en ik hoor duidelijk 'Olla Radio Caracol.' En dan niets meer. We hollen de trap af naar de kamer van Daniel, waar Philippe voor de kamerdeur, ons wenkt en gebaart geen herrie te maken. Daniel komt ook naar buiten en sluit de kamer af.

'Waar is Luis,' zegt hij geïrriteerd tegen mij.

'Hij zal onze afleidingsmanoeuvre zijn. Hij heeft gezegd twee etages hoger te gaan en deur 1089 op te zoeken. Daar is een schacht naar de wasserij op de begane grond. We kunnen daardoor wegkomen, zonder op te vallen, naar het hippodroom, gelegen aan de zijkant het hotel. In de kassahokjes kunnen we schuilen in afwachting.'

'Van wat?'

'Ik weet het niet, Luis heeft radio Caracol gebeld.' Ik vertrouw het nog minder, als Daniel eens wist.

'Laten we dan maar gaan, we hebben geen tijd te verliezen.' Philippe heeft gezwegen. Hij knikt nu instemmend.

We rennen naar de trap, en klimmen de vele treden op naar boven. Eenmaal in de gang volgen wij de kamernummers. Bij het de hoek omgaan klinkt een een scherp slepend geluid achter ons. We stoppen abrupt en als we omkijken zien wij onze vliegveldman aan het einde van de gang. In een flits zie ik zijn koppigheid.

'Snel, die Incaman is er weer,' krijs ik.

Iedereen herkent hem deze keer en hij is geen hersenschim meer zoals ik in het ministerie veronderstelde. We hollen, onze ademhaling put zich uit, op de hielen gezeten, in de U-vormige gang. Eindelijk bereiken we het nummer 1089 en Daniel gooit de deur open. Hijgend en uitgeput schieten we naar binnen. Een sleutel op de binnenkant van de deur hoeft slechts te worden omgedraaid om veilig te zijn. We zijn de Incaman te snel af en horen zijn stappen voorbij schieten zonder dat ze stoppen. Hij is ons kwijt. Opgelucht maar kapot gaan onze blikken in de rondte. Overal staan ijzeren rolrekken met balen wasgoed. Er is echter geen tijd om op adem te komen. We moeten voort.

'Pak lakens als glijmiddel en hup één voor één die schacht in naar het souterrain,' zegt Daniel bevelend.

Twijfel spreekt door onze ogen maar terugkerende voetstappen in de verte geven ons moed. Ondanks de spanning moeten we ineens zachtjes lachen.

'Als lingeriebalen een hotel verlaten is een nieuwe ervaring,' scherts Maya op fluistertoon terwijl zij tegen mijn rug botst. De mannen duwen ons erin en we schieten er als eersten doorheen.

'Net als de tunnelglijbaan in het zwembad. Yoeeeeiii.. een lange piepende toon schraapt hard over de harde ijzeren wand en even houd ik te lang mijn adem in uit angst voor een ontdekking. Mijn kont en rug doen pijn. Het duizelt in mijn hoofd. In amper twee minuten zijn we er allemaal door heen gegleden en staan we, half geblesseerd, in de wasserij als bizarre toeristen met hun weekendtas. Achter in de donkere ruimte horen wij geluiden. Waar het licht is, zien we een deur wijd open staan en we vluchten achter Daniel aan naar buiten een straatje in, waar een bord 'hippodroom' aangeeft. Niemand heeft ons gezien.

De smalle straat, door hoge muren afgescheiden, leidt ons direct naar de ingang van het hippodroom. We zoeken de entree op. De ingang, breed en verlaten, geeft tevens toegang tot een plein zonder verkeer. Het grote ijzeren hek slaat tegen de kolom in de harde wind. Ervoor staan een tiental witgekalkte loketten opgesteld. Achter het hek zie ik de grote renbaan, opgesierd met een fraaie tribune vol muurdecoraties van volbloed hengsten met de onmogelijkste namen, triomfantelijke winnaars van de wedstrijden, in dit land van strijd. Mijn oog wordt getroffen door de naam 'Karina', een zwarte volbloed, groot en in volle race afgebeeld. De tijd lijkt zich in alles te herhalen waardoor ik besef dat de tijd echt bestaat. Een nieuwe en een oude tijd maken de tijd tot een wedstrijd. En als je in die strijd het oude verzaakt door alleen in het nieuwe te verblijven, raak je de tijd kwijt en rest je te verliezen en dus te sterven. Ik heb het oude te lang verloochend maar nu zit ik midden in het nieuwe, een strijd van leven en dood. Deze sombere gedachten nemen daar op die plek hevig bezit van mij en doodsangst bekruipt mij. Kunnen we hier nog goed uitkomen? En als het misloopt? In vogelvlucht vliegt mijn leven weer aan mij voorbij. Ik ril tot ik Maya's hand voel, die mij een hokje in trekt.

'Eliza, wij wachten hier.' Maya gebaart de mannen het hokje aan de overkant. 'Luis heeft naar iemand gebeld, er zal iemand komen om ons te helpen?' zegt zij overtuigd.

'Ja, toch?' zeg ik benauwd.

'Daar ga ik vanuit. Wees op je hoede,' roept Maya tegen Daniel en Philippe. 'Wat een geluk dat hier niemand is. Het hippodroom lijkt niet meer in gebruik.' Wat is er? vraagt Maya ineens aan mij. Voel je je wel goed? Je ziet lijkbleek.

'Ik word gek van angst,' Maya. Ik heb mijzelf niet meer onder controle. Ik ben doodsbang voor die Mario. Hij zit hierachter. Mijn kinderen, Florian, iedereen en alles kan ik verliezen en dat geldt ook voor jou. Hoe hebben we het zo ver kunnen laten komen. Ik heb de verkeerde beslissing genomen. De twijfel slaat hard toe en ik projecteer mijn pessimisme op Maya zonder het echt te willen. Maya, sterk als een rots in alle omstandigheden, laat zich niet meeslepen.

'Eliza, de Incaman is onze vijand! Waarom haal je Mario erbij?

Hij heeft ons gisteren nog een autorisatie voor toegang tot vele archieven en gebouwen gegeven. Dit is voor mij journalistiek. Dit is de absolute must, ook voor Philippe en Daniel, dat weet ik zeker. Nu het uit de hand loopt bewijst overduidelijk dat de hele zaak een vies smerig zaakje is. Ons werk bestaat uit het uit te zoeken waarom en wie hierachter zitten. We zoeken naar een zo gezegde geheime missie van die verdomde Fransen maar tot nu hebben we in de radiostudio slechts enkele wetenswaardigheden kunnen opdissen. We zijn nog niet eens in archieven geweest, moeten nog vele mensen gaan interviewen.

Ik pak Maya vast en schudt haar door elkaar. Zij kan niet weten dat Mario hier achter zit. Ik pak haar beet.

'Mario heeft geprobeerd mij te verkrachten, Maya, daar op dat ministerie en de Incaman was ook in dat gebouw, ik hem gezien!'

Maya slaakt een kreet van ongeloof.

'Eliza, is het echt waar.' Even zegt ze niets, dan wordt ze kwaad. 'Die vuile viezerik.' Ze neemt mij in mijn armen. 'Wat een schoft om jou zo te laten schrikken, je bent al zo kwetsbaar op dat punt. Dat Mario corrupt is, oké het is mogelijk, maar zo'n man doet niets zonder bescherming van hogerhand, begrijp dat goed. Hij is te zeker van zichzelf anders had hij nooit openlijk jou zo te pakken willen nemen. Die dreiging komt dus van hem, denk je?'

'Van wie anders, tenzij Luis hier iets mee te maken heeft? Ik vertrouw hem niet, zoals ik in het begin al tegen je heb gezegd.'

'Je vergist je, Eliza,' zegt Maya streng. 'Luis is een man met een oprecht hart, een gouden man.'

'Ja, maar zijn verslaving kost veel geld. Zeer veel geld.'

Even aarzelt Maya maar zij laat het onderwerp Luis rusten.

'We moeten hier zo snel mogelijk weg,' zegt ze slechts. 'Luis zal ons helpen, dat zal je zien en daarmee zijn jouw lelijke verdenkingen opgeruimd,' zegt ze nog bozer terwijl zij mij abrupt loslaat.

We horen een auto. Een oude Amerikaanse Chevrolet, versleten tot op de draad, stopt voor de ingang.

Een man stapt uit. Ik herken mijn Eugenio, de gehavende man met mijn ervaring, aanwezig bij de radio-uitzending, en door de toestand vergeten, terwijl hij een prettig toontje fluit. We herkennen het Franse volkslied, de Marseillaise, wat abstract klinkt in de stille lege omgeving.

Daniel en Philippe stappen uit hun hokje.

'Hier, hier, ben jij onze man?' roepen ze onzeker.

Argwanend wachten wij op een bevel uit onze schuilplaats te komen terwijl we stiekem gluren.

Eugenio schudt de handen van onze mannen en wij horen zijn stem goed:

'waar zijn de vrouwen.'

'Eliza, Maya,' het is goed.'

We komen tevoorschijn en Eugenio zucht diep:

'Signorita Eliza. U bent het in eigen persoon,' alsof hij niet weet voor wie of wat hij hier is.

'Ik ben hier om u een brief te overhandigen waarin ik mijn weten aan U wil overdragen.'

In stomme verbazing verstijven we terwijl de zin galmt.

Daniel spreekt als eerste en het klinkt niet vriendelijk:

'Een brief voor Eliza, oké, maar hoe komen wij hier weg?'

Eugenio begint hard te lachen.

'Wees niet bang, goede mensen. Angel Esperanza heeft mij gestuurd en mij toegezegd u veilig naar Brazilië te laten vertrekken.'

'Naar Brazilie?,' roepen we geschokt in koor.

'Maar in godsnaam hoe, hoe komen wij uit dit vervloekte oord?, en we willen helemaal niet naar Brazilië,' scheldt Daniel paniekerig.

'En onze reportages, onze bezoeken aan archieven hier in Bogota, onze contacten, we hebben niets concreets, zegt Philippe afgemat.

'Jullie moeten hier weg,' gaat Eugenio verder, 'dat is het belangrijkste. Jullie riskeren je leven, het is hier serieus.'

In de ontstane stilte, landen twee duiven naast ons, onwetend tortelen ze. De vredigheid van de twee koerende vogels doet vreemd aan.

'Luis, jullie collega, zorgt voor jullie figuurlijke aanwezigheid in het hotel maar hoe lang hij dit kan volhouden weet ik niet,' voegt Eugenio toe.

Voor het eerst zie ik echte onrust in Daniels houding, zijn handen gesticuleren in alle hevigheid, zijn gezicht trekt telkens naar links, in schrikachtige herhaling. Ik word er nog banger van.

Heel in de verte ronkt een geluid, dat dichterbij lijkt te komen. Een winderige luchtstroom beweegt de takken van de bomen, en bewerkt de struiken en graspollen in alle richtingen. Even kijken we omhoog en zien een witte helikopter met rood kruis aankomen, die zonder enige hinder boven ons vliegt, lichtsignalen afgeeft en een landing op het grasveld van het hippodroom inzet. In een schok laat ik mijn vleug van angst toe: Mario heeft ons ontdekt.

'Daar is jullie vervoer. Ik hoop dat jullie tegen een stootje kunnen! Eugenio duwt een enveloppe in mijn handen. 'Help het te stoppen, laat het weten hoe ze moorden. Geen mens mag vanuit ideologie worden vastgehouden of vermoord. Laten mensen weer met elkaar gaan communiceren: het is mijn grootste hoop. Lees de brief pas als je veilig in Brazilië bent aangekomen. Ga nu.'

'Behouden vlucht,' horen we hem nog ons naroepen terwijl hij ons door het kapotte hek duwt, op weg naar de inmiddels gelande helikopter.

Nog even kijk ik om. Een handkus en een vredesteken naar ons allen is het laatste wat ik van Eugenio zie.

De Europees uitziende piloot van middelbare leeftijd, met stevig postuur in sportkleren gewurmd, maakt een handgebaar dat we moeten op te schieten. In vloeiend Colombiaans roept hij talloze zinnen. De helikopterdeur is al opengeschoven, en één voor één worden wij er met onze tassen in gehesen door een andere man. Zijn grote pet verbergt zijn gezicht gedeeltelijk. We liggen nog half op de grond van de achterbak als wij al omhoog schieten, met weinig tijd om onze angst te beleven. Ik bid, tot het maakt me niet uit welke god:

'Alstublieft laten we in goede handen zijn.'

Ik ben Luis

Mijn rol moet ik, Luis, nu goed spelen. Het leven van mijn vertrokken vrienden hangt ervan af en de liefde die ik in Maya heb gevoeld maakt mij gek van eenzaamheid... zo alleen. Toch besef ik dat ik hun lot, en daarmee het leven van mijn geliefde Maya, in handen heb.

'Ik ben een hard wekkende journalist, ongetrouwd, in een land van haat en liefde. Ontwikkelingen, die in het begin zo goed klonken, zijn op slot geraakt, door een uitzichtloze strijd, terwijl ik danste op het rumbaritme, in ons stamcafé van een oude wijk in Bogota, waar ik met mijn vooruitstrevende ouders woonde. Zij waren vol van de revolutie, die Manuel Marulanda destijds over ons land uitstortte met de bedoeling af te rekenen met die oude rotten van het aristocratische volkje van landeigenaren en de met de zilveren lepel in de mond geboren leiders van dit land. Mijn ouders waren intellectuelen, mijn moeder lerares Spaans en mijn vader chemicus, nog van verre Franse afkomst, in dienst van een grote oliemaatschappij, met uitzendingen naar de hele wereld, heel vaak naar Den Haag in Nederland, waar het hoofdgebouw staat. Zij hadden hart voor de zaak gekregen maar ze wisten zich er buiten te houden: rood gevaar betekende moord, moord op jezelf en iedereen om je heen. Je moest een keuze maken, of je vertrok naar het oerwoud of je bleef in het 'correcte Colombia' en hield je waffel.

Zo werd ik in het geheim, zonder dat zij het bedoelden geïnjecteerd met de onrechtvaardige gevoelens van het dictatoriale regime van mijn land, die de rijken altijd rijker en belangrijker maken. In de hoop op vreedzame wijze iets te kunnen veranderen besloot ik journalist te worden en ging werken bij het Franse AFP waar ik mijn buitenlandse vrienden ontmoette met wie ik hele avonden boomde over vrijheid, gelijkheid en broederschap, zoals de Fransen het ooit zo mooi meenden. Tegelijkertijd tekende ik mijn eigen vonnis en ik ging naar de verdoemenis van de wanhoop. Al die jaren moest ik schipperen in mijn gecensureerde berichtgeving en nooit, nooit kwam er verandering. Ik vocht, streed en bleef aanhouden, de aanhouder wint altijd, althans dat dacht ik, maar in plaats daarvan won de onmacht het van de strijd en roestte alles vast in de toestand en ook in mij.

Toen begon ik eerst cocabladeren te kauwen, en daarna opium te roken, op aanraden van een metgezel, terwijl we in de weekenden de rumba dansten, zonder ooit de juiste vrouw te treffen: niemand begreep mijn tegenstrijdigheden, die ik wanhopig aan mijn veroveringen probeerde uit te leggen.

En nu heb ik deze vrouw ontmoet, Maya, een schone vrouw uit Holland, het land waar mijn vader voor het grootkapitaal veel kwam, weer zo'n tegenstrijdigheid, die ik en mijn ouders maar niet konden plaatsen. 'We moeten toch eten,' verontschuldigden ze zich altijd maar weer. En ik heb het Maya maar niet verteld, bang nog meer aan haar te hechten. En ik moet haar weer laten gaan. Slechts de zoete herinnering mag bij mij blijven en ik zal moeten leren leven van de beperkte indrukken van Maya, te goed voor mij. Voor het eerst heeft een vrouw van mij gehouden, en niet een beetje, nee in volle overlevering. Zij houdt van mij. En nu heb ik als enige troost deze liefde voor altijd in mijn herinnering te mogen bewaren, en misschien is dat ook wel de beste liefde, de onbereikbare, de mooiste, die nooit kapot zal gaan. Wat mij nog rest is haar te redden want mijn land Colombia lijkt niet meer te redden. Dan zal ik toch nog een levensdoel hebben bereikt.'

Ik draai me snel om en versnel mijn pas om de lift te bereiken. Ik druk op de knop en ik zie de lift via de lampjes omhoog komen. De deur opent zich en ik sluit mij zelf zo snel mogelijk in en zak af naar de entreehal. Ik open de liftdeur en zie het enorme tumult bij de balie: Mario, in vol leger ornaat, briest woedend naar de soldaten om hem heen, dreigt de receptioniste met arrestatie als zij niet snel antwoordt.

'Waar bevinden de Franse en Hollandse journalisten zich,' schreeuwt hij onophoudelijk. Dan ziet hij mij. 'Luis, eindelijk iemand die we kunnen vertrouwen.' Luis, waar zijn ze gebleven? We hebben het zo goed voor elkaar. Jij en je drugs, en ik mijn positie in deze zaak.'

Ik kijk hem leeg aan, verward en ontredderd dat hij het niet zal begrijpen en mij mijn drugs gaat ontzeggen. Maya weg, mijn drugs weg, een blinde woede en haat tegen deze man welt in mij op. Ik weet van zijn vieze zaakjes, zijn benepen vrouwen veroveringen en zijn verweven connecties met zowel guerrilla als regering. Hij heeft mij willen aanzetten mijn vrienden op een dwaalspoor te zetten en hen met een verkeerd beeld terug te laten keren naar Europa waar hun wazige artikelen geen aandacht zouden krijgen. Maar Maya's ogen hebben mijn ogen geopend. Het laatste wat ik in dit leven nog goed kan maken doe ik daarom nu.

'Zij zijn vertrokken en ik heb ze niet kunnen tegenhouden, maar ik acht het een gelukkige zaak. De tijd dwingt voor Colombia.'

Hij kijkt mij recht in de ogen en zijn ogen verkillen in zijn gebruikelijke stand. 'Je begrijpt dat je van nu af aan een eenzaam man zult zijn.'

Ik knik en weet dat ik geen bescherming meer geniet en mijn leven hier in Bogota voorgoed anders wordt. En eigenlijk ben ik blij.

'Dus,' sist hij zachtjes, 'je weet het net als ik: geen drugs meer, en altijd zwijgen, dat is wat overblijft.' Hij draait zich om, roept zijn soldaten en vertrekt met de delegatie tot grote opluchting van

de receptioniste.
En ik blijf achter met de herinnering, voorgoed.

Tabatinga

Ongelovig liggen wij in de helikopter en luisteren naar de geluiden. Af en toe schreeuwt de piloot ons iets toe, helaas onverstaanbaar. We knikken maar wat, niet bij machte te spreken. Als parasieten steunen we op de piloot en zijn compagnon. Af en toe dommelen we zelfs een beetje weg, zo lang duurt de vlucht. Na een onbepaalde tijd, voelen we ons in een verticale stand komen. Dan twee schokken, die een landing aangeven. De wieken van het toestel sputteren nog wat na en dan komt alles tot stilstand. Een stilte valt in, de stilte van rust.

Mijn oren suizen nog van het geronk, zodat ik moeilijk hoor. Ik zie dat de anderen ook zijn aangetast. De piloot herhaalt zijn woorden. Het duurt een paar minuten en dan slaag ik erin de piloot te verstaan.

'We zijn veilig geland in Tabatinga, een grensstad tussen Colombia, Brazilië en Peru, een soort niemandsland. Hier wordt elke vorm van autoriteit door de bevolking geregeld. Hij grijnst erbij. De piloot en zijn compagnon trekken ons omhoog en helpen ons met uitstappen. 'Het is wachten op douanecontroles maar ze zijn sporadisch. Weer die grijns. Hij steekt zijn hand uit: 'Piloot Samuel Truman, van de Verenigde Naties.' Zijn naam komt mij vaag bekend voor. 'En dit is mijn compagnon Billy Caramb, in dienst van het Rode Kruis, op missie om de humane en ecologische toestand in de regio te rapporteren.'

Nu steken wij om de beurt onze handen toe, en Daniel en Philippe geven uitleg wie we zijn en wat ze doen. Ik ben afwachtend.

Maya stelt zich hartelijk voor:
'Ik ben ook journalist. Nou, dank u voor de prettige vlucht, hoewel ik liever eerste klas reis.' Ze lacht hard, als enige.

Dan is het mijn beurt, ik aarzel over wat ik ga zeggen. Waarom weet ik niet maar ik besluit de waarheid te spreken: 'Ik ben Hollandse en op zoek naar de familie van twee vermoorde Colombianen. Een moord waarvan ik getuige ben geweest.

Samuels ogen draaien vreemd weg. Hij onderbreekt me: 'Holland, ik ken het. Ik heb daar een vrouw gekend, een bijzondere vrouw.'

Ik luister niet echt naar hem. Ik ratel door in mijn eigen verhaal: 'Mijn vrienden, allemaal journalisten, hebben mij aangemoedigd de waarheid te vinden. Een waarheid, die u ook kan interesseren? Maar vertelt u ons hoe het komt dat u ons in Bogota bent komen halen en dat wij hier veilig zijn geland. En,' licht trilt mijn stem, 'we zijn hier nog op Colombiaans grensgebied. Is dat niet riskant? Wij zijn op de vlucht voor vervelende Colombiaanse autoriteiten, die onze speurtocht niet hebben gewaardeerd.'

Daniel legt zijn arm om mijn schouder en valt me bij. 'Ja, het begon daar in Bogota een zooitje te worden. Zaken van wie is wie en wat doet wat? Hij kijkt de beide mannen doordringend aan. Zijn vertrouwen is overschaduwd door wantrouwen. Een wantrouwen voortgekomen uit iets ongrijpbaars, een conflict waarin drugsverslaving de hersenen in andere tijden brengen, tijden die niet meer passen. Zelfs Philippe en Maya zijn voor de eerste keer onrustig. Ze wiebelen nerveus en Philippe vergeet zelfs te fotograferen. Met onze tassen over onze schouders vormen we een bont gezelschap, ontheemd en in de war op een gehavende landingsbaan in de jungle, op de grens van dit drielandenpunt, ver van Holland en Frankrijk.

De vochtig opdringende warmte, eerst ongemerkt, laat onze bloedstroom versnellen, zweetdruppeltjes verschijnen op onze voorhoofden.

Mijn tong plakt aan mijn verhemelte en ik verlang naar huis, naar koelte, mijn kinderen, de handen van Florian. Ik voel de handen van Daniel, zo prettig, maar toch breekt het heimwee sentiment mij in tweeën: daar en hier. En ik wil mij het liefst teleporteren, weg van het hier. Ik weet dat ik echter niets kan laten merken en probeer mij goed te houden.

Samuel haalt een verkreukeld mapje uit zijn zak en trekt er een keurige visitekaart uit, die hij ons voorhoudt. Billy volgt. Beiden zijn serieus bezig ons te overtuigen van hun goede bedoelingen. 'Toen Angel Esperanza mij in Bogota belde, twijfelde ik geen seconde,' zegt Samuel. 'Hij zei mij belangrijke en goede mensen weg te krijgen, mensen, die een rol in de communicatie spelen, dus van groot belang voor de wantoestanden in deze regio. Aangezien ik mijn collega Billy, na zijn officiële ontmoetingen in Bogota en eveneens op weg naar Brazilië, moest ophalen was het een geluk bij een ongeluk. De chaos in Colombia maakt iedereen kapot. Onze missie is in de regio Boca do Cachorro, net over de grens in Brazilië. Daar is het niet veel beter. Het gebied is bevolkt met kleine groepen indianen en al te lang getroffen door vergetelheid. Geen gezondheidsorganisatie helpt hen, zelfs de Braziliaanse nationale stichting voor de indianen heeft het laten afweten. Het hele gebied is verziekt door drugshandel en guerrillero. Een grensstad als Tabatinga leeft van inbreuk op de regels, niets maar dan ook niets wordt hier gerespecteerd. De legerposten hier zijn praktisch onbemand, structurele politie en douane ontbreken, afgezien van twee corrupte functionarissen in de hele stad. U riskeert hier niets, noch van ons of van de Colombiaanse, Braziliaanse of Peruaanse autoriteiten, slechts van de criminelen. Vier Europese mensen met weekendtassen, een prachtig prooi, nietwaar Billy? Billy schatert ineens van het lachen. 'Welkom in Amazonië.' Hij pakt het amulet om zijn nek vast, een kleine uit hout gesneden jaguar, en wijst ons erop. 'Welkom in het land van de jaguars, oh land zonder meesters,' spreekt hij poëtisch. 'Oh land van warmte en vocht, de intensiteit van het mysterie der tropisch woud, om te kunnen overleven brengt het ons in andere dimensies, de dimensie van de natuur, wreed en op zichzelf aangewezen, als de jaguar, jager der dieren.'

'Zo is het wel goed,' staakt Samuel zijn compagnon. 'Wij gaan dat gebied over een paar dagen in. We zullen per boot de rivier de Solimoes afzakken, bij gebrek aan elke vorm van infrastructuur, richting San Antonio do Iça, waar wij de priester Joao da Silva, opererend in dat gebied, zullen ontmoeten. De kinderen schijnen daar met bosjes aan diarree te sterven en daar moet wat aan gedaan worden. Er zit voor jullie niets anders op dat jullie meereizen want van hieruit gaan geen vliegtuigen. Vanuit San Antonio do Iça, waar zich een vliegpiste bevindt, kunnen jullie per vliegtuig doorreizen naar Manaus en daar overstap naar Brasilia maken om terug te vliegen naar Europa. Ga nu maar mee naar het hotel om op krachten te komen,' eindigt hij vaderlijk.

Ons vertrouwen komt terug. Gedwee volgen we de mannen, in vrijheid, zonder een douaneambtenaar of andere autoriteit te ontmoeten.

De brief

De kamer in het hotel laat ons het echte Amazonië zien, vies en armoedig, met een soms wegschietende kakkerlak of schorpioen, mygales, en het maakt ons chagrijnig. Als gevangenen van onze eigen situatie liggen we op een lits-jumeaux. De lakens, wit en krakend, zijn wonder boven wonder schoon, zodat wij ons daar genesteld hebben, op zoek naar iets puurs. Onze lichamen ruiken naar citronella, een lotion tegen de muggen, meteen na aankomst op onze huiden gesmeerd. We hebben de randen van de kamer bespoten met ongedierte bestrijdingsmiddel, meegekregen bij de receptie, om het gespuis op afstand te houden. Onze tassen, geplaatst op de enige houten stoel, houden we dicht, uit angst dat zo'n beest in onze tassen kruipt.

Na een siësta, pakt Maya haar laptop op.

'Ik moet naar Philippe en Daniel, overleggen over een artikel. Ga je mee?'

Loom kom ik omhoog.

'Nee, ik ben te moe en wil nog wat bijkomen.'

Maya trekt een schoon T-shirt aan en weg is ze.

Moet ik Florian niet bellen?, schiet het door mijn hoofd. Maya heeft niemand gebeld. Ik draai onrustig heen en weer. Iets weerhoud mij. Ik kan het niet. Wat kan ik vertellen? Ik ben niet eens meer in Colombia, ons hoofddoel. Toch pak ik mijn telefoon om hem op te laden. Het stopcontact hangt er gevaarlijk bij. Met risico stop ik de stekker erin. Rusteloos ga ik weer op bed liggen terwijl mijn gedachten malen. Na een kwartiertje hoop ik het niveau iets te hebben aangevuld maar dan zie ik dat de verbinding niet tot stand komt. Er zijn waarschijnlijk geen antennes en mijn telefoon is simpelweg doodgevallen. Hoe kan ik zo stom zijn te denken dat alles hier normaal functioneert. In dit oord ontbreekt het door ons gekende leven, begrijp ik het nu eindelijk? Boos op mezelf, plof ik weer op het bed en staar naar het verkleurde plafond. De reis per helikopter passeert in een snelle herinnering. De vibraties van het opstijgen en dalen, de herrie en de angst beleef ik opnieuw. Het beeld van Eugenio de Nora: zijn vermoeide uitdrukking en de hoop in zijn ogen. Ach, de brief.

Ik veer op, grijp mijn tas en rits de zijkant open om de enveloppe eruit te halen. Zorgzaam strijk ik het papier recht, verkreukeld door het tumultueuze gooien van mijn tas. Ik zak terug in de lakens en scheur in alle voorzichtigheid de enveloppe open. Hij is te goed vastgeplakt en het duurt langer dan ik wil. Eindelijk...

Lieve Eliza,

(Het lieve in de opening ontroert me.)

Deze brief is van groot belang. Het is de laatste hoop, beloofd aan mijn kameraad, gestorven van ellende. Ik ben een gelovig mens, niet in een god maar in het toeval, het goede toeval.

Dat jij op mijn weg bent gekomen is een teken van het goede toeval.

Je bent nu in Tabatinga, en je zult via de rivier de Salimoes naar Brazilië reizen. Het zal geen gemakkelijke reis voor jullie worden maar wel een reis met inhoud. Een ongekende wereld zal zich aan je openen, een wereld van misère zoals jullie in Europa niet kennen. Misschien denk je: hoe weet die oude Eugenio dit alles? Wij van Radio Caracas hebben onze vrienden en zij hebben ons van jullie situatie op de hoogte gesteld. Wij zijn ons bewust dat duistere krachten, krachten die alles kapot willen maken, ook jullie te gronde willen richten. Waarom vraag je je nu af? Wat doen wij verkeerd. Jullie willen slechts weten, weten wat er werkelijk is gebeurd. Daarvoor zijn jullie journalisten.

Mijn leugentje dat ik een journalist ben heeft dus gewerkt.

Samuel Truman en Billy Caramb gaan naar San Antonio do Iça om pater John Caliby te ontmoeten. Een ontmoeting voor een humanitair doel. Toen Angel mij dit aankondigde sloegen bij mij de stoppen bijna door. Toeval, toeval dreunde het door mijn hoofd en de verbindingen waren snel gelegd. In een dorp, in de buurt van San Antonio do Iça, bezocht ik destijds mijn makkers familie, een paar uur later om zeep geholpen door een ploeg van Karina. Zoals je weet ben ik de enige overgebleven stille getuige. Dat heb ik je al verteld.

Mijn slapen bonzen. Eugenio is mijn tweeling getuige.

Probeer de pater te ontmoeten. Hij kan je misschien meer vertellen waarom zij zijn vermoord.
Mijn makker wenste de waarheid te weten, hij heeft het nooit kunnen achterhalen. Jij bent nog jong en sterk, zelf kan ik deze reis niet meer maken en per post is het te gevaarlijk zulke zaken aan te roeren. Dit is toch wat je van mij wilde weten.

De zinnen herhalen zich in mijn hoofd. Ik wil alles begrijpen. Waarom Brazilië, waarom priesters, waarom verkrachtingen? Eugenio gelooft in het goede toeval? Plotseling hamert de naam van Samuel Truman door mij heen. Zijn woorden: ik kende een vrouw in Holland. De Colombiaanse vluchtelinge, haar verloren verhaal. Heeft zij die naam niet in haar verhaal genoemd? Is het dezelfde Samuel? Hoe komt hij ineens op mijn weg. Het duizelt mij alweer. Het kost me moeite iets zinnigs te vinden en het maakt mij moedeloos.

Verder niets, de brief eindigt met de woorden:

Ik hoop eens van jullie te horen, via radio Caracol????
Vanuit het buitenland is het per telefoon veilig en perfect
voor onze radio! Viva Columbia.

E.

Hij heeft met slechts een E. getekend.

Ik blijf de brief overlezen. Hoeveel keer weet ik niet meer want als ik wakker word ruik ik Maya's hopjesgeur boven mij. Nog slaperig denk ik dat ik in Den Haag ben.

'Ik heb de brief gelezen. Eliza,' zegt ze, terwijl haar prachtige ogen mij aankijken. 'Terwijl je sliep heb ik hem ingekeken. Sorry. Morgen vertrekken we. In jouw plaats zal ik mijn vragen maar vast goed voorbereiden,' zegt ze. De toon is begripvol.

'Je hebt hem dus gelezen,' blij weer een bondgenootschap te vormen.

Ze lacht ernstig maar toch gezellig.

'Je ruikt naar hopjes. Het ruikt te heerlijk. Maya, hoe kan dat?' Mijn opmerking over die Haagse hopjes raakt haar diep.

'Och, ik heb een oud verpakkingspapiertje gevonden en het over mijn lippen gewreven. Haar gezicht verwringt, het vertoont vermoeide trekken terwijl zij naast me op het bed komt zitten. Een lange stilte volgt voordat zij haar woorden zorgvuldig uitspreekt:

'Ik barst van de heimwee. Die geur is voor mij mijn herinnering, toen was alles nog goed.' Tranen groeien in haar bloeddoorlopen ogen, en beginnen te rollen over haar gevlekte wangen.

'Ik ben Dédé ontrouw geweest. En jij hebt me nog wel zo gewaarschuwd. Ik dacht dat de wereld mij toebehoorde.' Een diep schuldgevoel spoelt uit haar. Haar gezicht, bloot ineens voor mij, toont tekeningen die ik voorheen nooit heb gezien. Zo is mijn Maya nooit geweest. Ik schrik ervan. Zij vormt mijn pilaar, die mij op mijn plaats houdt. Ik voel een immens verdriet. Voor het eerst sinds wij zijn vertrokken zie ik haar kracht breken.

Aangedaan sus ik: 'Het geeft niet,' en ik neem haar in mijn armen, 'je bent een mens van bloed en vlees, een vrouw, een echte vrouw. Lieve Maya, ik toch ook.' Eerst stromen de lichte tranen, dan barsten we los, als ontheemde dochters aan hun vaderland. Vreemd genoeg doet het ons goed.

Het vertrek

Vroeg in de ochtend brengt Daniel mij zijn sterkere lotion 'repelen', volgens hem de remedie tegen de muggen. De afgelopen nacht heb ik zonder muskietennet geslapen en pas nu besef ik wat 'tropen' betekent. Het constante zweten door de hoge en vochtige temperatuur maakt mijn huid nog aantrekkelijker voor de muggen.

Maya heeft minder last. Is het de hopjeslucht die haar redt?

Onlangs heb ik nog gelezen hoe nuttig de mug is. Een: ze bestuiven bepaalde soorten orchideeën. Twee: Ze zijn het voedsel van de vleermuizen. Hoewel ik van orchideeën houd en vleermuizen mij intrigeren heeft de verhandeling over de eenheid en afhankelijkheid onderling mijn afkeer tegen die wolken van muggen niet getemperd.

'Ik haat die afschuwelijke insecten,' zeg ik tegen hem.

'Het ergste komt nog. Jullie moeten aan het volgende denken.' Hij heeft haast: 'Laarzen aan tegen de bloedzuigers in het rivierwater, lange broek en T-shirt met lange mouwen en sjaal om de nek, ondanks de lotion. Een tropenhoed met gaas en zonnebril. En neem je liefde mee voor de avonden,' voegt hij zonder schaamte toe. Ik reageer niet.

'Waarom in vredesnaam laarzen?' vraag ik hem wanhopig. 'Bloedzuigers, zij zijn in de rivier en het kan gebeuren dat we de boot moeten verlaten zonder loopplank. Zij bijten zich in je huid vast om het bloed op te zuigen. Met een sigaret moet je ze er dan weer afbranden.'

Ik knik bevreesd.

Maya kijkt vies.

'Tot zo dan.'

Na een uur preparatie voegen we ons bij de groep. Ze wachten al ongeduldig op ons.

'We zijn er klaar voor,' zeggen we afgemat.

'Draai eens rond.' Daniel klikt met zijn tong. Onze uitrusting draagt zijn goedkeuring. Alle lichamen zijn geheel bedekt. 'Prima, zo.' Het echoot.

Ingepakt en wel vertrekken we met onze nieuwe gidsen Samuel en Billy. Mijn huid voelt aan als vliegenpapier door de vele lagen insecten afwerende middelen. Iedereen krijgt grote zweetplekken onder de armen, borst en rug en het getuigt van de ondraaglijkheid van de intense hitte.

Kisten met proviand, medicijnen en vooral schoon drinkwater, onontbeerlijk, staan klaar om op een truck te worden geladen. Samuel en Billy hebben er zin in, dat zie je zo. Binnen korte tijd hebben de mannen alle goederen keurig opgeladen.

Wij schuiven tegen elkaar op de kapotte bank van de laadbak. De chauffeur, een gedrongen mannetje, controleert nog eenmaal zijn truck. Met een tevreden gezicht stapt hij in, start moeizaam, en na langzaam optrekken zijn we op weg naar de rivier Salimoes, een vertakking van het rijke Amazone watergebied.

We rijden door de stad Tabatinga, vroeger gedreven door rubber, nu in staat van oorlog, volgens onze normen. Huizen in koloniale stijl met afgebladderde verf, opengebroken straten, opgestapeld vuil en vele venters met fruit en ander waar beheersen het straatbeeld. Overal rijden brommers, die mij terugbrengen naar de jaren zestig bij ons, maar hier nog het vervoermiddel. De hitte heeft op deze druk bewegende mensenmassa, bezig te overleven, geen invloed. Overal is het leven. Hotsend en stotend verlaten we de stad en komen in een gebied waar wegen geheel ontbreken maar open gangen als weg dienen. De dichtheid van de vegetatie verhindert elke observatie en eenzaamheid overvalt mij als een niet verwachte vijand.

Opeens begrijp ik alle problemen van deze landen. Je lijkt hier van elke God verlaten, zoals Jeanne d'Arc tijdens haar beroemde proces moet hebben gevoeld tegenover haar kerkelijke rechters, met nu de natuur als beul en jij in je armoede. Je beleving is hier zo anders als elders op de aarde, hoe kunnen de mensen hier nog jouw beweegredenen begrijpen? Kauwend op cocabladeren, om je angst te beheersen en je honger te stillen, om een sou te verdienen. Welke normen kun je nastreven? Normen die hier nooit bestaan hebben. Ik denk aan de brief: communicatie kan ons redden? Kan hier nog iets gered worden? In een leven bij de dag. En toch Eugenio heeft gelijk: elkaar leren begrijpen helpt. Hebben wij, Maya, Noelie, de Colombiaanse vluchtelinge en ik het bereikt? Wij zijn erin geslaagd elkaar onze trubbels te vertellen en tot een beter inzicht te komen. Was ik zelf niet het ultieme voorbeeld van alles geworden? Ik kijk toch al anders tegen alles aan. Altijd je ogen openhouden hamert het in mijn hoofd.

Af en toe valt de immensiteit van het tropische woud weg vanwege zeer grote open stukken, waar de bomen gekapt zijn. Samuel wijst ernaar en overstijgt met zijn stem de herrie van de truck. 'Ontbossing, La Jacaranda, door louche houthandelaars, zij zijn daardoor gestegen naar een aristocratisch leven. We zijn in het gebied van de houtkappers, goudzoekers en dealers, een groene en zeer gevaarlijke hel.'

Ik zie ons allemaal knikken, en weet dat wij niet op dit tochtje hebben zitten wachten. De tijd dwingt. Niemand van ons probeert te spreken. In de overstelpende geluiden blijft het landschap in stilte gehuld. In de verte doemt een open water op.

Samuel gilt opnieuw: 'Daar ligt de El Arca.' Een geïmproviseerde havenkant opgebouwd uit bamboestokken, en de aangemeerde rivierboten aan een majestueuze rivier van geel en zwart water, lijkend op chocola en passievrucht, omringd door grote varens en orchideeën, met te grote reigers als bezoekers tillen mij uit mijn zwaarmoedige bui. Hier ligt een paradijs, of vergis ik mij. De anderen lijken hetzelfde gevoel te ondergaan. De rivierboot, naar blijkt uit 1882, wit van kleur, en omgebouwd en gerestaureerd ademt de sfeer van de vorige eeuw.

Samuel geeft ons uitleg. 'Dit unieke overblijfsel vertegenwoordigt de Amazone handelsroute van de rubberindustrie, al lang ter ziele na de aanleg van het Panama-kanaal, het luchtvrachtvervoer en de Trans-Andes-snelweg. De boot had destijds nog zijn vaste plaats in Iquitos in het buurland Peru, een honderdvijftig kilometer verderop, toen het hoogtepunt van de rubberhandel. Maandelijks voeren acht volle zeeschepen van Iquitos naar Liverpool. Een schip kon via Iquitos de Atlantische Oceaan bereiken en in zes weken naar Liverpool varen. Je begrijpt het enorme belang van die verbinding. Maar het is allemaal verleden tijd. Nu vaart de boot alleen nog tussen de verschillende oud-koloniale stadjes langs de rivier.'

De truck stopt voor de kade. We springen enthousiast uit de truck. Via een wankele loopplank, die bij elke stap gevaarlijk wiebelt, betreden wij de boot. De schipper staat klaar ons te begroeten. Zijn gitzwarte haren in slierten zijn vies van het vuil, en hij stinkt naar sterke drank, zijn witte gelaatstrekken zijn fijn en grof te gelijk, een bloedvermenging tussen adellijk Engels bloed en ongerept indianenbloed. Een indrukwekkende revolver bengelt achteloos aan zijn centuur, klaar voor snood geweld. Met een feilloos Brits accent steekt hij zijn hand uit: David Layer.

Samuel en Bill geven als eerste hun hand en daarbij maken zij hun naam en reisdoel bekend. Dan volgen wij in een rijtje. De heren journalisten bekijkt hij argwanend, niet gewend aan deze Europese klasse.

'Jullie mannen kunnen aan de bar op het eerste dek plaatsnemen. Er liggen daar ook kaarten om de tijd de doden.'

Wij vrouwen worden door hem als prinsessen behandeld.

'Dames, komt u verder.' Elegant loodst hij ons naar een mooi hoekje op het tweede en bovenste dek en wijst ons een paar luie stoelen.

'Dank u voor zoveel luxe.'

'U bent welkom. Dames horen de reis goed te doorstaan en dat is alles behalve vanzelfsprekend in dit gebied.'

We zitten of eigenlijk liggen al. Het begint op een vakantietrip te lijken. De temperatuur van 35 graden hindert niet meer, ondanks onze ingepakte lijven.

'Bent u Brits?' vraag ik nieuwsgierig. Maya kijkt afwachtend, het interesseert haar ook.

'Ja, ik ben Brits staatsburger. Mijn vader was de Britse Consul te Iquitos en mijn moeder, helaas al overleden, moge haar geest ons behoeden,' terwijl hij een kruis slaat, 'was een Indiaanse. Mijn opa en oma waren van Franse en Ierse afkomst, en zijn in Iquitos terechtgekomen vanwege de vraag naar huiden in hun vaderland. Zij hebben toen een import- en exportbedrijf van alligator, krokodil- en pekarihuiden opgezet. Van Iquitos, in vroeger dagen, met zijn pakhuizen en herenhuizen in Engelse stijl, gelijk een plaatje van een Londense wijk aan de Theems in de 17e eeuw, is nu helaas niet veel meer over dan een verzameling krotten, een krankzinnig drukte en is eerder vervallen door overgebruik dan door verwaarlozing. Het is overstroomd door Chinezen en 'Sierranos,' mensen uit het westen, uit de Andes, met kramen en rottend afval. Vele inwoners leiden aan dysenterie en verslaving. De tijden dat mijn vader, als zoon van de bekende Crooks, tot consul werd gemaakt en de stad floreerde in een kosmopolitisch gezelschap, zijn al lang vervlogen. Jarenlang ben ik verkoper van slangenhuiden geweest maar ook die markt is dood. Mijn moeder leerde mij dat het oerwoud geeft maar ook neemt van diegene die het oerwoud niet respecteert en zijn schatten verkeerd gebruikt. En zij heeft gelijk gekregen. Wat weten die domme stakkers die van ver komen van cocabladeren. Bij de indianen is alles gemeengoed, individueel belang bestaat niet, dat is een zonde, een schending van het universele recht te bestaan. Mijn vader heeft zich nooit bemoeid met haar spirituele overtuigingen maar mij raakte het, en omdat hij het spuugzat was, heeft hij inmiddels de Amazone de rug toegekeerd en is naar Engeland vertrokken.

Ik besloot deze boot, een van de vele juweeltjes, die in vergetelheid dreigde te geraken en op een schroothoop zou eindigen, te restaureren en ziet, een Europees gezelschap in klasse zodat oude tijden even kunnen herleven, en dus is mijn keuze goed geweest. Niet?'

Wij krijgen geen tijd te antwoorden.

'Kom, het is tijd dat ik de motoren start, wij hebben vijf uur varen voor de boeg,' waarop hij zich al heeft omgedraaid en kwiek is weg gestapt.

Op de 'El Arca'

Het is windstil, een geschreeuw van parkieten en gierzwaluwen met opstaande witte kraagjes dansen betoverend over het water. De grootste bestaande waterlelie, de 'Victoria Regia' drijft in zijn groene bladeren, stralend wit en verblindt mijn ogen. De incidentele schreeuw van een aap. De rivier, glad als een zwartgele olieplas, beweegt niet. Ik kan me niet voorstellen dat er krokodillen, schildpadden, sidderende slangen en nog meer van dat zeldzame prehistorische overblijfsels in wonen. Een vlinder, de blauwe morpho, als een god van het bos, vliegt van stoel naar stoel als een patrouillerende macht tegen de eindeloze eenheid van het tropische woud, dat zich aan weerszijden van de rivier als twee ondoordringbare muren uitstrekt. Mangrovebomen hangen dreigend over de oever aan de overkant, onderbroken door kleine lagunes.

Als ik over de reling tuur, zie ik de mannen wateren door gaten in de reling. Ik moet ook nodig naar het toilet en ga op zoek naar het plekje dat mij kan verlossen. Een deur met het opschrift toilet kalmeert mijn aandrang. Ik trek de deur open, ruik de sterke lucht maar tot mijn ontsteltenis zie ik slechts een gat met in de diepte het geluid van het klossende rivierwater. Moeilijk pel ik mijn lagen kleren af tot ik me eindelijk bevrijd van mijn hoogdringende stuiptrekkingen in mijn buik, die ploffend in het water vallen. Aan papier heb ik niet eens gedacht tot ik wil afvegen. Heel even raak ik in paniek, houd mij vast aan de deur, als ik inzie dat papier echt ontbreekt. Mijn ogen draaien in de rondte tot ik een fles vertroebeld water ontdek, zeker uit de rivier afkomstig. Ik begrijp dat ik niet de verwende dame kan uithangen en gooi het water onhandig uit de fles langs mijn billen. Ik weet niet hoe lang ik erover gedaan heb maar eindelijk terug, ligt Maya uitgestrekt op een ligstoel, haar ogen gesloten en opgegaan in de absolute stilte. Ik kan wel raden waar zij met haar gedachten is, en ik denk aan de vaardigheid de onzichtbare liefde zichtbaar te maken. Zij moet net als ik in een roes verkeren, er niet goed raad mee wetend. Het benauwt me en het liefst gooi ik mijn kleren en zware laarzen uit maar respecteer de precieuze aanwijzingen van Daniel, bezorgd om onze gezondheid in deze gevarenzone van tropische ziekten. Uit mijn tas haalde ik een ontsmettende tissue waar ik mijn handen mee dep. Opgelucht ga ik op de stoel naast haar liggen, sluit eveneens mijn ogen en laat mij langzaam meevoeren naar de stemming van een prettig gevoel.

Ik bedenk me dat ik uiteindelijk blij ben dat we Colombia hebben verlaten. Ik verlang heftig voor altijd terug te keren naar de wereld van Noelie, naar de rust van de stilte en de schoonheid van het leven, zonder ooit nog de vunzigheid van het leven. Door aan haar te denken voel ik haar aanwezigheid. Mijn lichaam tintelt zachtjes alsof ook zij aan mij denkt en haar gedachten mij strelen, in een zaligmakend hokje van mijn hersenen, waar het rijk der goede goden bestaat. Daar is leegte: geen gesmolten ogen van liefde en pijn, geen mannen met duivelse streken, geen liefde voor twee mannen, geen spionnen van onbekende geheime diensten betrokken in onsmakelijke eigenbelangen, geen respectloosheid voor het oerwoud en zijn bewoners, en vooral geen geweld. Het effect van cocabladeren maakt de geest losser maar ik ervaar zonder drugs hetzelfde. Langzaam zak ik geheel weg in een droom. Alles is zo mooi, een toekomstbeeld, schone mensen reizend door elkaars gedachten, waarin elke vorm van geweld allang is uitgedreven. Een toekomst utopie openbaart zich daar aan mij in enkele minuten, die uren lijken te duren. In mijn hoofd schrijf ik deze paradijselijke verhalen op, zij zullen na het verhaal van de ogen van pijn en liefde alles goed maken. Het schone haalt uiteindelijk het lelijke in. *De tijd dwingt.* Als vrienden van de toekomst zullen we gelijk krijgen, begrijp ik nu pas. *De tijd haalt altijd alles in. En daarmee kan verandering zijn weg vinden.*

Een hels kabaal van startende motoren dwingt mijn staat van euforie terug naar de realiteit: het bovenste dek, aan de modderige oevers van Samoes. De boot prepareert zijn afvaart. Maya's ogen hebben zich gelijkertijd geopend, ook zij is zichtbaar terug uit haar stille wereld. We kijken elkaar aan, lijken elkaar door te hebben waardoor onze band alleen maar duidelijker wordt. Ze mist Luis, dat is duidelijk, zoals ik Daniel over een paar dagen voor altijd zal missen. Spontaan pakken wij elkaars hand beet en zonder het bewust te willen beminnen we elkaar ineens. Onze gezichten naderen, onze monden vinden zich in een warme tongstreling, zonder angst of schaamte, verlangend naar meer. Het heerlijke gevoel, opnieuw tot leven gekomen, brengt mij buiten zinnen, terwijl wij alsmaar kussen, en ons dompelen in een wereld van stralende goedheid. Ik geniet er zo van dat ik nooit meer wil ophouden. De wereld van duisternis verdwijnt om te komen tot een liefde zonder smachten of verwijten. De puurste vorm van liefde, geuit in fysieke bevestiging. Maya's tepels dringen hard door mijn lagen kleren heen. Ik wil haar tepel in mijn mond brengen om haar als een moeder te beschermen. Maar verder dan kussen gaan we niet. Wij kreunen zachtjes in de herinneringen van onze geliefden terwijl we slechts kussend een samentrekking van onze spieren in onze bekkens voelen, de zalige overgave van het lichaam naar het meest warme en intense gevoel dat ons lichaam kent. Florian, Daniel, Noelie, de Colombiaanse vluchtelinge, mijn vriendinnen van de toekomst, Maya en ik, we worden één.

Een claxon maakt er abrupt een einde aan. Onze monden verwijden, terwijl een patrouilleboot nadert, vol bewapende politiemensen, vreemd uitgedost in groene gevechtsuitrusting. Vanuit hun positie kijken ze vreemd naar ons. Ik zweet in mijn harnas van kleren. Maya kleurt diep rood.

Beneden op het eerste dek horen we de schipper luid en duidelijk roepen:

'Welkom, gelukkig dat jullie er zijn. Wij zijn klaar voor een behouden vaart. Dank u, ook namens mijn passagiers, voor uw escorte.'

Onze boot komt langzaam van de steiger los om de patrouille-boot, inmiddels verder tuffend, te bereiken.

Trieste of bange gedachten verlaten mij. Ik pak Maya's handen vast.

'Wat is het fijn, mijn lieve Maya, zo om iemand te geven.'

Ze wrijft mijn wang: 'Ik houd van jou misschien wel het meest.'

Ik knik aangedaan, ineens verlegen, maar blijf haar aankijken. Verder spreken we er niet over. De zaak is hiermee afgedaan.

We schuiven af naar het midden van de rivier. De oevers, zie ik, zijn bevolkt met reigers en flamingo's, die zich niet laten storen door het ronken van de motoren of kreten van de patrouille en de schipper. Ik pak mijn notitieboekje en begin plotseling te schrijven, zomaar.

'Zal het ooit een eerste deel, misschien wel een tweede deel en of zelfs een boekwerk worden?'

Maya knikt naar me, met aanmoedigende instemming.

Ik weet het, mijn verhaal heeft zich in mij verankerd, het kost helemaal geen moeite meer het op te schrijven. Hoewel de omgeving mij in een paradijs waant, verlang ik hevig naar het café thuis in Den Haag, de plek van onze uitwisselingen. De Colombiaanse vluchtelinge, zij hoort er ook bij. Thuis zal ik haar gaan zoeken. Eindelijk... Ik schrijf, gelukkig, het begin van het verhaal vloeit uit mijn pen, ik begin bij de ogen van liefde van pijn...

De morpho

Mijn intensieve schrijven heeft geluiden en tijd weggemoffeld. Hoeveel tijd is gepasseerd weet ik niet maar ik ben er volledig in opgegaan want de zon staat al een flink stuk hoger. Tevreden kijk ik op van mijn klad.

Maya werkt nog steeds aan een stuk tekst.

Discipline betekent kracht.

Zorgvuldig ruim ik het kladblok op in mijn tas. Op de oever zie ik hele ontboste stukken grond. Kreten van sporadisch opduikende apen, het vluchtige opwellen van het rivierwater door onbekende vissen maken het oerwoud levend voor me. Ik zak dieper in mijn stoel, zoveel valt er te genieten. Voor het eerst sinds ons vertrek bespeur ik rust in me, de natuur om mij heen heeft al mijn zenuwen gekalmeerd. Het landschap dat aan mij voorbijtrekt is overweldigend, van een bijna niet te beschrijven schoonheid. Mijn lichaam beweegt niet meer, alleen mijn ogen schuiven van rechts naar links, nemen alles op, zijn zelfs bang iets te missen. Pas tegen de middag, als de schipper ons een maaltijd en drinken brengt, keer ik compleet terug naar het leven op de boot. Zijn verschijning maakt ons vrolijk.

'Dames, avocadomoes, rijst met gebakken gamba's, en zoete banaantjes moeten in de smaak vallen, niet? De heren hebben al een flinke whisky verorberd zodat hun grote magen sneller gevuld zullen zijn. Kan ik de dames een Zuid-Amerikaans biertje aanbieden bij deze typische regionale maaltijd?'

'Het overmatige water drinken om onze verhoogde lichaamstemperatuur het hoofd te kunnen bieden staat ons zo tegen dat wij maar al te graag op uw aanbod ingaan, vereerde schipper,' zegt Maya lachend.

Ik knik. 'Ja,' maakt ze af. 'Vooral nu wij in leven en zonder kleerscheuren onze bestemming lijken te naderen, ben ik dankbaar u als een gids te hebben.' Ondertussen ruimt Maya haar noties op.

Trots recht de schipper zijn rug. 'Dank u, en geloof mij, de rivier heeft op sommige punten venijnige plekjes maar de patrouille en ik zijn goed op elkaar afgestemd. Deze vaartochten zijn onze specialiteit geworden, zelfs verzocht door belangrijke personen op deze aarde.

Laatst vervoerde ik nog een Braziliaanse regeringsdelegatie op zoek naar echte informatie over hun landsgrenzen en de toestand van hun bewoners. Een goede zaak.

En een jaar geleden heb ik zelfs Franse toeristen vervoerd, vanuit Manaus naar San Antonio do Iça. Zij waren aangekleed met korte broeken, gekleurde hemden, petjes en zonnebrillen, stralend en opvallend. Hun huid leek een rood mijnenveld van de muggen en de zon, en na een paar dagen vertoonden zo'n bizar gedrag dat ik dacht dat ze door junglegekte waren aangetast. Ze zijn al snel per vliegtuig teruggekeerd naar Manaus.'

'Komen hier wel vaker Fransen?' begint Maya onderzoekend te vragen en ik zie haar nadenken over de volgende vraag.

Maar hij antwoordt niet. Hij vervolgt ratelend zijn verhaal.

'Ik geniet van Europese gasten, het herinnert mij mijn origines, zonder mijn geliefde oerwoud te verloochenen waar ik toe behoor.' Hij richt zijn blik op het oerwoud, kruist zijn vingers van zijn handen, houdt ze voor zijn ogen en buigt licht zijn hoofd. Hij prevelt voor ons onbegrijpelijke klanken.

Intuïtief voelen wij zijn moeder in hem opwellen.

Eventjes duurt het maar dan keert hij terug naar ons, zonder uitleg, uit zijn contact met gene zijde, door de indianen het rijk der blauwe morpho's, de heersers van het oerwoud, genaamd. Dat had ik ooit ergens gelezen.

'Die Franse toeristen,' gaat hij onverstoord verder, 'waren voor mij geen simpele natuurliefhebbers. Een waas van geheimzinnigheid huisde in hun aura, dat zie ik meteen bij mensen, een erfenis van wijlen mijn moeder. Weer kruist hij zijn vingers ineen en maakt dat gebaar.

'En jij,' en op dat moment schrik ik hevig, 'jij zoekt doden.' Hard rinkelt het stukgevallen glas naast mijn stoel na. De mannen benedendeks roepen ons:

'Oh, alles oké daarboven, dames.'

'Ja, ja, een ongelukje, mijn onhandigheid,' bedaar ik haastig de gemoederen.

De schipper blijft mij aanstaren. Mijn verloren angsten keren in alle kracht terug. Ik probeer van hem weg te kijken en stamel iets onverstaanbaars want de woorden schieten terug in mijn keel.

Maya's grote ogen openen zich naar een ongekende maat.

Het rivierwater spat ritmisch op. Roze dolfijnen met gracieuze snoeten, springen harmonieus uit het gele water. Hun verrassende aanwezigheid, in rivierwater, zo diep in het oerwoud, benadrukt een voor ons onbekende wereld. Zij gillen scherp, schrille geluiden, zoekend naar contact. Ze schieten langs onze boot en weer terug. De patrouille heeft ze ook opgemerkt en de mannen roepen enthousiast naar de duikende dolfijnen.

Benedendeks hangen Daniel, Philippe, Samuel en Bill over de reling, eveneens ontroerd door hun aanwezigheid. Het fototoestel van Philippe gaat als een gek tekeer.

Ik durf niet meer de kant van de schipper op te kijken.

Daniel merkt mij op en kijkt strak omhoog, terwijl zijn handkussen naar mij uitvliegen als witte duiven, ter bevestiging van een toekomstig verbond. Droom ik? Mijn benen worden steeds zwaarder, een duister gevoel niets waar te nemen neemt bezit van mij. De dolfijnen verdwijnen in een waas; ik kan ze nog slechts horen. De hoge tonen doen pijn aan mijn oren. Ik stop mijn vingers in mijn oren om het tegen te houden, echter zonder resultaat. Het wordt steeds heftiger, een schril gegil dringt mijn oren nu binnen:

'Je zoekt de doden. Je zoekt de doden en je zult ze vinden, je moet ze helpen hun zielen rust te brengen, ja eindelijk tot die welverdiende rust te brengen.' Met mijn vingers probeer ik mijn oren af te sluiten, in de hoop het krijsende geluid dat mij alsmaar tracht te bereiken niet langer te horen, maar het dringt door alles heen:

'Nee, alstublieft, doe het niet, doe het niet, doe het niet...' De ogen van pijn en liefde kijken mij aan door de gedaante van een prachtige blauwe vlinder, de morpho, die op de rug van een roze dolfijn gezeten, daalt en stijgt, zonder ooit het water te raken, evenals het mysterie van het leven zelf. Haar ogen laten mij niet los en hoe langer zij dit volhoudt hoe meer ik haar gedachten doorkrijg, die als dolken haar zinnen aan mij dicteren:

'Je bent Eliza en ik zijn moeder, mijn schipper, die de trots van het oerwoud, de natuurwetten kent en respecteert, zoals moeder aarde het wil. Deze grond is het leven, onze ziel op aarde. Wie iets van deze grond wegrukt haalt het leven eruit. Jij bent er bijna. De wil ons, oerwoudbewoners te begrijpen en te eerbiedigen, is al in jou geboren. En omdat jouw denken is opengescheurd zal je vraag beantwoord worden. Houd vol.'

Als ik mijn ogen langzaam open, lig ik op de grond. Mijn vrienden staan om mij heen. Daniel kust mijn ogen, mijn mond en streelt mijn haren.

'Eliza, we dachten je te verliezen.' Hij houdt mijn pols vast en telt hardop mijn hartslagen. 'De hartslag is goed teruggekomen,' spreekt hij tegen de omstanders.

Mijn ogen zoeken de schipper maar ik zie hem nergens.

'Wat zoek je?' vraagt Daniel.

'De schipper. Waar is de schipper.'

Maya, aan de andere kant naast mij geknield, drukt mij terug in liggende houding.

'Hij gaat de boot aanmeren, we zijn aangekomen in San Antonio do Iça. Je bent alleen maar flauw gevallen.'

Daniel buigt zich verder voorover, tilt mij voorzichtig op en zet mij op de ligstoel.

'Houd je alsjeblieft rustig, ik wil je niet verliezen, niet voor altijd, begrijp je. Blijf mijn levende herinnering.'

Ik draai mijn hoofd weg en tranen, geel als de rivier, vermengd met het zweet van mijn voorhoofd en mijn make-up, glijden weg over mijn wangen. Ik beweeg niet meer.

Samengeschoolde kinderen, hun haren gekenmerkt door een steile kortgeknipte pony op hun ronde, gouden gezichten, en in schaarse vieze kleding om hun naaktheid te verhullen, groeten ons vanuit de verte, terwijl ik liggend naar de bron van de kreten probeer te kijken. Enkele ouderen vertonen zich nu ook, half nieuwsgierig en half angstig, om te zien wat de boot brengt. De ruw opgedroogde zandoever gaat over in scheef asfalt, een begin van een weg, althans het moet een weg of pad voorstellen dat leidt naar een kolossaal patriarchaal Spaans herenhuis, in frambozenrood gekalkt. Zijn groene, opengewerkte luiken voor de smalle, lange raamopeningen zijn afgeschermd door verroeste en kapotte sierhekjes, die eens dienden om niet uit het raam te vallen. In de verte ontdek ik de op elkaar geplakte huizen van een stadje, zelfs motorgeronk neem ik waar, zodat ik rechtop ga zitten.

Ik voel mij al iets beter, in de waan dat dit zo Spaans aandoende stadje mij weer naar de civilisatie zal terugbrengen, en mij zal verwijderden van mijn nieuwe angst. Ik zal Florian eindelijk kunnen bellen.

'Je roze kleur is terug in je gezicht, dezelfde kleur van de dolfijnen, het fijnste wezen dat ik ooit gezien heb, een natuurwonder in zoet water. Wie verwacht zoiets. Heb je ze nog gezien?' zegt Daniel.

'Wonderlijk is het dat ik ze gezien en gehoord heb,' zeg ik

ondoordacht tegen hem.

'Hun hoge fluiten is apart en niet hinderlijk, zoals ik van sommige vogels of apen heb gehoord,' antwoordt Daniel.

'Dat gekrijs laat je trommelvliezen trillen,' zeg ik aangedaan.

Daniel schudt niet begrijpend met zijn hoofd maar gaat er niet verder op in.

Mijn ervaring was heel anders; mijn oren doen nog pijn van de helse hoge tonen. Ik pak even zijn hand en wil hem van de blauwe morpho vertellen. Gelukkig hapert mijn stem. Mijn reisgenoten vallen mij op: ze komen resoluut aangelopen, klaar mij van de boot te helpen. Ze zijn allemaal bezorgd, ik begrijp dat ze niet wachten op mijn geestenverhaal, zonder reëel aanknopingspunt, beleefd in een flauwte. Ik orden mijn gedachten, en spreek mijn doorzettingsvermogen aan om weer goed op de been te komen. Nee, niets mag mij nog afleiden, houd ik mezelf voor.

Philippe reikt mij een flesje water aan.

'Drink, Eliza.'

Gulzig zuig ik het vocht naar binnen. Mijn hoofd draait niet meer en als ik opsta voelen mijn benen al krachtiger aan.

'Gaat het zo?' Daniel schuift zijn arm onder de mijne maar ik duw hem onbesuisd weg.

'Prima. Mijn hoofd en benen lijken weer fris, en er is werk voor ons aan de winkel.'

Maya ontspant als ik het zo vastberaden zeg en barst in schaterlachen uit zodat de anderen onbenullig, niet echt doorgrond, mee lachen. Die schaterlach bevrijdt ons, en als jonge tieners, daar aan de oevers van de Salimoes, baren wij opzien, in een onvergetelijke aankomst in San Antonio do Iça. We trekken, zoals we vroeger altijd deden, vreemde gezichten naar elkaar, draaien onze duimen en maken voor anderen onbegrijpelijke gebaren met onze vingers. Noelies doventaal, ons amper bekend, was ooit spontaan in ons gegroeid en hoewel niet in dezelfde vorm uiten wij ons in de gekte van onze eigen verzinsels. We herinneren ons hoe we erin slaagden onze onzekerheid in hachelijke situaties te herstellen. Ongewild geven wij toe aan de ergste vorm van de slappe lach. Een duwtje van Daniel verandert niets. Nog steeds krom van het lachen wankelen wij over de loopplank, waar de schipper ons aan het einde opwacht. Langzaam schuifel ik naar hem toe, hij boezemt mij zowel angst, walging en bewondering in.

'Dames, u bent op bestemming.' Hij stapt naar voren en grijpt mijn hand en drukt zijn vette lippen erop.

Dan is Maya aan de beurt. We denken hetzelfde. De lippen zijn te vochtig en zijn mond ruikt naar rottend voedsel en sterke drank. Maya trekt, zonder dat hij het ziet, haar lip schuin naar beneden, kruist haar twee handen met de duimen naar onderen gericht, waarmee zij haar afkeer naar mij doorseint. Ik begrijp haar meteen. We blijven zenuwachtig lachen als jonge ongetemde bange meisjes voor zo een bizar en ongebruikelijke persoon, hilarisch en irritant.

'Dames, dames, u moet niet zo tekeer gaan, opvallen in San Antonio do Iça is geen goede zaak,' de stem van de schipper daalt zwaar. De politiemensen op de aangemeerde patrouilleboot kijken verstoord. De wenkbrauwen van de mannelijke collega's trekken scheef en in hun ogen groeien kooltjes van woede.

Maya trekt als eerste aan mijn mouw.

'Sst....Eliza.' En daarna fluistert zij in mijn oor: 'We halen de woede van de mannen op ons.' Ik kijk ineens in al die woedende ogen en als een opgelaten meisje herstel ik mij. Ik duw mijn hoed recht, door de opschudding van mijn hoofd gezakt, en zeg moeizaam, nog wanhopig vechtend tegen mijn zwakte en mijn verdoemde slappe lach:

'Schipper, dank u voor het veilig vervoeren van mij en mijn vrienden naar San Antonio do Iça. Van hieruit vliegen wij naar Manaus en dan naar Brasilia om Europa weer te bereiken.' Uit beleefdheid voeg ik toe:

'Kan ik als dank voor uw goede zorgen nog een boodschap overbrengen aan uw vader in Londen?' Het is zomaar in mij opgekomen en ik wil de man, ondanks mijn afkeer voor hem, echt bedanken. Verrast door mijn aanbod klaart de woede van de mannen op.

'Ja, graag.' Hij haalt zijn portefeuille uit zijn zak en geeft mij een kaartje. 'Het is van mijn vader. Belt u hem alstublieft zodra u in Europa terug bent en zeg hem het volgende: 'Het gaat goed met mij. Deze grond is mijn leven, mijn ziel. Wie deze grond van mij wegrukt, haalt het leven uit mij zoals moeder het altijd zei. Reken er niet op mij ooit in Londen te zien, je zult het zelf moeten redden. Wens hem het beste.' Even schijnen zijn ogen vochtig.

'U kunt op mij rekenen dat uw boodschap zal worden overgebracht.'

Diep dringen zijn ogen in mij. 'Zij zal je helpen.'

Ik weet dat hij zijn moeder, die bijzondere Indiaanse, bedoelt. Lichamelijke angstuitingen blijven gelukkig uit. Integendeel, een door mij ongekende kracht wringt in mijn lijf. Een ongekende kracht, beminnelijk, en dwingend in de tijd, hoopt op een antwoord. Waarom hebben zij, en wie waren zij, de man vermoord? Waarom hebben zij de vrouw verkracht en daarna uit elkaar laten spatten? De ogen van pijn en liefde. En wie is die priester geweest, een verklede soldaat of hoogstaand persoon? Wat denken mensen eigenlijk? Ken je ze wel? Een wervelwind van vragen waait door mijn hersenen. Plotseling vertrouw ik mijzelf. De voorspelling van de blauwe morpho zal mij het antwoord brengen, ik mag het niet vergeten!

Ik buig mijn hoofd lichtelijk beleefd naar hem en draai mij dan naar onze mannelijke vrienden, wiens ogen verzacht zijn in honingzoete compassie voor de oerbronnen van onze wereld.

'We volgen jullie,' zeg ik trots, terwijl ik mijn arm weer door die van Maya schuif. De mannen nemen koeltjes afscheid van de schipper terwijl een oude Chevrolet zich in onze richting beweegt.

De auto, bedekt met fijn stof, stopt pal voor ons. Een priester in zwarte soutane stapt uit om ons te begroeten, zijn gezicht is getekend door een vriendelijke maar ontmoedigde glimlach.

'Hallo, beste mensen,' klinkt het in zuiver Engels, compleet afgerond door de denkbeeldige hete aardappel in de mond. 'John Caliby,' en hij steekt zijn hand gemoedelijk uit.

Samuel doet een pas naar voren waarmee hij de leiding aangeeft.

'Samuel Truman van de Verenigde Naties, en dit is Billy Caramb van het Rode Kruis, op missie voor het uitbrengen van de humanitaire en ecologische toestand in dit gebied. En zoals u ziet zijn wij op tijd op onze afspraak met u, iets bijzonders, gezien ons niet te onderschatten reistraject. Vooral de door ons gevoerde gesprekken in Colombia blijven een doorn in onze ogen. Die autoriteiten daar zijn geen haar beter als de guerrillero's, houtrovers, goudzoekers, andere gelukszoekers en gespuis hier, alles wat hen interesseert zijn belangen voor eigen gebruik. De wereld en onschuldige mensen gaan kapot zonder dat het iemand op dat niveau schijnt te raken. Het is hopeloos en ik hoop dat onze rapporten de opinie halen, nietwaar Billy!'

Het lijkt een rits van woorden die John niet onbekend zijn. Een tikje volgt op Samuels schouder.

Billy geeft John zijn hand.

'Billy Caramb. Aangenaam kennis te maken.'

'Ja, het is een chaos.' Samuel neemt het woord weer. 'We proberen alle landen in het Amazonegebied duidelijk te maken dat de tijd dwingt om het oerwoud te beschermen willen we op onze aardbol blijven ademen, maar de Colombianen zitten met dat absurde guerrillaconflict opgescheept. De Farc en andere contrapartijen zijn blijven steken in het tijdperk van hun revolutie. Ze beseffen niet dat tijden veranderen. De natuurrevolutie is aangebroken. Het zijn een stelletje ordinaire junkies, niet meer in staat met hun hersenpan nog maar iets te bevatten, slechts hun oude ideaal, dat allang is ingehaald door nieuwe problemen. Ik hoop hier in Brazilië een ander rapport te kunnen schrijven en betere adviezen te geven.' Hij spuugt geërgerd op de grond.

Zijn ruwheid laat John iets verstappen en zijn gezicht kleurt lichtrood, de aderen aan de zijkant van zijn kalende voorhoofd staan als diepe blauwe kanalen gespannen. Zijn oogleden dalen iets waardoor hij iets buitenaards krijgt. Hij wil iets zeggen maar het duurt te lang.

Samuel wijst al op ons.

'Deze twee mannen en vrouwen zijn journalisten op terugreis naar Europa, en op zoek naar goede stof voor artikelen in deze heksenketel. En wij hebben ze meegenomen omdat wij weten dat het hier een zooitje is. Daar kunnen zij vast over schrijven.'

We knikken zonder verder in details te treden. Samuel heeft met geen woord over onze vlucht uit Colombia gerept. We zijn hem hiervoor dankbaar.

Maya, Daniel en Philippe kunnen fris en opnieuw beginnen met hun zoektocht naar die rare Franse missie, die niet in Colombia maar hier in de buurt heeft plaatsgevonden, en ik aan mijn eigen speurtocht. Het goede toeval van Eugenio. Zal het dan toch waar zijn?

Als een zwaard hakken plotseling de woorden van de schipper in mij. Ze liggen ineens weer in mijn geheugen: Ik heb ook Franse toeristen vervoerd vanuit Manaus naar San Antonio do Iça. Zij waren niet pluis, had hij gezegd. Ik pak Daniels hand vast. Zijn warme hand bemint mij en stelt mij gerust. De zwarte soutane van John stoort mij, het wekt een licht gevoel van onbehagen in mijn buik en zijn gestalte vervormt zich soms tot een morpho. Ik moet oververmoeid zijn, gaat het door me heen. Ik heb moeite helder te denken. De twijfel of ik ooit het antwoord zal vinden speelt weer op. Zoëven heb ik het nog van mij afgeworpen maar het is al weer teruggekeerd. Alle ontwikkelingen tot nu toe geven niet veel aanknopingspunten.

Mijn gedachten dwalen. Colombia...Dat ik Colombia opnieuw

heb bezocht, het moest, daar staande, hand in hand met Daniel, omringd door deze ruwe maar nobele kerels, besef ik beter welk drama deze regio teistert, dat ik opnieuw getuige ben geweest, en een andere visie op mensen, geloof, en natuur ontwikkel. Een nieuwe Eliza groeit in mij, als een rups in zijn cocoon... Ik moet geduldig afwachten, zo spreek ik mijn vermoeide wil moed in.

Samuels verdere betoog is me ontsnapt.

John klopt Samuel weer op zijn schouder ter bevestiging en zijn Engelse klanken galmen elegant.

'Welkom in het gebied waar de bijzondere blauwe vlinder, genaamd *morpho*, heerst maar waar de blanken en belanghebbenden het leven *verkrachten*.' Als hij het woord *morpho* en *verkrachten* uitspreekt, weet ik meteen dat deze man iets voor mij gaat betekenen. Het moet simpelweg een teken zijn. John heft zijn handen op:

'Jullie zijn mijn gasten en ik inviteer jullie zo lang te blijven als jullie het nodig achten. Ons klooster heeft vele kamers beschikbaar, zelfs werkkamers. Heldere aandacht voor de problemen in dit leefgebied kan ik als een aangeboden geschenk beschouwen en ik zal alles doen om mijn medewerking aan jullie groep tot het uiterste van mijn mogelijkheden te geven.'

Zijn woorden, helend na de Colombiaanse verdenking dat wij spionnen zijn, en na onze benauwde vlucht, brengen het enthousiasme op de gezichten van Daniel en Philippe eindelijk terug. Een positieve stemming neemt gelijk bezit van hen. Maya maakt een hupje.

'Hier ligt ons werk, goed werk dus,' roepen ze in koor, volledig op elkaar afgestemd.

De motor van de auto ronkt nog.

'Plaats jullie tassen maar in de kofferbak en neem plaats.' De mannen ontfermen zich over onze bagage, terwijl Maya en ik ons al in de kussens van de grote Chevrolet installeren, gadegeslagen door de groepjes kinderen, ouderen en de verpozende patrouille.

Dan ploffen ook de anderen op hun zitplaatsen. Vermoeid glimlachen we naar elkaar. We zijn letterlijk op, doch opnieuw in de strijd. John heeft, zonder het te weten, ons groepje tot een echt wapen gemaakt, het wapen der vrede.

Het klooster

We rijden door het stadje, een wirwar van onafgebouwde krotten, afgewisseld door moderne gebouwen. Stoepen of iets in die trant ontbreken overal. Het is een chaos van stijl, een grote mengelmoes van culturen: Spaans, Engels, Frans en Indiaans, opgegaan in de blanke bevolkingsgroep en het typeert de inwoners op straat met hun gouden huidskleur. We rijden langs enorme marktkramen waar wel zo'n tachtig verschillende soorten fruit en groenten uitgestald liggen. Nog nooit heb ik zoveel waren en kleuren gezien. Het eten, ondanks de armoede van de bewoners, ontbreekt niet aan variëteit, en bevestigt kleuren en vrolijkheid, althans dat denk ik.

John trapt op het gaspedaal en in volle vaart rijden we een goed geasfalteerde weg op, tot die na een flink stuk, plotseling verandert in een stenige hobbelroute, afgezoomd door een stuk bos.

'We hoeven maar een klein stukje,' verontschuldigt John zich tegen Samuel, naast hem.

'Gelukkig want gezien de staat van de auto maak ik mij zorgen,' antwoordt hij licht ironisch.

'Ik weet het. Maar wees gerust. We zetelen op slechts twee kilometer buiten de stad, dus zelfs als hij ermee uitscheidt is ons klooster lopend te bereiken.'

Een zucht van opluchting ontsnapt, wij zijn het zat. De constante extreme omstandigheden, die wij sinds Bogota hebben doorgemaakt, laten onze lichamen verlangen naar eten en een goed bed.

Samuel en Billy kuchen achteloos. Ze moeten ons als beginnelingen beschouwen.

We hobbelen door een bocht en we beuken op onze zittingen. Dan remt John hard. Een reusachtig ijzeren hek staat midden op de weg, gegoten in twee pilaren. Daarnaast houdt de afscheiding gewoon op. Hoog gegroeid gras geeft een verwilderde indruk.

'Wat is dit?' denk ik afkeurend.

Iedereen schuift ongeduldig heen en weer, zonder dat één woord uit onze monden komt.

Echter, tweehonderd meter verderop, tussen woekerende bomen en struiken, ligt een groot gebouw; de kerktoren, zuilengalerijen, grote mahoniehouten poorten en getraliede ramen imponeren. Het is het klooster. Oudroze pleisterwerk op de muren is op sommige plekken afgebrokkeld maar de grote ruwe steenblokken waarmee de muren zijn opgebouwd geven de soliditeit van het geheel aan. De zuilen kleuren goud en wit, afgewisseld door blauw en paarse mozaïeken, die heilige scènes voorstellen. De tegels van het terras, wit en grijs, zijn versierd met kalligrafische Arabische symbolen.

Ze brengen mij ongewild herinneringen. Waar heb ik dit al eerder gezien? Met hoofd tolt door al die schoonheid. Zo maar ergens in het oerwoud.

'Is dit geen kopie van een Spaanse abdij?' vraagt Philippe langs zijn neus weg. Hij is mij voor geweest.

Ook ik denk aan het zuiden van Spanje. Ik heb ooit in Sevilla eenzelfde gebouw gefotografeerd.

Johns stem klimt in toonhoogte.

'Bravo voor uw observatievermogen. U moet een zeer goede fotograaf zijn. Het klopt wat u zegt. Het is een kopie van onze Spaanse broeders in Sevilla, ooit hier gekomen om het evangelie aan de Tikuna-indianen, half blank, half Indiaans te brengen. 'Neemt u gerust foto's van het gebouw,' waarop Philippe zijn toestel woest laat schieten. 'Het zal u hier niet aan fotomateriaal ontbreken, en dan spreek ik niet over het gebouw maar over de mensen, de bijzondere bewoners hier.'

'Kunt u toveren, om ons naar deze idylle te brengen,' vraagt Maya opgewonden.

'Het is verre van idyllisch,' antwoordt hij somber.

Daniel geeft haar een stootje dat ze haar mond moet houden.

John stapt uit de auto en opent met een grote sleutel het oude hek. Het lijkt verroest, het slot piept, kraakt maar geeft ten slotte toe. Krachtig duwt hij de twee helften wijdopen. Haastig loopt hij naar de open auto terug.

Een vraag brandt mij op de lippen: wie zijn die bijzondere bewoners dan wel en waar komen wij eigenlijk terecht? Toch houd ik wijselijk mijn mond. Ik wil net als Daniel John niet beledigen met onnozele vragen, gesteld door verwende westerse mensen, die eens een kijkje komen nemen in de realiteit van het oerwoud.

John springt op zijn plaats en rijdt ons naar het terras voor de grote mahoniehouten entree. Achteloos blijft hij even zitten, opgegaan in zijn eigen gedachten.

De mannen gooien echter meteen de portieren open en trekken opgelucht hun benen naar buiten. Hun harde stemmen brengen John terug.

Sierlijk gooit hij ook zijn benen naar buiten en staat al.

'Dames, ik kom u zo helpen.' John loopt naar de kofferbak en opent hem.

Samuel en Bill zijn hem gevolgd en hun handen zijn al in de bak, bruut smijten ze de tassen eruit.

Wij wachten tot John onze portier opent. We moeten er wel uit. Kreunend vanwege onze kwetsbare spieren na de lange warme reis, zetten we onze dikke voeten op de nieuwe grond.

Kordaat loopt John naar de ingang.

'Volg mij.'

Als brave schoolkinderen lopen we achter hem aan. Hij duwt de grote mahonie deur opzij zodat een enorme hal, gelijk een schip van een kerk, zichtbaar wordt. Nieuwsgierig gluren we naar binnen. Zonlicht schijnt door een rond glas-en-lood raam; de voorstelling waarop een heilige zijn staf aan een kreupele man aanbiedt is van zeer zuivere schoonheid. Duizenden lichtpuntjes penetreren en dansen als bestaande geesten van het oerwoud door de hal, waar een zuster, in burgerkleding, maar met een witte geknoopte hoofddoek, naar de deur lijkt te zweven in een haar omringende lichtbundel. Haar hese stem verbreekt de illusie, terwijl zij de deur geheel openzwaaien en het licht van buiten de hal opvult. De weg is vrij om naar binnen te treden.

'Welkom, mensen, eindelijk weer bezoek uit andere werelddelen.' Opeens daalt haar stemgeluid tot fluisteren alsof zij iets probeert te ontwijken: 'Het is hard nodig.'

We passen onze stemmen aan en zachtjes stellen we ons één voor één voor. Na deze introductie leidt zij ons door een sombere gang waar vele zware houten deuren op uitkomen. Als ze loopt lijkt ze niet te bestaan. We sluipen door de gang en bij elke deur verliezen wij er één van ons: ieder krijgt zijn kamer.

'Rust u eerst maar uit. Om zeven uur wordt u opgehaald voor het diner,' fluistert ze bij elke deur. Bang de immense stilte te verstoren knikt ieder op zijn beurt.

Maya verdwijnt als eerste in zo'n kamertje en ik eindig als laatste, onwetend wat de anderen denken, willen of gaan doen.

Als een klein meisje, voor het eerst naar haar kamer van een internaat, zo voel ik mij. Na mijn stille knik sta ik in mijn kamer. Ik zet mijn tas naast het eenvoudige houten bed, opgemaakt met kraakhelder wit linnengoed. Een houten kruisje hangt aan de muur, en op het nachtkastje wachten een bijbel en een rozenkrans. Een kan met vers water staat op de commode, zeker bedoeld om mij op te frissen. Ik loop naar het raam waar ik tot mijn spijt een dikke strook vegetatie ontdek die mijn uitzicht volledig belemmert. Ongelukkig begin ik heen en weer te drentelen. Na een paar minuten stort ik me op het bed, trek mijn tas naar me toe en haal verlangend mijn draagbare telefoon tevoorschijn. In mijn repertoire vind ik Florian meteen en druk op oké. Ik wacht, maar er gebeurt niets. Nijdig gooi ik de telefoon neer. Die oerwouddeken is hier nog dikker. Het thuisfront moet intussen goed ongerust zijn maar hoe kan ik hen bereiken. Misschien heeft de missie de middelen? Vragen zonder antwoorden zijn nog steeds mijn leven, besef ik hoe langer hoe meer. Misschien is het gewoon fout: het willen weten. Die onhebbelijke twijfel daalt weer als een donkere schaduw over mij neer. Ik krijg het plotseling koud, terwijl de temperatuur nog steeds rond de vijfendertig graden schommelt. Een hevige kramp in mijn buik doet mij ineen duiken. Ik moet een toilet vinden. Snel trek ik mijn toilettas uit mijn reistas, steek hem onder mijn arm, klaar om naar het kabinet te zoeken.

Een graf

Als ik de lange gang zie waar ramen ontbreken en schemer overheerst, tot donker door het mahoniehout van de deuren, de aarde
rode tegels en de vergeelde verf, weifel ik of ik naar rechts of links
moet. Die zuster had toch even kunnen melden waar zich een toilet bevindt. Nu moet ik maar raden. De heersende stilte in het
gebouw spant mijn al aangetaste zenuwen. Ik kijk of ik ergens een
lichtpuntje kan ontdekken, ervan uitgaande dat daar iets moet
zijn. Links klaart het donker iets op dus kies ik voor die richting.

Zachtjes zet ik mijn voeten neer om de avondstilte niet te verstoren. Ik passeer de deuren waar de kamertjes achter liggen, en
vraag mij af wat elk kamertje geheim houdt. Aan het einde van de
gang bereik ik het gewenste lichtpuntje. De gang maakt hier een
bocht, waar in de ronding een grote nis, met aan beide zijden een
lang smal raam, is uitgehakt. In de holte staat een crypte,
gehouwen uit marmer, in roze en grijze kleuren. Een groot rood
kleed ligt half opgevouwen over de graftombe. Kunstbloemen, en
een foto van een priester in een zilveren lijstje, staan er bovenop.
Nieuwsgierig kijk ik naar het graf. Een beschreven stenen plaat is
op de voorkant van de tombe geschroefd. Mijn kramp in mijn
buik kwelt mij heftig maar ik moet het lezen:

Priester Gregorio Gaez, overleden op 16 juli 2003.

*Zijn leven leefde hij in dienst van anderen, die hulp nodig had-
den. Op de terugweg van een missie is hij koelbloedig vermoord
en verminkt. Zijn lichaam is teruggevonden in het oerwoud,*

naakt als toen hij geboren werd, ontdaan van zijn soutane. Zo is hij teruggekeerd naar de bron. Wij bidden elke dag voor hem en zijn moordenaar.

Ik lees de tekst aangedaan. De woorden bevestigen simpelweg de blauwe morpho, de nieuwe geesteskracht die in mij groeit. Aan de grond genageld sta ik voor het graf, het graf van een man, ontdaan van zijn soutane, gruwelijk om het leven gebracht. Op de foto lacht hij vriendelijk maar vastberaden, overtuigd van het goede in het leven. Zijn ogen zijn helder, slechts gevuld met liefde, zonder een spoortje van pijn. Toen zij hem vonden waren zijn ogen wijd opengesperd, gevuld van onbegrip en pijn. Hij lag ergens tussen de struiken, nog een geluk dat zij hem hadden gevonden, en zijn naaktheid liet zijn verminkingen goed zien. Zijn gezicht was opgezwollen van de blauwe plekken, zijn gebroken neus en kapotte lippen, besmeurd met het opgedroogde bloed, dat na het breken van zijn ribben en kapot trappen van zijn nieren, als een langzaam verlossend stroompje uit zijn mond was gelopen. Hopelijk had hij een hartstilstand gekregen van pure angst en pijn om hem te verlossen uit die benarde situatie. Maar voordat ze hem verrot sloegen vernederden zij hem door hem zijn soutane uit te laten trekken en mee te nemen. Met welk doel en waarom had de moordenaar dat gedaan? Opnieuw kijk ik goed naar de foto en naar de soutane. Intuïtief zoek ik details. Net onder het witte boord zie ik een miniem speldje, gelijk een kruisje maar als ik mij erop concentreer stokt mijn adem. Ik zie het juist: het speldje heeft de vorm van een morpho: de prachtige blauwe amazonevlinder, die mij vergezelt. Nu twijfel ik niet meer. Mijn eerste antwoord is hier gekomen, op deze heilige plek, in het half penetrerend licht, als confetti op mij neergedaald, zichtbaar geworden moleculen, en ze dansen als nooit tevoren. *Gregorio Gaez*, onbekend voor mij en toch zo bekend. Het bijzondere morphospeldje op de soutane is voor mij het ultieme bewijs: het is de soutane van

Gregorio Gaez, die ik heb zien hangen in Mario's bureau. Die vuilak heeft hier iets mee te maken. Dat kan niet anders zijn. Ik tril van opwinding over mijn ontdekking. Heb ik het niet voorvoeld. Ik vertrouwde die kille ogen vanaf het begin niet en hoe bang ben ik niet voor hem. Even kan ik de verwarring niet meer aan. De vragen zijn te ingewikkeld. Mijn benen lijken weer in de grond te zakken. Angstig houd ik me vast aan het graf van Gregorio. Zal ik opnieuw terug naar Bogota moeten om de hele zaak te bewijzen? De gekste vragen schieten door mijn bange denken. Maar hoe is mogelijk naar Bogota terug te keren om zoiets te gaan vragen, net nu we voorgoed door Mario's toedoen uit Colombia hebben moeten vluchten. In die hel kan en wil ik mij nooit meer wagen. Ik blijf me vasthouden aan het graf. Ik besef dat het echt is en een nieuwe moord mijn pad kruist. Of gaat de arme Gregorio mij dichter bij die andere ogen van pijn en liefde brengen?

Ik probeer uit alle macht de zaken op een rijtje te krijgen. Ik denk aan de woorden van Eugenio's brief. De details sommen zich op: Het indianenechtpaar woonde niet ver van San Antonio do Iça; het bezoek van een priester aan het echtpaar; de vluchtige ontmoeting tussen die drie. Zijn kameraad had aan een hoge figuur uit het leger gedacht. De woorden en betekenis komen in mij terug. De priester, gezien bij het echtpaar, moet Mario zijn geweest, en Gregorio was kort daarvoor vermoord, gevonden zonder soutane. Het echtpaar is meegenomen en de volgende dag vermoord. Het stemt overeen met de enige aanval van Karina in deze regio, herinner ik mij uit het document in Mario's bureau. Maar hoe en waarom? De priester was snel weggegaan. Zo staat het toch geschreven in Eugenio's brief. En zijn het die man en vrouw die ik heb gezien? Ik kan er niet uitkomen.

Mijn verlangen naar het grote antwoord wordt heviger, ondragelijk. Mijn handen belanden op mijn gezicht, ik sla mijn hoofd heen en weer van ellende, mijn oogleden sluiten en trekken samen. Ik troost mezelf. Tenslotte heb ik een verband gelegd: Mario, denk ik geëmotioneerd. Die soutane, het speldje, het kan geen toeval zijn, gaat het alsmaar maar door me heen. Even verschijnen de ogen van pijn en liefde weer. Ik zie mijn eigen scène, de priester, die vuile neppriester. Of is het Karina geweest? Zij leidde Front 47, het insigne op de truck? Nee, haar donkere huidskleur zou haar hebben verraden. Ik probeer het moment bewuster terug te halen, en ik zie de priester, hij slaat zijn soutane open en de legerbroek verschijnt. Het gezicht, waar is het gezicht? Hoe ik mijn geheugen ook aanspreek toch blijft dat kleine gedeelte onzichtbaar alsof ik mijzelf wil afschermen. Had ik mijn gezicht soms weggedraaid, juist toen? Nee, de scène staat in mijn herinnering gegrift. Waren er bepaalde eigenschappen in de bewegingen die ik heb opgemerkt? Ik denk aan Mario, hoe ruw zijn handen mij naar hem toegetrokken. Zijn twee handen grepen als eerste mijn nek beet en dan herinner ik het mij het. Zijn sterke handen, ik herken ze, hoe ze de nek van de vrouw ruw hadden beetgepakt, en hoe de mijne. De handen kort en dik, de gele kleur van de nagels, het litteken op de duim. Het litteken was rood en diep. En dan weet ik weer, ik kende zijn handen. Eindelijk... ik heb het terug.

Maar hoe is Mario bij Karina terechtgekomen? Tijdens het diner had hij verteld in haar buurt gelegerd te zijn geweest maar hij haatte haar toch? Was hij niet hoogst persoonlijk door president Ulribe gevraagd haar gevangen te nemen. Hij was er nooit in geslaagd. En hoe speet hem het niet, want zij was de grootste vijand, bovenaan de zwarte lijst, opgemaakt door het Colombiaanse leger. Met trots had hij over zijn pogingen gesproken. Leidde hij een dubbelleven, een corrupte Mario? Had hij, net als een man die niet op kan tegen een allesverblindende schoonheid van een vrouw, zich laten verleiden tot het grootste kwaad: de Colombiaanse guerrilla en zijn drugs. Het zou mij niet verbazen. Mijn handen laten mijn gezicht los.

'Nu de blauwe morpho mij voorgoed vergezelt, volg ik haar ingevingen.' Zachtjes spreek ik tegen Gregorio. 'Ik weet het nu, dank u.' Gelijk denk ik aan de moeder van de schipper. Een kleine tik uit het niets verstoort de sublieme stilte. Verschrikt laat ik de tombe los. Een hevige kramp verbreekt alles. Mijn handen pakken mijn buik vast en mijn benen knijpen samen. Er is geen houden meer aan. Ik moet een toilet vinden. Ik strompel verder door de gang tot ik het geluid van water hoor. Een zuster sluit een deur, en ze merkte mij niet eens op, zo demp ik mijn voetstappen. Ik wacht tot ze uit het zicht is verdwenen en schuif snel naar binnen. Als ik mijn dikke broek, nog steeds ter bescherming tegen de insecten en andere ongewilde bewoners laat zakken, zie ik dat ik bloed. Eerst schrik ik hevig van het vele bloed maar al snel herinner ik mij dat ik als vrouw mijn maandelijkse stonde niet kan ontlopen. Ik prop wat wc papier in mijn broek, nog steeds met pijn in mijn buik, en keer terug naar mijn kamer, vastbesloten rust te nemen.

Nog meer antwoorden

Hoewel ik wil rusten, pak ik mijn notitieboek en begin te pennen. Namen en gebeurtenissen plaats ik bij elkaar, compleet met data en mijn insinuaties. Telkens blader ik terug in mijn notitieboek tot ik iets vind. Gelukkig heb ik sommige details opgeschreven. Ik vergelijk, herhaal en herlees tot het beeld, dat ik al bij het graf had geschapen, groeit. Voor mij staat het vast: Mario heeft het echtpaar, waar ik de namen nog steeds niet van ken, vermoord. Met grote letters schrijf ik Mario, moordenaar... moordenaar...Mijn pen haalt krachtig uit, grote hanenpoten betreden het papier: verkrachter... verkrachter... Nog amper twee dagen geleden stond ik oog in oog met een verkrachter en moordenaar, mijn moordenaar. Zijn ogen hadden mij opgemerkt, ik was in de goede kant van zijn brein getreden. Hij wilde mij liefhebben. Of had hij mij daarna ook willen vermoorden? Zijn verblinde gulzigheid had hem opnieuw kunnen laten escaleren. Zijn sterke handen braken met gemak je nek. Maar hij liet me gaan, uit belang of liefde?

Ik word uit mijn absurde vragen gehaald als ik in de kamer naast mij het harde klikken van Philippes fototoestel hoor. Het geluid leidt mij hinderlijk af. 'Wat kan hij in godsnaam fotograferen?' scheld ik in mijzelf. Het verbaast mij want het uitzicht van onze kamers wordt belemmerd door de wildernis van struiken en bomen. Ik ga op het bed liggen en peins ineens over Philippe. Hij is een zeer gerenommeerde fotograaf maar wat weet ik van hem? Tot nu heb ik een goed maar beperkt contact met hem gehad. Als ik Daniel geloof en dat doe ik, kent Luis hem goed, omdat de beide journalisten lang met hem hebben samengewerkt. Het was mij opgevallen dat Luis zich niet al te veel tot Philippe wendde. Toch moet een verdiept contact bestaan, want tijdens de weinige keren spraken de beide mannen intiem met elkaar, zoiets tussen mensen als zij elkaar zeer goed kennen, ja zelfs hun geheimen aan elkaar prijsgeven. Mijn ogen volgen de lijnen van de muren tot ik een kleine spleet ontdek in het afgebrokkelde gips. Ik verroer me niet tot ik de stem van Philippe op die plek duidelijker waarneem. Ik besef dat er een opening in de muur moet zitten. Snel kom ik overeind en sluip zoekend langs de muur. Een scheuring van de funderingen heeft een dun en langgerekte gat veroorzaakt. Ik duw mijn oog voor de opening.

De kamer is identiek. De aangetaste muren, het eenvoudige bed, het houten kruis. De bijbel op het nachtkastje is opengeslagen en ik zoek de rozenkrans. Hij ligt op de grond.

Philippe zit op het onopgemaakte bed en tot mijn afschuw herken ik in mijzelf een ordinaire voyeur, zo bevalt het me. Ik kijk verder, zonder dat hij enig vermoeden heeft, naar zijn slanke handen, en naar de rechterhelft van zijn gezicht. Hij heeft een regelmatig profiel, zo'n gezicht van goede afkomst. Naast hem herken ik een satelliettelefoon zoals reporters vaak bij zich dragen. Verbouwereerd zie ik hoe hij een nummer draait en wacht. Nooit heeft hij over deze telefoon gesproken ondanks onze mislukte pogingen om onze familie te waarschuwen. Hij heeft ons niet eens de kans gegeven het via die telefoon te doen. Kwaad denk ik hoe slecht je mensen eigenlijk kent, hoewel je denkt dat alles goed is. Of heeft hij de toestemming niet, dient het alleen voor zijn werk? Het kan mij niets schelen hem te bespioneren, tenslotte is hij niet zo zuiver als ik dacht. Ik wacht op wat er gaat komen.

'Hallo,' spreekt hij met zijn typische Franse uitspraak. 'Luis? Luister, ik heb de documenten van die Samuel gevonden en kunnen fotograferen, en straks stop ik ze weer terug in zijn tas, die hij per ongeluk bij mijn bagage heeft achtergelaten! Zij zijn op de hoogte van wat die Fransen hier hebben uitgevreten. En ons gewroet wordt tot op zekere hoogte gebruikt. Samuel werkt niet alleen voor de Verenigde Naties, begrijp je, hij zoekt opnieuw naar mogelijkheden voor de Franse geheime dienst om de gijzelaar te bevrijden. En het mag niet naar buiten komen.'

De Colombiaanse vluchtelinge, uit het Haagse café, haar woorden over ene Samuel, haar ambassadeur, die voor de Amerikaanse geheime dienst werkte, en hun stille getuigenis van moord hervinden langzaam mijn gedachten. Hij moet haar Samuel zijn. Hij is dus één van mijn puzzelstukjes. Voordat ik ze beter in elkaar kan passen hoor ik Philippes zijn stem zachter spreken:

'Ja, de Amerikaanse geheime dienst. Dus als je je leven veilig wilt stellen, verlaat Colombia. Ja, en de Franse geheime dienst heeft mij gedreigd mijn leven te verwoesten als ik met deze reportage doorga. Even heb ik getwijfeld want wij zitten er allemaal in. Hopelijk wordt ons gesprek niet via de satelliet onderschept. En jij bij het AFP persbureau in Bogota loopt een groot risico. De Franse geheime dienst onderhoudt goede contacten met de Colombiaanse regering en die staan weer op goede voet met de diensten in de Verenigde Staten, dus pas alsjeblieft op.'

Stilte. Philippe luistert. Helaas kan ik Luis niet horen. Al wat ik te weten kom is de diepe zucht die Philippe uitstoot voordat hij ons erbij haalt. 'En ik riskeer de vrouwen erin te betrekken, want de antwoorden liggen hier in San Antonio do Iça, en wel in dit klooster.'

Ik voel een steek in mijn hart en denk aan wijlen Gregorio Gaez. Weer die stilte. Philippe luistert weer naar Luis. Af en toe kucht hij nerveus. Mijn oordeel over Philippe is dus fout, bedenk ik me, hij wil ons slechts beschermen tegen duistere krachten. Geheime diensten zitten dus eigenlijk achter dit alles. Een nieuw element, toe te voegen aan mijn opgesomde notities, die ik, naar ik begrijp, beter zeer zorgvuldig kan opbergen want als dit naar buiten komt. Ik trek angstig mijn oog terug.

Ik denk aan de garantie van de Franse steun en persvrijheid. En

Luis, zogenaamd beschermd door de Franse staat en het Colombiaanse leger, moest onze veiligheid garanderen. Hoe ironisch! Het tegendeel blijkt nu, wij zijn vrij geweest deze reis te ondernemen maar zijn vanaf Londen al gevolgd en geleid in onze enquête, die wij denken zelf uit te voeren. De Incaman in het vliegtuig en op het vliegveld passen in het scenario. Staan ze allemaal aan de andere kant? En wij, wat is onze rol hierin, wij lijken te zweven tussen al die mensen. Voor Maya hoop ik dat Luis niets overkomt. Zij is al zo van slag dat zij haar liefde heeft moeten omzetten in een onzichtbare liefde, zoals ik binnenkort met Daniel zal moeten doen. Ik zucht, het lucht mij op. Ik houd me nu vast aan de kracht van de blauwe morpho, hij heeft ons allemaal opgespoord en ons voor altijd aan elkaar vastgeketend.

Ik druk mijn oog opnieuw tegen het gat. Nieuwe woorden van Philippe: 'We veranderen...' De resterende woorden ontgaan mij.

De toon dempt alsof Philippe zich bespied voelt. Het liefst loop ik de deur uit naar Philippes kamer, pak hem beet om hem in mijn armen te sluiten, en te tieren over al die schoften op deze wereld die zomaar mensenlevens verwoesten en de waarheid naar de donder helpen, altijd voor macht en geld. Dat kan natuurlijk niet en ik ga gefrustreerd op bed liggen. Ik verlang naar de sterke armen van Daniel, dichtbij, en die van Florian, zo ver weg. Maar ik mag niets doen. Mijn stille zwijgen is van groter belang voor ons. Ik moet mij onwetend houden. Zouden Philippe en Daniel ooit een naar waarheid getrouwe reportage voor elkaar krijgen? Ik kan het niet geloven. Ze hebben hun neus in iets gestoken wat niet gewenst is door geheime diensten en dan begeef je je op glad ijs. Ik krijg steeds meer bewondering voor ze. Vreemd genoeg maakt het gevaar mij rustiger, hoe linker het wordt, hoe meer mijn vragen worden vervangen door antwoorden. Gevaar lijkt de tijd te comprimeren zodat de tijd telkens naar het juiste dwingt. Ik nestel mij weer op bed en droom over de schoonheid van de blauwe morpho. Al die kracht is voor mij, voor mij alleen... ik heb mijn moordenaar gevonden. Voor het eerst in mijn leven ben ik iemand echt dankbaar.

Ik ben Philippe

Ik, Philippe, sluit het gesprek met weemoed af, alsof ik Luis voor de allerlaatste keer spreek. Het absurde gevoel laat mij niet los, hoewel ik het beter wel kan doen. Mijn vrienden en ik zijn opnieuw in serieus gevaar en zij vermoeden niets. Onze oprechte interesse is op het hoogste niveau niet op prijs gesteld. Dat is duidelijk. Onze vlucht uit Colombia is geslaagd maar nu heb ik het echte vuur ontdekt en het vergezelt ons: Mijn God, ik wil niet verbranden. In wat een afschuwelijk wereld leven we toch. Ik voel me machteloos. Mijn leven schuift aan mij voorbij: Mijn ouders, broers en zussen, de lagere school, de fotoacademie met de prachtige modellen, vrouwen waar ik van droomde maar nooit had kunnen bezitten. Bij de diploma uitreiking ontbrak niemand van mijn familie, zo trots waren ze op me. De gedreven journalist bestond vanaf die dag.

Toen volgde de ontmoeting met Daniel op het hoofdkantoor in Parijs. We waren op hetzelfde moment bij de krant, en wachtten in hetzelfde bureau. Ik hoor onze chef-redacteur nog zeggen: 'De bedoeling is samenwerking. Jullie zijn twee aan elkaar gewaagde mensen.'

We vulden elkaar volledig aan en onze artikelen werden geliefd. We konden zo goed met elkaar opschieten dat het sommigen jaloers maakte. Op een dag, tijdens één van die crises van onze collega's, die wij zo zat waren, besloten we om de vrijgekomen plaatsen bij het AFP in Bogota op te eisen. En we kregen onze zin om te vertrekken.

Colombia, een nieuwe wereld voor ons: chaos, geweld maar ook vreugde en plezier. Ik trek mijn lippen in een glimlach terwijl ik Daniel nog op de dansvloer bezig zie, bij ons eerste bezoek aan een rumba danscafé. De Colombianen bemoeiden zich er allemaal mee. Ze noemden hem de 'stijve plank' en die naam behield hij. Zelfs ik, een stijf type van nature, bracht het er beter af. We bezochten drie maal per week dit café. Soms dansten we de Colombia, de oudste vorm, in een zes/acht ritme, waarop alleen de mannen bewegen, en zich laten gaan in muziek en ritme waarbij elke man de ander probeert te overtroeven. Ik hield van de teksten, gevoed door liefde en politiek, half gezongen op de ritmes van de drummen, tamboerijnen en klokkenspellen. Ik lachte zelfs grinnikend, denkend aan onze aanhoudende pogingen, die steeds beter werden. Oefening baart de kunst is een juist gezegde.

Maar het liefst dansten we de *Guaguanco*. Een dans met de vrouwen, vergezeld van slaginstrumenten. De castagnetten, die de toon voerden, steeds sneller, en wij die met een sjaal de vrouwen probeerden te vangen. Maar nooit ving ik er één. Daniel met zijn stijfheid wel en ik, de soepele, kreeg het maar niet voor elkaar. Daarom bezat ik vrouwen, prostituees, als vrouw, slechts om te genieten. De rest kreeg en wilde ik niet. Hoe kan ik een vrouw gelukkig maken, als zij met een schim getrouwd is, de man die altijd op pad is om de misère van de wereld te fotograferen? Nee, de tijd heeft mij gedwongen het in te zien en ik heb voor het vrijgezellenbestaan gekozen zodat geen enkele dreiging ooit mijn geliefden zouden doen wegrotten van verdriet. Ik draag de trots en vind mezelf gewoon geen egoïst. En zo ben ik gelukkig. Nu ik bedreigd word, besef ik welk voorrecht het is een vrij mens te zijn, die zijn werk in zulke moeilijke affaires gewoon kan voortzetten. Daniel is verliefd op Eliza maar zij is niet vrij, en ook hij is nu niet meer vrij. Luis scharrelde om Maya, een prachtige vrouw. Ook zij zijn niet vrij. Maar ik houd het hoofd koel.

De twijfel

Door een bons op de deur richt ik mij op.

'Ja,' zeg ik niet al te hard.

'Ik ben het Daniel.' Mijn hart slaat over van blijdschap als ik zijn stem hoor. Ik ben al zo aan hem gehecht dat mijn grenzen opgelost zijn, ik heb ze allang overschreden. Toch ben ik op mijn hoede en besluit goed op mijn woorden te letten. Zou Daniel op de hoogte zijn? Vragen zal ik het hem niet, ik wil onze veiligheid niet ondermijnen. Zachtjes open ik de deur. Hij duwt de deur opzij en slaat zijn armen als een waanzinnige om mijn heen. Zijn mond plaatst zich op de mijne als twee in elkaar schuivende lepeltjes. Zijn speeksel, sappig en zoet, smaakt naar fruit. Het duurt even en omdat onze lichamen meer willen duw ik hem bewust terug.

'Ik voel me niet helemaal goed, ik ben ongesteld geworden,' fluister ik als anticlimax in zijn oren. Het hindert hem niet en streelt mijn rug liefdevol waarop ik mijn wang tegen zijn ongeschoren gezicht wrijf. Ik pak zijn hand en trek hem mee buiten de kamer, die ik zorgvuldig afsluit.

'Wat?' Hij begrijpt me niet. Met mijn wijsvinger op mijn getuite lippen gebied ik hem tot stilte. Door de donkere gang leid ik hem naar het graf van Gregorio Gaez. Hij ligt daar vredig, een plekje zonder enig teken van agressie. We schuifelen in alle zachtheid door de schemer van de gang naar de tombe.

Bij aankomst schrik ik hevig: de foto staat niet meer op het rode kleed maar is ver naar voren geschoven. Ik moet de foto niet goed teruggeplaatst hebben. Hopelijk heeft niemand het waargenomen want ik wil de gemeenschap niet kwetsen met deze delicate kwestie.

Daniel staat stijfjes naast me en kijkt vragend naar het graf.

Ik wijs hem de gedenkplaat.

In stilte leest hij het opschrift.

'Eliza, ken je deze man soms,' fluistert hij somber, als hij mijn trieste gezicht heeft gelezen. Hij weet al hoe ik in elkaar steek, denk ik opgewonden. Mijn God, ik ga steeds meer van hem houden.

'Het is Gregorio Gaez,' fluister ik terug. Mijn hoofd draait automatisch in de rondte voor ik verder spreek, angstig of iemand ons ziet en meeluistert. Of Gregorio er deel van uitmaakt, daar twijfel ik geen moment aan. Hij mag het horen.

Daniel draait zijn hoofd met mij mee, telkens aansluitend op mijn gezicht.

'Je kunt spreken, Eliza, er is toch niemand hier.'

Mijn stem bibbert van emotie, mijn hart trilt van liefde, en mijn ogen smelten van geluk. Ik pak de foto en duw hem onder zijn neus.

'Zie je de speld van die prachtige vlinder op zijn soutane? Die speld is het bewijs dat Mario betrokken is geweest bij de verkrachting en moord op het Indiaanse boerenechtpaar.'

'Waarom denk je dat in hemelsnaam,' brengt hij onthutst uit.

'Die speld heb ik in het kantoor van Mario gezien, gespeld op een soutane, daar aan een kapstok. Geloof mij, Daniel. Ik heb mijn enquête rond. De laatste dagen heb ik mijn intuïtie leren verhelderen dankzij de morpho, zoals deze blauwe amazone vlinder genoemd wordt, het is de geest van het oerwoud. Daar op de boot, voor ik mijn flauwte kreeg, heb ik een geestverschijning gezien. Het was de Indiaanse moeder van de schipper, en zij heeft mij laten weten dat ik mijn antwoorden vind. En nu heb ik ze gevonden. Ik heb het bewijs.'

Nog voordat ik verder wil spreken grijpt Daniel mijn schouders ruw vast. Zijn stem klinkt bezorgd. 'Maar Eliza, de hitte en vermoeidheid spelen met je. Wat heb je voor echt bewijs, afgezien van een speld, die we op de foto hier zien en een soutane, die je in Mario's bureau hebt gezien. Ben je niet wat te voorbarig in je conclusies?' Hij schudt zijn hoofd alsof ik gek ben geworden.

'Waar is hij, de man die ik wil?' Zijn antwoord steekt als een dolk in mijn hart. Ik denk aan onze diepste omhelzing. Ik hoopte op zijn volledige steun in mijn zoektocht, zoals wij het in het vliegtuig hadden beleefd, die samensmelting van interesses, maar hij lijkt hoe langer hoe meer op te gaan in zijn eigen zaakjes. Teleurgesteld over zijn reactie, antwoord ik onzeker:

'Je gelooft me niet. Maar ik ben er zeker van.' Ik draai me om. De brief van Eugenio en mijn notitieboekje prikken in mijn broekzak. Ik had het hem willen laten lezen, vragen of hij wist dat Philippe via de satelliet kon bellen, van het afgeluisterde gesprek met Luis, maar voor mijn gevoel heb ik genoeg verteld.

'Eliza, deze zaak is ingewikkelder dan je denkt. We moeten voorzichtig zijn, begrijp je. En ik wil jou en Maya niet in de problemen brengen.' Vreemd en onpersoonlijk zijn zijn woorden. Weet hij alles al? Ik durf het niet te vragen. 'Morgen gaan we met Samuel, Bill en John naar de enige indianennederzetting, in de buurt van een oude goudmijn, niet ver van hier.' 'Ik wil daar ook naar toe,' zeg ik nog pruilend, en probeer mezelf zo goed mogelijk te houden. De kracht van de morpho, herhaalt mijn innerlijke stem. Niemand zal mij meer weerhouden. 'Maya en ik gaan met jullie mee.'

'Dat zullen we met de anderen, straks bij het diner, moeten bespreken,' zegt hij. Twijfel klinkt in zijn stem. 'Het hangt van hen af en er rest ons niet veel tijd meer. John heeft mij toegezegd dat hij vier plaatsen zal reserveren op de eerstkomende vlucht naar Manaus. En vanuit daar verder naar Brasilia, het punt voor onze terugreis naar Parijs.'

'Paris, Paris.' Hij fluistert het. Dan weer hartstochtelijk: 'Kom je me daar opzoeken Eliza.'

Een brandend gevoel straalt in mijn borst rond mijn hart.

'Zeker,' probeer ik koelbloedig te spreken, 'hoewel niet wij maar de tijd ons zal dwingen in ons handelen.'

Hij kijkt verdwaasd, op zijn beurt verwacht hij geen afstandelijk antwoord, en het splijt de kloof voorgoed: de kracht van de morpho heeft alles overgenomen, en die zoekt nog slechts het goede...

Een oase voor weeskinderen

De klok tikt de slagen van het zevende uur. Stipt op tijd beukt een hand op de deuren. Onze deuren openen één voor één. Ik sta al op de gang als de mannen verschijnen, opgefrist in dezelfde gedaante, hoewel ik hen nu anders zie: de nette en beleefde Samuel, heimelijk werkzaam voor de Secret Services van de Verenigde Staten; Bill van het Rode Kruis, lijkt mij nog echt; Philippe, prachtfotograaf, de rustige man, die veel meer weet dan ik dacht en dus uit ervaring alles voor zich houdt; Daniel, hoopvol, naïef zoals ik zelf ben, mij zo bekend en toch onbekend, en John, een missionaris met een levensovertuiging, maar die in deze vijandige omgeving van onrecht, ook corrupt gedrag heeft ontwikkeld. Tenslotte hindert het hem niet diensten aan geheime diensten te leveren. Hij moet toch op de hoogte zijn van bepaalde zaken.

Het laat zich raden dat wij ons hier in het roversnest bevinden. Ik kijk naar deze mannen en zij hinderen mij ineens. Hoe graag zou ik een open gesprek aan tafel voeren om mijn bestudeerde notities door te spreken, hun meningen te horen, maar gezien ieders belangen in zijn eigen zaak, doe ik er inderdaad beter aan te zwijgen. Wie kan ik hier in dit klooster, op dit moment, nog vertrouwen? Maya, natuurlijk, zij opent als laatste haar deur, haar rode haren keurig opgestoken, een oranje lipstick glanst op haar volle lippen, haar ogen vervuld van nieuwe moed en ik begrijp dat ik op een speciale manier van haar houd, zoals ik nog nooit van iemand heb gehouden. Zij vervult mij van blijdschap, en als zij mij ziet weet ik dat het wederzijds moet zijn. Ze kust me vol op de lippen en trekt zich niets aan van de kijkende mannen. Daniel vermoedt iets dat hij niet in de hand heeft. Zijn ogen spuwen afkeer en opwinding tegelijkertijd.

'Ik ben heerlijk uitgerust,' zegt ze opgewekt, 'want ik ben in een diepe slaap gevallen. En ik lust wel iets. John, de gastvrijheid die jij ons biedt is prima en als het eten hier net zo goed is, denk ik dat ik hier wel een tijdje vakantie kan nemen. De plek is te bijzonder.' Haar gebruikelijk schaterlach weerkaatst tegen de muren.

John glimlacht bescheiden.

'Je weet nog niet half hoe bijzonder deze plek is. Dat zul je zo dadelijk mogen zien. En vakantie hier, je bent welkom, maar overmorgen is een vlucht naar Manaus geboekt en aangezien vliegverkeer hier niet regelmatig is zijn jullie al ingecheckt. Europa wacht op jullie.'

'Naar huis,' zeg ik zonder iets toe te voegen.

'Ja, veel tijd hebben jullie niet.'

Ons groepje zet zich in beweging, niet naar links, zoals ik vrees, maar naar rechts, zodat wij gelukkig het graf niet passeren. Die Samuel houd ik liever onwetend over wat ik weet.

'Je kunt morgen met ons meegaan naar een indianennederzetting bij een oude goudmijn,' zegt John tegen Maya.

'Ja, samen met Eliza, hè Elitje,' en zij koost mijn naam.

Alert reageer ik. 'Ja, ik wil die mensen graag ontmoeten.' Onze oprechtheid dwingt Daniel tot een knikkende goedkeuring. Philippe lijkt afwezig.

Maya heeft ons erbij gezet op haar gebruikelijke ontspannen manier, en dat is goed want zij heeft gevoeld dat de mannen in deze affaire te veel op zichzelf beginnen te staan. Ik pak Maya's hand, en knijp er zachtjes in. Ze begrijpt gelijk dat ik blij ben. Ze doet hetzelfde, zonder woorden communiceren. We doen het. We zijn voor even in Noelies stille wereld. Vriendinnen die door elkaars gedachten reizen. Onbekend aan de mannen. Zij verkeren nog steeds in hun eigen wereld.

Aan het einde van de gang betreden wij de entreehal. Ik waan mij terug in Spanje. Grote luchters zijn gevuld met aangestoken kaarsen, want de duisternis valt hier, zo dicht bij de evenaar al vroeg in, en sieren de hoge in een punt toelopende plafonds. Schilderijen in alle maten van belangrijke Spanjaarden, die mij bij aankomst niet zijn opgevallen, tronen aan de muren. Hun statigheid wekt museum allure. We volgen John door een groot deurraam dat toegang geeft tot een binnenplaats, omringd door arcades en bewerkte pilaren, waarvan ik de fijnzinnige kleuren en aangebrachte motieven in de steen moeilijk kan zien. In het midden is een open plek waar een paar palmbomen, en citroen- en sinaasappelbomen in een groepje staan, verlicht door een groot brandend vuur in een open stenen bak aan de zijkant. Dit vuur verbaast ons allemaal. De rest van de betegelde binnenplaats is bezaaid met speelhuisjes, fietsjes en steppen, rondslingerende ballen, badmintonrackets, en noem maar op. Nieuwsgierig stappen wij er doorheen.

'Zijn hier kinderen?' vraag ik belangstellend. Ik mis mijn kinderen en nu ik het speelgoed zie verlang ik hevig naar kindergezelschap. Maya kijkt net als ik.

'Ja,' zegt John, 'je bent hier in een oase voor weeskinderen. Kinderen van Tikuna-ouders, vermoord in pogingen tot genocide, letterlijk en figuurlijk.'

'Genocide,' zegt ik onthutst. 'Maar we zijn hier toch in Brazilië?'

'Ja, vele Braziliaanse regeringen tonen in eerste instantie het revolutionaire idee haar puurste inlanders in de onbekende gebieden te beschermen in plaats van ze uit te moorden, maar de snel groeiende bevolking in het ontgonnen gedeelte van Brazilië, dat steeds verder oprukt, en de nieuwe levenseisen van de massa hebben de strijd al lang gewonnen.'

'Kun je ons daar meer over vertellen?' zegt Daniel geïnteresseerd.

'Na het diner nemen we de tijd om jullie in te wijden in de waarheid die ons hier treft, oké. We passeren het grote vuur, en in het schijnsel zie ik de strakke trekken op zijn gezicht.

'Wat idyllisch, dit vuur, het knettert zo lekker,' zegt Philippe terwijl hij een foto knipt.

Samuel en Bill spreken niet, voor mij zijn zij hier eerder geweest want niets brengt hen verbazing.

'Bij de indianen krijgt een kind tot het vierde jaar borstvoeding en slaapt tegen zijn moeder aan,' gaat John verder. 'Pas daarna krijgt hij zijn eigen hangmat, in een ruimte waar altijd een vuur brandt om de moederwarmte te vervangen. Wij hebben hier daarom vuurplaatsen aangelegd, zodat de kinderen zich veiliger voelen,' zegt hij.

'Wat bijzonder,' zeg ik en kijk met genot naar het vuur.

'Ik zei jullie toch dat je hier bijzondere bewoners zou aantreffen.'

Op de grond zie ik een speld van de blauwe vlinder, de morpho liggen, zo maar. Discreet buk ik, pak hem op en speld hem op mijn T-shirt, zonder na te denken van wie hij is of hoe hij daar terecht is gekomen. We volgen John door een eenzelfde raamdeur, in symmetrie, aan de overkant van de binnenplaats. We komen in een eendere ruimte als de entreehal, echter zonder schilderijen of andere versiersels. Aan het einde van die hal staan dubbele deuren open met erachter een enorme zaal, in fris wit geverfd en met grote ramen, gevuld met rijen gedekte ebbenhouten tafels waar kinderen van alle leeftijden aanzitten, klaar voor het avondeten. Het rumoer zoemt gedisciplineerd af en aan. Zusters met grote schalen lopen in de drukte heen en weer.

Cobra

We lopen het gekrakeel in.

Als de kinderen John zien staakt het geroezemoes abrupt. Netjes gaan ze naast hun stoel staan om een groet uit te brengen. We schuifelen langs enorme tafels, gevuld met koperkleurige kinderhoofdjes, hun gezichten omlijst door een zwarte steile haardos, in guitige, trieste, angstige en blijde vormen. Johns stem galmt door de zaal: 'Dit zijn belangrijke gasten, die in verre landen over jullie zullen vertellen zodat het hier eens beter kan worden. God heeft jullie gebeden gehoord.'

De kinderen reageren niet alsof het woord van God, zoals John hun voorhoudt, een zware informatiestoring bevat. Dan pakt hij een groot bord van grof karton met daarop een ons vreemde tatoeage getekend. Het heft het hoog boven de massa kinderkopjes. Daarop volgt onmiddellijk reactie: 'Si, Si,' en de kinderen gaan stilletjes weer zitten. Bevreemd kijken we naar het schouwspel.

'Wij missionarissen zijn gekomen om te onderwijzen, natuurlijk om bestwil, maar wat wij bereikt hebben, heeft niets met ons als geestelijken te maken. Wij hebben de kinderen opgevangen, aangekleed, geprobeerd hun de taal van God te leren verstaan, een taak die wij van belang achten, totdat wij hier leerden dat zij die taal nooit zouden begrijpen. Slechts één taal is hun bekend: de taal van de tatoeëring. Tekeningen op het lichaam zijn hier van grote waarde.' Discreet tilt hij zijn mouw op en laat ons een prachtige tatoeage zien. Het stelt een vlinder voor: mijn vlinder, de blauwe morpho.

Even tril ik zonder dat iemand het merkt.

'De waarde van de geest van het oerwoud is deze vlinder: de morpho is hun morele, stoffelijke en godsdienstige herkenning, waarin zij het evenwicht met de natuur en daarmee hun trots vinden. Het is het ultieme teken van verbondenheid, en hoewel ik een missionaris ben, die in mijn God gelooft, heeft het mij over de grenzen van mijn denken heen getild naar het echte geloof van de mens.'

Verdere uitleg blijft uit maar we begrijpen dat het simpelweg geloven in één of andere God, zoals iedereen het noemt, slechts de keuze van je omgeving kan zijn.

Terwijl wij afwachten, zitten die kinderen daar zo braaf en het maakt indruk. Plotseling staat een jongen van een jaar of zeven wild op en verstopt zich onder de tafel.

Geschrokken loopt John en een zuster naar de plek en samen trekken ze de jongen onder de tafel uit. Je kan een speld horen vallen.

'Cobra, waarom wil je je verstoppen? Waar ben je bang voor?' vraagt John kalm maar vastberaden.

Cobra begint kleine kreetjes uit te stoten, als een huilend en angstig dier. Alle kinderen schuiven onrustig op hun stoelen heen en weer en voordat chaos uitbreekt, roept John luid:

'Niemand gaat van de tafel af, jullie zijn jong en moedig, niet bang voor vreemdelingen, zij zullen niets doen.' De kinderen zijn duidelijk getraumatiseerd. John houdt Cobra stevig beet. Hij beeft als een rietje. John tilt hem liefdevol op en wiegt hem heen en weer, als een kleine baby. Hij fluistert iets in zijn oor, waarop Cobra zijn hoofd lichtjes optilt en wijst met zijn wijsvingertje naar mij. De hele zaal, mijn vrienden, de zusters, iedereen kijkt mij aan. John schijnt het niet te begrijpen en draagt de kleine Cobra naar mij toe. Benauwd voor mijn eigen gevoelens wiebel ik en sla met mijn benen. De vloer van de zaal beweegt, de tafels dansen, de mensen worden schijnsels. Dan bereikt zijn kleine handje mijn

T-shirt. Hij omklemt mijn morpho sieraad, even tevoren door mij op de binnenplaats gevonden en opgespeld. De fascinerende speld heb ik mij gewoon toegeëigend. Is de speld van Cobra? John wiegt hem nog steeds heen en weer.

'Het is een morpho, de blauwe vlinder, hij vliegt zo vrij en is jullie speelkameraadje. Waarom ben je bang voor de speld?'

'Mama en papa.'

'Je vader en moeder zijn in de hemel, waar alle morpho's ons naar toe vliegen als wij dood gaan. Het is daar fijn. De morpho is onze grote vriend en je moet niet bang voor hem zijn.' Hij trekt zijn mouw iets op en laat de jongen zijn eigen tatoeage zien. De kleine jongen steekt zijn duim in zijn mond en legt zijn hoofd tegen Johns schouder aan. John loopt op een zuster toe, die de jongen van hem overneemt. Als een moeder brengt ze hem terug naar zijn plaats.

De andere kinderen draaien hun hoofden weer terug naar hun tafel.

'Eet smakelijk, mijn kinderen,' galmt John weer, zonder dat de kinderen enig gebed hoeven uit te spreken.

Mijn vrienden kijken nog steeds naar de speld maar niemand zegt of vraagt iets over hoe ik aan de speld kom, die ik door mijn T-shirt op mijn huid voel branden. Ik wil de speld nooit meer afstaan. De vloer, de tafels en mensen komen tot stilstand.

'Wij zullen aan de tafel aan het einde van de zaal plaatsnemen. Jullie zullen wel honger hebben.'

'Wij zijn uitgehongerd,' spreekt Samuel. 'Zo, wat staat er op het menu,' vraagt hij ongeduldig door het oponthoud van, naar het schijnt, voor hem primitieve bijgeloofperikelen.

'We zijn hier in San Antonio do Iça gelukkig niet te veel van de aanvoer afgesloten zodat wij een goede maaltijd en zelfs een Argentijns wijntje kunnen bieden,' zegt John, zich bewust van Samuels haastige Amerikaanse instelling.

'Vanavond genieten wij van *Sancocho*, een vleesschotel

geserveerd met aardappels, gearomatiseerd met komijn en korian-
der en opgefrist met een vleugje citroen. Het dessert is een
Capricho, een taartje gemaakt van pudding en kaneel in de oven.

'Het water loopt ons in de mond, nietwaar mensen?' zegt Bill
enthousiast.

'Oh ja.'

En het is waar, even zijn we bevrijd, ieder van zijn eigen twijfels
en verdenkingen want we kunnen alleen nog maar aan eten
denken.

Ze noemen mij beschaving

We installeren ons aan de gedekte tafel. Geuren van gestoofd vlees en karamel, het gekibbel en gelach van de kinderen geven plotseling het gevoel van geborgenheid terug.

Maya zit naast mij, onder de tafel voel ik haar dij, heel vertrouwd, en hoewel Daniel, tegenover mij, probeert mijn glimlach vast te houden ontwijk ik hem. Ik vind het erg. Onze liefde bestaat, en zal blijven, onzichtbaar, maar is een stervende vlinder geworden, aangekomen in zijn laatste uren. De tijd dwingt het meest in de liefde. Jaloers kijkt hij naar Maya, dat zie ik heus wel. Hij weet wat er gebeurt. Iets is er in mij gestaakt nadat ik niet meer zijn volle vertrouwen kreeg, of beschermen mijn nieuwe krachten mij tegen het toekomstige afscheid? Of ben ik het simpelweg zelf?

Gretig kijk ik naar de kinderen, zij zijn al klaar met eten en verlaten de zaal. Ik had graag de kleine Cobra over zijn bol geaaid, gewoon even zijn kopje gevoeld, hem in mijn armen gesloten, zoals ik doe met mijn eigen kinderen.

Twee zusters brengen onze borden, gevuld met rundvlees en aardappels, terwijl een derde, goedgemutst onze glazen met wijn vult.

'Het maakt de tongen losser hoor,' grapt ze met een ondeugende blik in haar vochtige oude ogen. Ze vult een glas voor zichzelf. 'Ik houd van speciale gelegenheden zodat ik het rode vocht tot mij kan nemen.'

'Komt u er toch bij zitten, zuster Theresa,' zegt John uitnodigend maar ze schudt eigenwijs haar hoofd en loopt snel met het glas, eenzaam genietend, terug naar de keuken.

'Eet smakelijk,' zegt Samuel. Hij wil geen tel langer wachten.

'Eet smakelijk,' klinkt het in koor.

De mannen beginnen gulzig te proppen terwijl Maya en ik juist hapje voor hapje eten. In de stilte hoor je alleen het tikken van de messen en vorken, en af en toe het slurpen en harde slikken van Samuel. Hij eist de aandacht op maar trekt zich nergens iets van aan.

'Het smaakt zeer goed,' zeg ik dankbaar, maar ik hoor slechts wat gemurmel... en dan weer de stilte.

De mannen hebben hun borden al leeg en wachten op ons, hunkerend naar het dessert, terwijl de wijn hun glazen in en uit loopt. Ze raken aangeschoten maar toch blijft die eigenaardige stilte, die ik niet kan plaatsen.

Dan brengen de zusters ons het dessert, de smaak van de karamelpudding raakt de tong met plezier. De mannen vragen zelfs een twee keer. En daarmee eindigt de 'vreetpartij.' De buiken zijn gevuld, en eindelijk wordt de stilte doorbroken. Ruimte ontstaat voor het verwachte gesprek, waarmee John aanvangt. Hij hoeft onze aandacht niet op te eisen, die is er.

'Ik zal jullie nu vertellen over de indianen, die hier nog wonen, afstammelingen van de oorspronkelijke bevolking. Het is geen mooi sprookje met een goede afloop maar het trieste verhaal van mensen, die hier leefden voordat de Europeanen voet aan land zetten. Al die tijd slopen zij er vrij en ongehinderd rond. Naarmate de blanken de binnenlanden doordrongen, komende van de kust, vluchtte de indiaan weg, dieper het groen in. Zijn domein werd steeds enger, zijn leven meer gespannen en zorgelijker dan wat hij tot dan toe als vrije nomade gekend had. In het begin had niemand iets tegen de indiaan als mens totdat de blanken, als schildwachten van de aardolie, uranium, goud, diamanten, tin en hout, aanwezig onder hun schamele hutten, de indianen storende elementen vonden. En zo begonnen de beschavingsacties: het aanleggen van banen om bulldozers, hijskranen en massa's personeel aan te voeren, met familie, artsen en scholen om de grondstoffen op hun grondgebied te delven. De blanken verwekten halfbloeden, veroordeelden hen daarna als uitschot. En Brazilië begon te streven naar het bereiken van het peil van onze Europese welstand.

Wie durft hen dit recht te ontzeggen? Wij, die zo leven? En de voorwaarde is dan de aanleg van autobanen, spoorwegen, vliegvelden. Het modernisme - door ons beschaving genoemd - dringt koppig op, onstuitbaar, en massaal, met materiaal, auto's en mensen. Daarom moeten de laatste longen van onze aarde wijken voor mogelijke mijnen, boorschachten en plantages. De bevuiling van onze luchten neemt maar toe. En hier zijn nog ontelbare bomen en enorme kruinen, die het gif in de atmosfeer filtreren tot zuivere zuurstof, ons eerste goed op aarde.

Waar primitieve, nog zuiver gebleven indianen in voeling treden met werkvolk volgen ziekten als tuberculose, griep, diarree, verkoudheden, voor ons onschuldig, maar zij kunnen een Indiaan ter dood veroordelen. De prooi is de Indiaan en de tol van dit alles het verschrompelen van zijn vrije ruimte. De indianen zijn veranderd, afgezien van een paar groepjes die nog zeer diep in het oerwoud leven, van trotse, naakte jagers tot afgestompte schooiers, gekleed als clowns in vieze lompen. Hun stamverband heeft zwaar ingeboet, net als de buurtvriendschap, de zin van het familiefeest, het gezag van opa en de eerbied voor de chef of sjamaan, hun dokter zal ik maar zeggen. Ze lijden aan ondervoeding omdat hun grondgebied is afgepakt en zij niet meer kunnen plukken, jagen en verbouwen. Na al die lange jaren is een diep wederzijds racisme zo krachtig geworteld dat vele levens door geweld zijn beroofd. Een slimme wet stelt dat indianen wel eigenaar van grond mogen zijn maar dan alleen van de bovenste laag. Jullie begrijpen wel wat dat dan inhoudt.'

Ontroerd knikken we en begrijpen iets, maar wat weten we echt van dit alles? We staan er zo ver van af maar John staat er middenin.

'In de toekomst moet een nieuwe conventie in werking treden die de indianen recht op ancestraal eigendom gaat bieden. Ze zijn al begonnen een klein gedeelte in kaart te brengen. Helaas lijkt het identificeren een onbegonnen zaak want de nog spaarzaam overgebleven indianen leven allang, afgesneden van hun ancestrale gronden, in kleine overbevolkte reserves zonder middelen van bestaan. Soms werken zij als arbeider, uitgebuit als goedkope arbeidskracht. Zelfmoord, conflicten onderling, en alcoholmisbruik zijn de resultaten. Zodra grond belangrijk wordt moet de Indiaan altijd wijken en oh wee diegene die zich verzet want die wordt te gemakkelijk vermoord, en zo'n misdaad wordt niet altijd gestraft, dat zeg ik jullie want ik heb de ervaring. Al die kinderen in mijn tehuis zijn het slachtoffer van vieze moorden, laf en uit eigenbelang.'

Nu wendt John zich tot Samuel en Bill: 'Jullie kunnen dit alles opnemen in verslagen. En je kunt ook de rapporten van de rechten van de mens gemaakt door Amnestie Internationaal inzien. Er zijn hier geen rechten!

Dan richt hij zich tot ons: 'En jullie kunnen het schrijven in de Europese kranten. In sommige gebieden zijn zelfs de gezondheidsprogramma's van financiële middelen beroofd. Wij doen wat we kunnen maar het uitblijven van vaccinatie en zorg betekent dat de kinderen hier sterven aan een simpele diarree, te zwak door ondervoeding. Die kinderen hier in ons weeshuis,' de wijn scherpt het aan, 'hebben geen vader of moeder meer, maar zij hebben eten en zorg. Het is schrijnend te zien hoe de indianen moeten leven en nog steeds wachten op rechtspraak die hun grondrechten erkent zodat zij weer kunnen eten.'

-In 1989 heeft Davi Kopenawa de alternatieve Nobelprijs gekregen. Zijn boodschap is nog steeds actueel: 'Vergeet de indianen van Zuid-Amerika niet. Ons bloed vloeit, wij hebben honger, en zijn ziek. Zo kunnen wij niet verder. Wij hebben grond nodig om te jagen, te vissen, in vrede te leven, zonder te vechten. Wij zijn zonder bescherming. De autoriteiten verwoesten ons hoe langer hoe meer, zij putten de rijkdom van de aarde uit.' Op bezoek voor een toespraak in Europa, keek hij naar de gevulde vitrines, naar de files en supermarkten. 'Jullie hebben alles al maar verlangen steeds meer. Wij willen geen materialen maar slechts onze grond, om voedsel te verbouwen zodat wij weer gezond kunnen worden.'-

'Grond, dat is alles wat de indianen wensen maar daar velen al zijn vermoord telt hun stem niet meer,' eindigt John, 'en ik denk dat zij ten dode zijn opgeschreven.' De irissen in zijn ogen verkleuren in een afschuwelijke donkere kleur, alsof ik het bloed van al de kinderen hier zie wegvloeien. We drinken onze glazen leeg, zonder commentaar, en keren aangedaan naar onze kamers terug.

De schemerlampkap

De volgende ochtend, aan het ontbijt, zie ik hoe slecht we allemaal geslapen hebben. De wallen onder onze ogen maken onze gezichtslijnen dieper waardoor onze uitdrukking scherp is.

Alleen John ziet er fris en gemoedelijk uit, duidelijk gewend aan de misère om hem heen. Het is nog vroeg.

'We zullen van de koele ochtenduren gebruik maken om het reservaat, hier niet ver vandaan, te bezoeken,' zegt hij kordaat.

Bill heeft een notitieboek bij hem en slaat het open.

'Kijk John, ik heb alles voor het Rode Kruis genoteerd en contact opgenomen met mijn hiërarchie. Ik garandeer je dat je volgende week verpleegkundig personeel, een lading voedsel en medicijnen tot je beschikking hebt. In dat reservaat wil ik graag constateren wat de werkelijke behoeften zijn, zodat ik de specificaties kan doorgeven. Vanavond kunnen we het uitgebreid doornemen, zodat je je eigen behoeften of ideeën kunt toevoegen.'

John pakt zijn hand en drukt er een elegante handkus op. Bill trekt de hand, iets achterdochtig en verward, terug. Deze ruwe bonk houdt hier niet van.

'Het is wel goed zo, ik doe mijn werk.' En hij pakt een broodje van de tafel.

Samuel grinnikt gemeen.

'Ik heb een fantastisch rapport klaarliggen en ik zal de nodige bevindingen daar in dat reservaat nog toevoegen. Geloof mij dat ze bij de VN mijn klachten zullen horen. Mensenrechten, poeh, het is een zooitje hier. Dat is duidelijk.'

Samuels goed overkomende integriteit choqueert me. De woorden van Philippe waren duidelijk: Ik heb documenten van Samuel gevonden. Zij zijn op de hoogte van wat die Fransen hier hebben uitgevreten. En ons gewroet wordt gebruikt! Samuel werkt voor de geheime dienst en zoekt naar nieuwe mogelijkheden om gijzelaars te bevrijden. Waarom doet hij het? En waarom die geheimzinnigheid tegenover ons, journalisten in goede zin? Of is het de gebruikelijke methode, het zwijgen over staatsgeheimen. Kan ik wel oordelen, ik die voor kort nog zo heb gezwegen over Colombia. Als zij, en het dierbare moment met Maya, Noelie en de Colombiaanse vluchtelinge glijdt door mijn herinnering, mijn ogen niet hadden geopend!

John pakt nu Samuels hand en hij laat zich gewillig kussen. Hij kust zelfs terug.

Mijn piekeren valt weg. Ineens liggen Maya en ik dubbel van het lachen, we schateren het uit. Mijn thee en brood hotsen er half uit.

Een half uur later hebben we ons verzameld bij de oude kar van John. We proppen ons erin en via een opengebroken piste gaan we op weg naar het reservaat.

Maya speelt met mijn speld van de morpho, die ik zorgvuldig heb opgespeld.

'Hij is mooi, hè,' fluistert zij liefdevol.

'Het is mijn nieuwe kracht,' fluister ik terug.

'En de mijne,' zegt ze overtuigd.

De mannen kijken geïrriteerd naar ons gefluister. Dat zij ons hebben meegenomen is al een wonder op zich, want in hun ogen dient onze komst niet echt. Er is geen overleg meer tussen ons als groepje. Dat Maya, als journalist, en ik onze eigen vragen hebben zijn zij eenvoudigweg vergeten in hun beschermende neigingen, hoewel zij dat niet tegen ons hebben uitgesproken. Ons verstand dooft ons gefluister om de stemming niet te verpesten.

De zon schijnt fel door de ruitjes op onze lijven en we nemen af en toe een slok water uit de meegenomen flessen om niet uit te drogen.

Daniel slaat een mug dood.

Buiten ligt de jungle. Jungle is altijd verticaal bedenk ik me: klimmende bomen, lianen, planten, struiken, bladeren en gras. Het is zo intiem en hecht, dat je menselijke - zeer laag - gezichtsveld belemmerd wordt. Ik zie troebel waardoor ik speur naar een horizontale lijn, een mij vertrouwde platte rotssteen, een kreek, een ontwortelde boom, zodat ik mij veiliger voel, maar niets doemt op, afgezien van de lange smalle piste waar we overheen rijden, of liever gezegd hobbelen. Ook wilde dieren blijven buiten mijn gezichtsveld, die ontwijken even graag de mens als omgekeerd. Zij, de meesters van het diepe groen, jagen vooral 's nachts, volgens eigen wetten. Elke nacht worden er talloze dieren gedood, aangevallen, en verslonden en wij merken er niets van, gelijk de wereld van die mensen, die op hun beurt verslonden worden door de nieuwe vijand, de hunker naar bezitsdrang en macht, naar wie wij nu op weg zijn. Het eindeloze van het gebied en het eindeloze van alle cyclussen der tijd. *De dwingende tijd* heerst hier als geen ander, besef ik.

Johns volle stem vult de auto. 'Daar, daar, zien jullie de schemerlamp al?' Onze hoofden schieten omhoog.

'Schemerlamp? Wat bedoel je daarmee,' roept Daniel uit.

'Ja, wat is dat?' terwijl de jungle zich aan het einde van de piste opent.

'Het is een enorme hut, afgebakend door een muur en zonder dak, met een opening aan de voorkant. In de centrale ruimte is plaats voor een groot vuur en gemeenschappelijke activiteiten, terwijl de woon- en slaapplaatsen zich rond om in de hoogte bevinden, ingedeeld in aparte vakken. Het is een moderne ronde flat met binnenplaats, die er vanuit de lucht uitziet als een schemerlamp.'

Tussen de schaarse bomen aan de open vlakte ontdekken we een enorme ellipsvormig gebouwde hut, lijkend op een opengeslagen kokosnoot, een begane grond en etage, afgedekt met gevlochten matten en afscheidingen. Met open mond rijden we deze aparte wereld binnen. Kinderen, in armoedige lompen, scholen samen, nieuwsgierig of bang. John bewaart afstand en parkeert de auto niet te dichtbij.

We stappen uit en zien dat de toeschouwers door iets uit elkaar gedreven worden. Bij het in tweeën splitsen van de groep zie ik een hoofd wegschieten, het gelaat van de Incaman van het vliegveld heeft mij aangekeken. Daniel, die naast mij staat voelt mijn hand op zijn arm neerkomen, ik zoek even steun om niet om te vallen.

'Gaat het Eliza,' en hoopvol verlangend naar mijn liefde probeert hij mij aan te raken. Ik heb er al spijt van.

'Ja, ja, een hoofd, die neus, ik dacht heel even onze spion, de vliegveldman, te hebben gezien.'

Hij kijkt ontzet, een beetje minachtend zelfs, en antwoordt:

'Die schoft kan onmogelijk met ons meegereisd zijn. Die nieuwe krachten maken je prachtig fantasievol maar laten ze je niet ontsporen?' De ironische ondertoon beukt een hoe langer hoe groter wordende lagune in mij. Hij is al zover van mij afgedreven dat ik hem met gemak zou kunnen laten gaan.

'Je hebt gelijk,' zeg ik moedig waarmee ik de argwaan van mijn gevoelens probeer weg te moffelen.

John stapt naar voren en wij stappen langzaam mee tot uit een van de helften een man verschijnt, over het hele lichaam getatoeëerd, slechts gekleed in lendendoek, zijn vingers vol ringen en zijn armen afgekneld door strakke armbanden om zijn versieringen te accentueren. Beide mannen ogen eerbied voor elkaar zodat een lange stilte volgt.

Ik zie het schouwspel en de mensen in hun lompen. Ze kijken verschrikt. Deze mensen, arm en ongelukkig, in zo'n andere beleving maken mijn voornemen hun te vragen over de ogen van pijn en liefde belachelijk. Wat kan ik deze stumpers vragen? Zij kennen slechts moord, verdrukking en verjaging; dat zie je zo, hun gezichten spreken boekdelen. Mijn oude patroon 'ik heb geen tijd' valt hier weg, mijn vragen doen er niet meer toe, de tijd en al mijn gedachten verdwijnen hier compleet in het niets. Het oude depressieve gevoel overrompelt mij. Wat moet ik hier nog?

Maya staat ineens naast me. Zij noteert in haar notitieboekje, mijn God, ik vraag mij af wat? Zij geeft me een por.

'He, Eliza, jouw ogen van pijn en liefde zijn hier alom aanwezig.'

'Maya, waarom zijn wij mensen zo wreed. Waarom bestaat het paradijs niet?'

'Gebrek aan communicatie maakt blind, denk aan Noelie,' zegt ze vermanend.

Twee kleine jongens, één met engelengezicht en de ander met witte irissen, duidend op blindheid, wijst mij en Samuel aan.

Hoe vreemd denk ik. Niemand let er op. Langzaam draai ik in de rondte en zoek iets. Ik draai en draai en voel de kracht van de morpho weer opbloeien.

'Je hebt gelijk, Maya, hier ergens liggen mijn antwoorden, ik heb de neiging blind te willen worden en voor doofstomme te spelen, figuurlijk dan. Noelie zou zich niet willen verstoppen, en ik moet mij schrap zetten.' Toch trillen de fiebertjes van de zenuwbanen in mijn rug, als aankondiging van onheil. Dat nare gevoel raak ik nooit kwijt.

John presenteert ons de uitgedoste man. Het is de chef van het dorp en we volgen hem de schemerlamp in. Op een verhoging, opgetrokken uit bamboe, lianen en gedroogde bananen bladeren, mogen wij op de grond plaatsnemen. Een vrouw, afgetobd in haar voorkomen, deelt stukken fruit en doorzichtige kokosmelk rond. Wij knikken om de beurt uit respect.

'John,' vraagt Philippe en hij wijst op zijn fototoestel, 'vraag eens of ik foto's mag nemen.'

John vertaalt het rap en stelt hem tevreden:

'We krijgen straks een rondleiding, zodat je ruimschoots de gelegenheid krijgt te fotograferen.'

Ik volg de vrouw met mijn ogen, die naar een volgende open ruimte is gelopen waar de andere vrouwen bij elkaar zitten. Hun gezichten zijn al gerimpeld, maar hun lichamen nog jong. De grond ligt daar bezaaid met oud aandoend kookgerei, houten schalen, stampers en andere mij onbekende materialen. Zij gaat op de grond zitten, neemt een stamper en slaat rustig in een kom, zonder ook maar een keer op te kijken, waar, naar ik denk maniok of maïs, veelal gebruikt, in moet zitten. Haar gespierde armen, stekend uit haar vodden, bewegen ritmisch zonder aarzeling. Haar ronde borsten wiegen op het ritme mee. Ertussen bengelt een peervormig sieraad als de klepel van een ritmische machine. Achter ons hebben de andere mannen geruisloos plaatsgenomen. Beneden, op het centrale pleintje, hoor ik kinderen spelen en hevig krijsen. Daar brandt in de nacht een groot vuur, zoals in het weeshuis. Kippen kakelen en varkens scharrelen overal tussendoor. Weer kijk ik naar de vrouwen, die nu allemaal stampen en ik vang de blik van één van de vrouwen. Ik glimlach vriendelijk naar haar maar mijn glimlach wordt niet beantwoord: hier lacht niemand besef ik.

De mannen proberen met de hulp van John een gesprek te voeren. Kleine zweetdruppeltje van inspanning glanzen op zijn voorhoofd. Maya en ik luisteren naar de moeilijk vertaalde zinnen van de chef.

'Hun taal is rijk aan heel veel vocabulaire,' zegt John verontschuldigend als hij ziet dat we niet veel wijzer worden van zijn verhalende pogingen. Alles wat we begrijpen is dat wij ons in een gemeenschappelijk huis bevinden:

'Shaboho,' zegt de chef steeds. Hij wijst naar de lucht en brengt opnieuw kreten uit.

'Shaboho is het universum,' roept John enthousiast uit. Hij

klopt hem op de schouder. 'Si, Si, het universum.'

De hut stelt het universum voor.

Nieuwe zinnen volgen: 'Kleine cultuur, ruimte, en wij veranderen om de drie jaar van gewas - praktisch geen erosie - en de bomen ontwikkelen zich er goed omheen. We branden de grond en maken open plekken, halen het onkruid weg. Pinda's, papaja's, rietsuiker, maïs, ignames, taro, zoete aardappels, pepertjes, katoen, tabak en rocou. Maar niet genoeg grond! Niet genoeg oogst!'

De chef klopt hard op zijn borst. 'Wij jagen volgens onze rituelen.' Hij wijst naar een vogel hoog in de lucht. Handig grijpt hij een voorbijschietende hagedis. Hij houdt hem voor zijn mond. We gruwen maar laten het niet merken, bang de man te kwetsen. Hij bootst een aap na en maakte de hoe-hoe geluiden. En dan een sissende boaslang. Van schrik zie ik ons allemaal op de grond zoeken. Dan hoor ik voor het eerst iemand hier lachen: de chef. Hij trekt zijn lippen in een grimas, waarbij stompjes bruine tanden zichtbaar worden en stoot kreetjes uit wat lachen voorstelt. Zijn mannen bauwen hem na. Wij proberen mee te lachen in deze vreemde uiting. Hij krijgt de smaak te pakken en nieuwe zinnen klinken.

'Morpho.' Zijn wijsvinger prikt naar mijn speld en hij ontbloot zijn stompjes weer. Ik grijns benauwd terug en hoop dat hij niet beledigd is.

'Oerwoudgeest,' vertaalt John. 'Harmonie met alles.'

De chef zwaait heftig met zijn armen om hem heen.

'Daar, het woud, geeft ons wat wij nodig hebben, het vitale minimum. Wij wachten op land, van ons. Vertel het universum.'

We hebben nog verteld wie of wat we zijn maar John moet de chef op de hoogte hebben gebracht waarom wij hier zijn.

'Er loopt een rechtszaak over de toekenning van hun grond, maar het duurt al jaren,' zegt John. 'Ik word er hopeloos van maar zij niet; zij leven zonder tijd. Samuel, dit is informatie voor jou. Je kunt de Verenigde naties hiervan op de hoogte brengen.' Samuel lijkt afwezig en vervreemd alsof hij iets hem van slag brengt.

'Ja, Ja,' is al wat hij antwoordt.

Bill maakt een constatering:

'Er is hier te weinig voedsel, de kinderen zijn te mager. Hun weerstand neemt af en de moderne contacten maken hen afhankelijk van een nieuwe hygiëne. Die respecteren ze waarschijnlijk niet. Hebben zij voldoende schoon water?'

'Daar,' wijst John, 'in die grote containers slaat de regering water voor ze op. Ze hebben geen meer of rivier in het reservaat waardoor zij afhankelijk zijn van de aanvoer van water.'

Bill noteert alles. De chef haalt een bamboestok tevoorschijn, en een buideltje, dat hij opent. Hij vult het met een grijs poeder terwijl hij op ons wijst: 'Parika.'

John schudt nee en gelukkig kunnen ook wij weigeren.

De chefs ogen staan flets terwijl hij via het pijpje het poeder diep opsnuift. Na korte tijd verwijden zijn gitzwarte pupillen zich gevaarlijk en lacht hij alsof de duivel hem ter plekke betreedt. Na een paar tellen ontspant zijn hele lichaam. Hij roept iets naar de mannen achterin, strekt zijn benen en armen over de grond uit en neuriet zichzelf in slaap, zonder ons vaarwel te wensen.

Onmiddellijk dienen de mannen van de stam zich aan:

'Ze zijn klaar,' zegt John. 'Ze laten ons zien.'

Elke man wijst twee mensen uit, die ze bij hun armen meetrekken.

Ik eindig met Samuel en onze begeleider ziet er in zijn gescheurde kleren woest en agressief uit. Hij stinkt zo sterk dat ik wil weigeren maar Samuel duwt mij naar voren, zonder dat ik mij hieruit kan redden. Het komt mij voor dat hij de benen wil nemen en mij alleen met die engerd zal achterlaten. Waarom gedraagt hij zich ineens zo vreemd? Zijn ogen koken als ik hem vraag: 'Is er iets wat je hindert, Samuel?'

Grof en zonder tact sist hij: 'Die morpho had je beter niet op kunnen spelden, dat brengt alleen maar herinneringen, die ik liever vermijd.' Mijn lippen bereiden de volgende vraag maar hij is mij te snel af: 'Houd je koest want we worden al de hele tijd bespied.'

Mijn lippen sluiten zich vanzelf.

De emerald dolk

Terwijl de anderen richting de vrouwenvertrekken lopen, neemt onze gids ons mee naar een ruimte op de begane grond. Daar huist een groep ezels. Ze verspreiden dezelfde intense geur als onze gids. Een mannetje balkt als een bezetene en probeert ons met zijn kop weg te duwen. Angstig kruip ik achter Samuel. Onze gids duwt de vrij rondlopende beesten één voor één achteruit.

Samuels uitgesproken dreiging is inmiddels doorgedrongen tot mijn absurde gedachte aan de Incaman. Alsof ik hem in de buurt voel, rijst hij telkens voor mij op in een hallucinerend geestes-beeld. Mijn vochtige handen en kloppende hart vermoeien mij nog meer en ik wens dat de rondleiding niet lang zal duren. Nu de gids de weg heeft vrijgemaakt, wenkt hij ons. We moeten wel aan zijn primitieve geroep gehoorzamen. Ik zie Samuel twijfelen als de man door een gat aan de achterkant van de ruimte stapt. Boven ons horen wij onze vrienden op de planken vloer zwaar stappen, klanken echoën van de daar aanwezige vrouwen. Samuel pakt mijn hand beet, die eveneens klam aanvoelt, en samen stap-pen wij door het gat naar buiten.

Grote open plekken, geschikt voor landbouw, liggen braak, afgedekt met het stof van as, ontstaan door verbranding, en de geur dringt diep door.

We staan buiten de schemerlamp kap als twee verloren kinderen. Wanhopig proberen we elkaar te zien, verblind in het felle zonlicht, en als we onze gezichten terugdraaien naar onze gids is hij spoorloos verdwenen. Tevergeefs speuren we de omgeving naar hem af. Als ik achterom kijk gebeurt het.

De Incaman duikt op uit het niets, rent naar Samuel en met één duw verliest Samuel zijn evenwicht. De Incaman springt boven op hem, grijpt hem bij de haren en slaat zijn hoofd tegen de grond, terwijl hij een groen stralende dolk schuin omhoog houdt. Grijze as stuift alle kanten op. Mijn ledematen beven en als ik mijn droge mond open om te gaan gillen, kijkt hij mij brutaal aan:

'Niet gillen, juffrouw, één geluidje en ik vermoord u' - 'u stoort mij telkens' - spreekt hij in goed Engels. Het gezicht van Samuel is onzichtbaar zolang de Incaman het tegen de grond plet. De dolk, naar het mij opvalt, is ingelegd met emerald stenen en blinkt heftig in het zonlicht.

'Ik kan mijzelf nauwelijks inhouden om jou te vermoorden,' hijgt de Incaman.

'Jij dacht dat ik dood was, nietwaar?' Hij trekt het hoofd van Samuel aan zijn haren schuin omhoog en plant de dolk horizontaal op zijn adamsappel, die van angst snel op en neer beweegt. Het snijpunt van het lemmet raakt de huid van Samuel lichtjes maar gelukkig beweegt hij niet. Samuel is zo verstandig niet zijn vege lijf te willen redden en het op een vechten te zetten maar houdt zich wonderbaarlijk koest.

'Het bevalt me je zo braaf te zien,' zegt de Incaman spottend.

Samuel zwijgt nog steeds: zijn ogen zijn die van een offerschaap, in het nauw gedreven. Het boord van zijn witte overhemd kleurt langzaam door vlekjes van bloeddruppels.

Roerloos sta ik daar.

'Je herinnert je die dagen toch nog wel dat jij, Mario, en mijn dierbare vriend Gregorio ons bezochten. Al die mooie beloften over ons land, onze overleving, en ik geloofde jullie. Jij, de man van het grote instituut daar in het verre Amerika, dat zo machtig is, en die ons, de tot uitschot veroordeelden van deze aarde, kon helpen. Wat geloofde ik in jou.' De bloeddruppels druipen steeds sneller terwijl de dolk lichtjes snijdt.

'Ja,' brengt Samuel moeizaam uit, 'Ik herinner me je heel goed, en geloof me of niet, het berust op een vergissing.'

De Incaman draait zich naar mij om:

'Luister goed, vrouw uit Europa, de man die hier als een ordinair beest sterft van angst, is schuldig aan moord!'

'Het is niet waar,' kermt Samuel.

De woorden stijgen in mijn mond: 'Hoe dan?'

De Incaman richt zich weer op Samuel: 'Je vriend, Mario, die geniale generaal van de Colombianen, en als jij vrouw,' wijzend op mij, 'er niet je neus in had gestoken, 'zou je nu het hellerijk der doden hebben bevolkt. Ik heb die ploert tot zelfs in zijn Ministerie gevolgd om hem, net als ik bij jou zal gaan doen, zijn strot af te snijden, maar zij heeft het mij verhinderd!'

De grond danst, de mannen verdwijnen in de asgrijze grond en ik denk dat ik ga flauwvallen maar er gebeurt niets. Kwaadheid welt in mij op. Mijn ogen hebben het toch goed gezien: hij was het echt in het Ministerie.

'Ik heb u daar gezien en ik dacht dat u met Mario samenwerkte,' schreeuw ik verontwaardigt uit.

'Dame, u vergist zich, Mario is mijn vijand, hij heeft mijn echte vriend Gregorio vermoord en dat is de schuld van dit beest!' Met haat gevuld bewerkt hij Samuel met het mes. Het bloed vloeit roder en roder, zijn overhemd is doorweekt. Zijn gezicht is wit weggetrokken en ik weet het niet meer. Perplex kijk ik naar Samuel, die vermoeid kreunt:

'Het is mijn schuld niet, ik had een deal met de Fransen om hun gijzelaars te bevrijden. Jij en je familie waren de ideale gidsen en afleiding om bij het afgesproken ontmoetingspunt te komen. Mario had garanties op regeringsniveau aan mijn Amerikaanse dienst en de Franse dienst gegeven. Net als jij vertrouwde ik hem. De hele operatie zou zijn geslaagd als die stomme Mario niet verslaafd was geweest. Daar ligt de schuldige: cocaïne. Die dag heeft hij in jullie dorp heimelijk een voorraad opgehaald en terug bij de auto moest hij zo nodig snuiven, heel veel. Daarop is de kolder in zijn hoofd geslagen. Hij begon te hallucineren en zag in Gregorio een schunnige opposant van drugs.'

'Je liegt, je wilt je eruit redden. Die dag...' en de Incaman richt zich opnieuw tot mij, 'die dag zouden wij land krijgen in ruil voor onze hulp. Ik ben de man die de hele wereld over reist voor onze zaak. We kregen zelfs de Nobelprijs maar nooit het land. En opnieuw had ik een witte leugenaar geloofd. Jij!'

Samuel huilt. Tranen en bloed vermengen zich en druipen de zwarte grond in.

'Imbeciel die ik was.' En hij spuugt hard op de grond. 'De hulp, van ons verwacht, bestond uit het brengen van de Fransen naar de enige controlepost van de FARC aan de grens, via een route, die ik en mijn broer konden dromen. Mijn broer, zijn vrouw en hun zoon moesten ook mee en dienden als afleiding voor het regeringsleger, alom in de regio aanwezig. Deze missie was een geheime Franse operatie en zeer urgent, had men mij uitgelegd. Iedereen was op de hoogte en we zouden Franse gijzelaars meekrijgen. Gregorio, onze geliefde priester, verzorgde deze contacten. Ook hij is erin gestonken. Hij wenste dat verdomde land voor ons, alleen maar land... Bij de auto begon Mario als een bezetene te krijsen dat Gregorio maar een vuile hypocriet was, die hem de cocaïne wilde afpakken. Hij begon hem te duwen, te schoppen met zijn grote laarzen tot het bloed uit zijn mond liep. Hij schopte hem gewoon dood.' Ruw trekt hij aan Samuels haren. 'Je hebt het toch zelf gezien. Maar je deed niets.'

Moeizaam hakkelt Samuel een paar woorden om zich eruit te redden: 'Mario luisterde niet meer naar mij...' en hijgend: 'Geloof mij toch, er was een beest... dat in hem gekropen was. Het beest van de drugs. Gregorio zag het gebeuren. Mario pakte het rietje, snoof diep. Gregorio wilde het voorkomen. Dat heeft hij met zijn leven moeten bekopen. Ik kon niets doen, niets doen, niets doen...' Samuel huilt harder, gekleurde tranen, die maar blijven komen. Bang dat Samuel onwel wordt, kniel ik naast hem neer en zoek de ogen van de Incaman.

'Alstublieft, u moet Samuel geloven. Hij spreekt de waarheid, een waarheid die een mens verlamt. Mij is hetzelfde overkomen, ik ben getuige geweest van een verkrachting met moord als afsluiting op een indianenechtpaar door een eskadron van Karina 47 van de FARC. Ik verdenk Mario van betrokkenheid. Jarenlang heb ik gezwegen tot voor kort, toen ik besefte dat ik de wereld moest getuigen van die barbaren. Nu pas zoek ik de antwoorden op deze moord. En jullie hebben die antwoorden in jullie handen. Laat u Samuel toch los.' Ik pak de hand van de Incaman, die de dolk stevig vasthoudt, en breng hem met dolk en al naar de morphospeld. Het heeft het niet eerder opgemerkt, dat zie ik, want van schrik valt zijn dolk op de grond.

Samuel kruipt moeizaam overeind en ik pak de dolk, en daarmee ontwapen ik Incaman, zo simpel. Verbouwereerd zitten we met zijn drieën in de as. We zijn zwart van het stof, onze kleren zijn van hun plaats gerukt. Ik ween mijn ingehouden angst uit en ik hoor ze naast me snikken. We huilen alle drie tot de vlekken op onze gezichten schoon spoelen. Langzaam legen onze ogen de cyste van verdriet, opgehoopt in onze pijnlijke lichamen. We hoeven even niet meer te spreken. Hoe lang we daar al zo zitten weet ik niet. De zon brandt op mijn blote schouders. Mijn huid doet pijn en maakt mij weer alert. De Incaman spreekt als eerste.

'Ik wilde Gregorio helpen toen Mario hem zijn soutane uitrukte en alsmaar bleef schoppen. Maar Mario dreigde ons indianen kapot te schieten met zijn wapen. Jou, Samuel liet hij met rust. Daarmee hoorde jij bij hem. En de hele reis sprak jij niet meer. Je deed niets,' herhaalt de Incaman.

'Hoe kon ik nog,' zegt Samuel, diep in elkaar gebogen. 'Verslagen zat ik daarna met jou en je familie in die auto. Bij het klooster gooide Mario de kleine Cobra uit de auto met de mededeling dat hij moest oprotten. Zijn moeder huilde de hele weg. John en de Fransen, met wie ik mijn missie moest uitvoeren, bevonden zich in het klooster. Niemand zou ons nog vinden, we verdwenen geruisloos. Mario liet de auto in de bosjes achter en we vertrokken onder zijn grove bedreigingen lopend naar het afgesproken ontmoetingspunt, in de buurt van de Colombiaanse stad Leticia. Je hebt toch gezien dat Mario ook mij bedreigde.'

'Nee, niet echt. 'Er zou een Colombiaanse vrouw ons opwachten, een geheim liefje van de Franse ambassadeur in Colombia.' Dat waren de woorden van Mario aan jou. Hij benadrukte een belofte: Jij krijgt de vrouw. Dus logisch gezien was je zijn bondgenoot.'

'Ja, maar ik wist net zomin als jij over die vrouw. Ik moest die Fransen daar brengen. Herinner je je dat ik Mario vroeg wie die vrouw dan wel was en toen antwoordde hij vaag: 'Een gegijzelde zus, politica en door een huwelijk Frans staatsburger geworden, zonder een naam te noemen.' Verdomme het hoorde bij mijn missie, ik moest de opdracht uitvoeren. Er stonden nog meer levens op het spel. Dat kon ik toch niet laten gebeuren. De Amerikaanse, Franse en Colombiaanse inlichtingendiensten werkten in deze missie in het geheim samen. Ik dacht mijn werk te doen hoewel het mij ondertussen duidelijk werd dat de zaak geheel uit de hand liep. De moord op een onschuldig mens, Gregorio. Alles wat ik wist was dat de Fransen in het geheim in Manaus een Frans vliegtuig, een Hercules-130 klaar hadden staan, compleet met medisch personeel en apparatuur aan boord om vrijgekomen gijzelaars de eerste medische zorg te geven. Mario diende als contactpersoon tussen de FARC en ons maar ik begreep te laat dat hij aan de verkeerde kant stond. Ik was geheel in de war.'

Hij pauzeert terwijl hij langs zijn pijnlijke huid strijkt. Lang kijkt hij de Incaman aan. Dan gaat hij verder. 'Zonder dat we wisten waar we aan toe waren liepen we in die valstrik: een controlepost van Karina 47, die beruchte vrouw. Mario zei dat wij niets hoefden te vrezen daar hij goede contacten had.' Samuel pakt de hand van de Incaman. 'Dat weet je toch nog wel.'

'Ja,' zegt de Incaman gelaten. 'Hij heeft ons erin laten lopen. Er was geen grond voor ons en jij hebt dus je gijzelaar niet gekregen!'

'Niet ik, maar die achtergelaten Fransen kregen haar niet,' protesteert Samuel.

Samuel laat zijn hand niet los.

'Toen de manschappen van Karina even niet opletten, zag ik mijn kans schoon te ontsnappen en jij trouwens ook. Ik heb mij achter struiken verstopt, ze misten mij niet eens, en zo werd ik getuige van een afschuwelijke verkrachting en moord op een man en vrouw, van wie ik niet de gezichten maar de vormen herkenden, we hadden tenslotte de hele weg samen gelopen. Het zijn je broer en zus geweest. Het spijt me.' Even is het stil, heel stil.

'Op het verborgen plekje verscheen een mij onbekende Colombiaanse vrouw, Dolores. Zij had van het moment geprofiteerd te ontsnappen. Karina had haar opgepakt. Samen besloten we de jungle in te vluchten. Later vonden we, geheel ontredderd, een lift, terug naar Bogota, waar mijn superieuren ons lieten ophalen. Ik wist niet hoe het jou is vergaan. Wat spijt mij dit allemaal. Het is een groot misverstand.' Vermoeid laat hij zijn hoofd hangen. Met zijn tweede hand sluit hij liefdevol de hele hand van de Incaman in.

'Dolores heet zij dus,' denk ik stilletjes.

'Dat is alles. Geloof je me nu?'

'Sorry, ik was overtuigd van je medeplichtigheid. Ik ben mijn broer en zus hierin kwijtgeraakt. Ze zijn nooit teruggekeerd. Hun zoon Cobra is als wees geëindigd. Zelf ben ik onmiddellijk de jungle ingevlucht en hier teruggekeerd. Ik heb mijn familieleden nooit de waarheid verteld. Ik kon het niet.' Hij veegt met zijn mouw langs zijn oog.

We hebben hetzelfde doorgemaakt, gaat het door me heen. De tijd heeft het afgedwongen, ik heb eindelijk mijn antwoord.

Plotseling slaat mijn berusting om in woede. Het keurslijf die mijn vragen over Samuel insnoerde knapt. Als een bezetene spring ik op Samuel. Ontzet duwt hij mij weg maar verzwakt door de Incaman laat hij het toe. De Incaman grijnst. Ruw grijp ik het hoofd van Samuel tussen mijn handen.

'Jij werkt dus voor de Amerikaanse geheime dienst en helemaal niet voor de Verenigde Naties en dat al heel lang. Je bent betrokken geweest, er kleeft toch ergens bloed aan je handen. Je hebt het zelf gezegd. Je bent een ordinaire leugenaar.' Al mijn opgekropte spanning gooi ik over hem heen. Zijn lichaam begint onder mijn lichaam te sidderen en zijn hoofd schokt van de zenuwen. De Incaman deinst achteruit, nieuw wantrouwen lokt het uit nu hij mijn beschuldiging hoort.

'Ben je van plan de indianen weer te gebruiken?'

'Waarom?' fluistert de Incaman. Hij is op.

Samuels heftige snikken maakt mijn handen los. Zijn woorden, eerst onverstaanbaar, worden duidelijker.

'Ja, ik ben geheim agent maar werk echt voor de Verenigde Naties. Nooit wil ik de indianen nog kwaad doen, nooit meer. Jullie vergissen je, te diep.' Dan komt hij overeind en schudt me door elkaar.

Ik duw en we vechten tegen elkaar.

'Eugenio van radio Caracol is mijn maat. Die ken je toch wel, Eliza!'

Als door een bliksem getroffen richt ik mij op en laat hem opnieuw los.

'Eugenio, jouw maat?'

De Incaman trekt ons uit elkaar en gaat tussen ons in zitten.

'Alsjeblieft, Eliza, mag ik het je uitleggen.'

Ik zak op de grond, terug in het stof. Verdrietig knik ik en wacht. Heel even twijfelt hij en dan:

'Op een dag voerde ik een onderzoek uit naar een vermiste Amerikaanse, door de FARC gegijzeld. Het bracht mij naar radio Caracol in Bogota. Angel Esperanza kende een vrouw, recent vrijgekomen, ze lag in een ziekenhuis in de stad, aangetast door geheugenverlies. De naam kwam overeen met de persoon die ik zocht. Zo vond ik de bevestiging en kon ik de vrouw teruggeven aan haar familie. Vanaf die dag werd Angel mijn vriend, mijn innige Colombiaanse vriend. Ik ontmoette Eugenio daar, altijd aanwezig tijdens de uitzendingen. Hun zaak werd mijn zaak. Zij werden mijn informanten en ik hielp hen op mijn beurt. Daarom ben ik geheim agent gebleven. Zolang deze kwestie niet is opgelost blijf ik dat. Het is mijn bijdrage, mijn belofte voor de fout die ik gemaakt heb. Ja Incaman,' terwijl hij het vuil uit zijn ogen probeert weg te vegen, 'dat is mijn belofte die ik vervul. *De tijd kent geen grenzen, geen sociale status, geen goed of kwaad, slechts dat wat je moet doen en dat is wat ik doe. Hoe maakt niet uit. En niemand hoeft het te weten.'*

De ogen van de Incaman en de mijne veranderen van kleur, van dieprood worden ze helder blauw, de morpho vliegt in onze ogen, en maakt ons wakker.

Zonder gêne pak ik de twee mannen beet en kus hen beiden op de wangen.

'Mario heeft jouw broer en schoonzus vermoord,' zeg ik. 'Ook ik ben daar getuige van geweest. Hun sterven heeft ons bij elkaar gebracht. Moge zij in vrede rusten.' Aangedaan zwijgen de mannen. Ik breng de handen van de Incaman naar de morphospeld: '*De tijd dwingt.* Dat we mogen inzien niet elkaars vijand te zijn maar elkaars vriend.'

Plotseling staat, uit het niets herrezen, onze gids voor ons, ik herken de stank. Hij kijkt voldaan. We krabbelen gedrieën moeilijk omhoog. Hij wijst naar het gat in de schemerlamp, waarop wij er snel doorheen stappen terug naar de bewoonde kant.

Binnen horen we de zangerige stemmen van de vrouwen. De Incaman zegt iets tegen de gids en daarop verdwijnt de man.

'Laten we de anderen opzoeken,' zegt hij, 'en onze ervaringen delen.'

Mijn wangen gloeien van zijn woorden: Eindelijk kunnen we elk woord uitspreken en de verhalen afmaken. Ik popel om het aan Florian te vertellen. Terug in het klooster zal ik Philippe vragen of ik van zijn telefoon gebruik mag maken. Alle vrees is nu overwonnen. We vinden de anderen, opnieuw gegroepeerd, in de tegenoverliggende ruimte waar de slaapvertrekken zich bevinden. Mijn haren zitten in de war. De zwarte strepen van de tranen, het overmatige gezweet en de as tekenen mij vanuit de verte. De Incaman en Samuel, vol bloedvlekken, zien er niet beter uit. Als zij ons zien schrikken ze hevig, met uitzondering van John, die glimlacht alsof hij alles al weet. Daniel neemt gelijk positie in ons te verdedigen tegen de Incaman. Echter bij het ontdekken van mijn arm door die van Samuel en de Incaman weten zij het niet meer. Verlegen staan onze vrienden daar. John in vertrouwen, Bill aangedaan, Philippe wit weggetrokken, Daniel boosaardig en Maya over haar toeren. Hun gidsen en de vrouwen zijn zich van niets bewust, daar komt hun lotgenoot, en nog wel de leider van de onderhandelingen voor hun zo broodnodige grond! Zij adoreren hem, zoals zij naar hem kijken liegt er niet om. We barsten in een hard lachen uit waardoor ze nog meer van streek raken.

'De Incaman is onze vriend en niet onze vijand, we hebben ons lelijk vergist,' roep ik hen toe.

We blijven maar lachen, steeds harder, steeds indringender tot het echt doorbreekt. Hun gidsen produceren de eerste lachende kreten maar mijn dierbaren komen niet verder dan een moeizame glimlach.

Zo eindigt ons bezoek aan de schemerlamp. We nemen afscheid van de lieve mensen, sommigen huilen zelfs. Hun chef vertoont zich niet, nog onder invloed van zijn drug.

'Ik ga met jullie mee, ik verlang naar Cobra,' zegt de Incaman.

'Ja,' zeg ik, 'jij wordt de spreekbuis van de middag. Tenslotte zul je hen het één en ander moeten uitleggen.'

'Graag,' zegt hij, 'als vriend. Mijn naam is Davi Kopenawa,

vertegenwoordiger van mijn volk, de Zuid-Amerikaanse indiaan. Ik vrees niets meer.'

'Ben jij Davi, de beroemde Indianenman?'

'Ja, ja.'

Samuel omhelst Davi zoals Russen het plachten te doen. Davi beweegt niet maar weert het ook niet af.

De anderen geven hem één voor één een hand en we spreken onze namen uit, die hij moeilijk nabootst.

John schijnt nergens van onder de indruk: 'Toeval valt je gewoon toe,' zegt hij eigenwijs. Ik ben zo benieuwd waarvan jullie elkaar kennen?'

Nieuwsgierig zijn de gezichten maar ze vragen niets.

De auto staat keurig op zijn plek te wachten. John opent de portieren waarop wij opgelucht instappen.

Au revoir

Terug in het klooster excuseer ik mij. Daniel pakt mij innig beet.
'Toe Eliza, geef mij de primeur.'
'Alsjeblieft Daniel, ik moet mij douchen. Er zijn geen geheimen meer, geloof mij, Samuel weet alles van die Franse geheime operatie, die je zo aan het hart ligt. Vanmiddag, na de lunch zullen we open boek houden.' Ik duw hem weg. Hij laat zich echter niet wegduwen en trekt mijn gezicht naar hem toe. Zijn rode lippen duwen zich op de mijne, zijn tong vindt echter geen ingang. Ik laat het niet meer toe. Voor mij is de beslissing definitief geworden. Ik houd van hem maar ik wil hem als een dierbare vriend. 'Je bent mijn vriend, voor altijd,' zeg ik hem. 'Onze route heeft mij bevrijd van mijn angsten. Ik kan het nu zelf, ik ben je daar heel dankbaar voor.' Ik kus hem teder op zijn voorhoofd.

Hij doet een pas terug, gaat voor me staan en neemt mij op van top tot teen.

'Je bent een bijzondere vrouw. Voor jou zou ik door het vuur gaan. Maar kunnen wij vrienden blijven?' zegt hij somber. 'En kom je nog eens naar Parijs?'

Even denk ik hierover na.

'Ik beloof het je,' waarop hij zich omdraait en naar zijn kamer terugkeert.

Een douche, heerlijk. De waterdruppels spoelen alles schoon, niet alleen het vuil van de schemerlamp. Herboren stap ik onder de douche vandaan. Ik droog mij zorgvuldig af, kam mijn schone haren lang en prettig voor de spiegel, terwijl ik, na lange tijd, weer naar mezelf kijk. Voor de eerste keer ontdek ik kleine rimpeltjes.

Maar mijn ogen stralen als nooit tevoren. Ik vind het prettig. Een roes van geluk overheerst. Na mijn vuile kleren, schone zijn niet voorhanden, te hebben aangetrokken besluit ik naar Philippe te gaan. Florian moet nu op de hoogte worden gebracht: ik houd het niet meer uit om bij hem en mijn kinderen alle angsten weg te nemen.

Philippe opent snel zijn deur.

'Wat is er, Eliza?' vraagt hij. 'Toch niet opnieuw problemen?' Ik aarzel.

'Philippe, alles wordt een open boek.' Ik weet niet goed hoe ik de zin moet formuleren. 'Eh, zie je, je moet weten dat ik je gisteren heb kunnen zien en horen vanuit mijn kamer.'

Hij schrikt van deze inbreuk op zijn privacy.

'Je moet niet schrikken. Er zit een gat in de muur. Je stem klonk hard. Ik zocht waar het vandaan kwam en toen bleek je te telefoneren!' Ik zie hem terugdeinzen, nog vastgeketend aan de geheimen. 'Luister, Philippe, ik weet dat Mario een verslaafde is, en ook Luis een aangetaste! En nog veel meer. Het doet er niet meer toe,' zeg ik.

Eerst draait hij zich om. Mijn god, hij gooit me de kamer uit, maar hij herstelt zich. Zijn rug is mijn uitzicht.

'Luis is naar Frankrijk gevlucht, weet je dat ook?'

'Nee, dat heb ik niet gehoord.'

'Luis heeft mij vlak na het eerste gesprek opnieuw gebeld.'

'Ik moet al de kamer uit zijn geweest.'

'Hij heeft kunnen wegkomen.'

'Gelukkig,' zucht ik, 'hopelijk kunnen we hem in Frankrijk terugzien.'

'Zeker weten.'

'Hopelijk heb je niet te veel naar me gekeken?' Achterdocht klinkt in zijn stem. Hij heeft zich nog steeds niet omgedraaid. Zijn handen wrijven door zijn haren.

'Heb je iets te verbergen dan? We zijn toch allemaal hetzelfde, met dezelfde gedachten en verlangens.' Ik vraag mij af of hij veel vrouwen in zijn leven heeft liefgehad? Zijn werk lijkt hem volledig in beslag te nemen.

'Hoe zou jij het vinden als ik naar jou had gekeken?'

'Tja, voor dit avontuur zou ik je verrot gescholden hebben maar sinds twee uur ben ik van alles bevrijd. Ik ben opgegaan in een liefde voor jullie, niemand uitgezonderd, en ik ben van plan niets meer geheim te houden, voor niemand. Voordat ik in dit verhaal belandde, heb ik Maya, die ik jaren uit het oog was verloren, in een Haags café opnieuw gevonden. Wij hebben die dag van ons weerzien besloten elkaar alles te vertellen, tot in de details. We geloofden erin en gaven ons geheel over maar al snel bleef ik iets geheimhouden door te zwijgen over Colombia. Ik kon het niet. Florian, mijn man, hadden een belofte aan elkaar die ik niet mocht verbreken. Ik moest zwijgen. We wilden het boek dichthouden. Wat voor belang hadden wij erbij? Konden wij er iets aan veranderen? Dat hadden we tegen elkaar gezegd. Nou ja, het is domweg niet uit te leggen.

En toen kwam die doofstomme vrouw, Noelie, een prachtige naam voor een stralende vrouw, en zij bood ons, op die intens grauwe dag, daar zittend tegenover de fontein van de Haagse hofvijver, een roos te koop aan. Die roos, zo helderrood, leek op het bloed uit een gesprongen ader. Haar geflatteerde houding, en toen die strakke blik op ons. Voordat we er erg in hadden wilden we haar verhaal weten. Zij schonk het ons en benam onze adem. Nadat zij zich zo gemakkelijk had overgegeven zag ik de ogen van pijn en liefde van de moord door mijn ogen. Ik stribbelde nog tegen, zocht een uitweg om te blijven zwijgen. *Daarvoor had ik mij al die tijd verscholen achter de tijd, de dwingende tijd en Colombia.* Toen Maya en Noelie weg moesten, bleef ik alleen en vertwijfeld achter. Colombia nam opnieuw bezit van me, in de vorm van een heimwee die niet het verlangen presenteerde van wat me vertrouwd scheen of wat ik liefhad. Een dieper sentiment raakte me: heimwee terug te keren naar de gevaren om ze voor eens en altijd te bezweren. Maar hoe? Toen schoof een onbekende vrouw aan mijn tafeltje. Een vrouw zoals het warme vrije leven moest zijn, zo zag zij eruit. Als ik het niet altijd al had geweten dan werd het me uiteindelijk in dit gesprek duidelijk. Zij was een Colombiaanse vluchtelinge, een gegijzelde en gevlucht voor de Colombiaanse politiek. Zij had haar loyaliteit verloren in ruil voor vrijheid. Ze had afscheid moeten nemen van haar vaderland, haar familie, en haar geliefde. Ik luisterde aandachtig naar haar verhaal. Zelf vertelde ik, nog steeds krampachtig vasthoudend aan mijn angsten, niets. Hoe verder haar verhaal vorderde hoe meer het mij scheen dat zij mij vergiffenis schonk. Zij gaf mij mijn waardigheid terug. Net toen dit nieuwe inzicht mij duidelijk werd, verdween ze in een fractie van seconde. Eindelijk kon ik mijn verhaal vertellen en vertrouwde het toe aan Maya. Zij trok mij over de streep naar Colombia terug te keren en zo belandde ik in dit avontuur.

'En jouw vriend, Daniel, is van mij gaan houden en ik van hem. Zo'n onzichtbare liefde die altijd zal blijven bestaan maar geen bestaansvormen kan aannemen, ken je dat, Philippe?' In een ruk slaat hij zijn lijf een slag om. Zijn gezicht hangt voor het mijne.

Ik ga verder:

'Daniel is jouw vriend, jij bent mijn vriend, wij zijn allemaal vrienden voor het leven van elkaar. Wil je Daniel alsjeblieft helpen, Philippe, doe je het voor mij.' Ik hoef het niet verder uit te leggen.

Hij wrijft over mijn schone haren.

'Maak je geen zorgen over Daniel, hij redt het wel.'

'Philippe, jij hebt een satelliettelefoon.' Wil jij Florian voor me bellen? Zeg hem dat het goed gaat met mij en Maya.' Ik durf zijn ingewikkelde toestel niet aan te raken.

'Wil je zelf bellen?' Hij ziet mijn twijfeling.

'Geef me het nummer maar.'

Vijf minuten later hoor ik hem zeggen: 'Florian, het is Philippe, collega van Maya aan de lijn vanuit Brazilië. Ik heb nieuws voor je.'

Even hoor ik de harde opgewonden stem van Florian. Wat verlang ik er naar. Zelfs naar zijn irritante eigenschappen, zijn schreeuwen, zijn weigeringen, ach hoe hij gewoon is. Maar ik kan het niet, nog niet.

'Alles is goed met Eliza en Maya. We hebben de waarheid. Morgen vertrekken we en overmorgen landen we in Parijs.' Een pauze. Een zucht. Opluchting.

'Oké.'

'Au revoir.'

Hij legt de hoorn van zijn kleine toestelletje zorgvuldig neer, in afwachting van een nieuw telefoontje, zo lijkt het.

'Dank je voor je hulp, Philippe.' Als ik hem stevig naar mij toe trek voel ik een verlegen man. Ik kus hem niet. In de verte zijn de stemmen van de kinderen van het tehuis, zij zingen.

'Ik ga bij de kinderen kijken. Tot straks,' en weg ben ik.

Ik ben Daniel

Mijn hoofd rust tegen een berg grijze kussens, ik Daniel, lig op het bed in mijn kamer. De muren en het raam zie ik klein, groot, lang en dan weer dun. Kleur lijkt hier taboe. Mijn oogleden voelen zwaar en ik sluit ze dankbaar.

Ik denk aan Eliza's woorden. Dan aan haar smartelijke lippen van het begin, ik zie ze voor me, lippen waar ik naar smacht. De lippen spreken, ze vertellen dat zij haar verhaal compleet heeft maar dat ons verhaal zich leegt.

Voor eerst van mijn leven houd ik echt van iemand, zo intens, haar ogen, geur, stem, beheersen mijn denken vanaf de eerste seconde dat ik haar heb ontmoet. De hooghartige vrijgezel, zoals sommige van mijn familie en vrienden mij bestempelen, is gevallen als een ordinaire hongerige naar het meest sublieme gevoel van een bestaan: de liefde.

Jarenlang werk ik al samen met Philippe, net zo'n eigenheimer, in de overtuiging de wereld die berichten te brengen, nodig om de ogen van de lezers van kranten te openen. Als jonge jongen op het lyceum werkte ik al voor de schoolkrant, wierp mij op als klassenvertegenwoordiger om mijn klasgenoten te beschermen tegen de absurde eisen van het schoolsysteem, verdedigde het onrecht, en achteraf denk ik wel eens: je had ook in de politiek kunnen gaan. Mijn interesse in de journalistiek groeide in die bewuste tijd. Na het lyceum schreven mijn ouders mij in op de academie van de journalistiek te Parijs, een gerenommeerd instituut. Zij stoomden mij klaar om het beste te leveren. Dat ben ik dus geworden: een gedreven journalist.

Ik ben er niet ongelukkig om maar ik betaal een prijs: mijn persoonlijke leven. In het begin versleet ik vriendinnen bij de vleet, elke schoonheid deed mijn geslachtsorgaan hevig rijzen waardoor ik in heel wat bedden belandde. De tijd, ongedwongen, hielp mij daarin. De tijd schreed voort, mijn werk vorderde maar het besef van de gevaren van mijn pikante journalistieke artikelen ook. Een aan vrijheid hangende mediabaas stelde mij in staat het uiterste op te zoeken. Het ging bergopwaarts met mijn werk maar bergafwaarts met mijn relaties. Te vaak op pad, klaagden mijn vriendinnen. Het maakte alles telkens kapot.

En dan de dag dat ik Philippe ontmoette, ik de reporter en hij was de fotograaf. Onze baas bracht ons samen. Al snel vormden wij het duo waar een krant van droomt! Met geen ander kreeg ik zo'n goede relatie; wij hadden zelfs homo's kunnen zijn maar hij wond mij nu eenmaal niet op, en dat deden de vrouwen wel. We kampten met hetzelfde euvel: welke vrouw kunnen we gelukkig maken? Hele avonden spraken we erover en beseften dat onze eeuwigdurende afwezigheid tijdens onze reizen en de gevaren ons niet geschikt maakte voor het huwelijksleven. Daarom lieten we het lot ons korte maar innige momenten brengen. Het ging goed zo, gewend aan onze levensstijl, ons ritme en het uitstekend werk.

Nu lig ik te mijmeren over Eliza, een getrouwde vrouw, gelukkig in haar gezin met twee kinderen. De onzichtbare liefde kent geen wettelijke beperkingen. Ook zij heeft mij gewild, daar twijfel ik geen minuut aan. Helaas, zij kan daaraan niet toegeven, zij houdt ook van die ander, maar ze deed het toch... ik word er gelukkig van en toch ook heel droevig. Het mee te maken moest eigenlijk genoeg zijn! De gedachte troost mij enigszins. Tegelijkertijd ben ik jaloers op haar man en ook die altijd aan haar plakkende Maya. Het deprimeert me mateloos.

Even kerm ik en kwaad gooi ik mijn notitieboek op de grond. Het liefst wil ik haar behouden, ons installeren in een appartement in Parijs, lekker dicht bij mij. Hoe zou het zijn? Mijn droom duurt voort in mijn gedachten: ik zie ons lopen, boodschappen doen, mijn artikelen bespreken, een glaasje wijn drinken in de bistro op de hoek, met vrienden naar het theater gaan, de decors van het leven opzoeken. Wat verlang ik naar haar: samen het simpele van de alledaagse dingen doen. Heimwee naar het echte leven overmant mij. Ik blijf denken maar ik weet dat Eliza nooit deel zal uitmaken van zo'n leven. Haar verhaal van de vlinder, de morpho herhaalt zich in mijn hoofd: de antwoorden komen. Mijn ironie over haar diepe gedachten, aan mij toevertrouwd, begrijp ik ineens, het heeft haar in de armen van Maya gedreven. De twee vrouwen kruipen hoe langer hoe meer in elkaar. Vrouwen voelen elkaar beter aan en ik de man mis zeker de ervaring, erken ik spijtig. Heel langzaam dringt het tot mij door wat mij rest: haar ontvangen liefde in mijn hart koesteren. Die onzichtbare liefde zal mij op weg helpen, op de rug van de morpho, door Eliza geadopteerd en nu ook door mij, zal ik vliegen naar een nieuwe liefde: de liefde om te gaan te leven.

De laatste uren

Na het middageten zitten we op de binnenplaats onder de geurende citroenbomen, in de zo nodige schaduw.

In plaats van een siësta, verplicht voor de kinderen, houden we onze notitieboeken en pennen gereed, klaar voor het verhaal van Samuel. Hij heeft het ons in de auto beloofd. Ongeduldig wachten we erop, hoewel ieder van ons zijn eigen verhaal moet schrijven.

Samuel schuift gemakkelijk onderuit in de enige comfortabele ligstoel, die hij zich heeft toegeëigend, terwijl wij juist onze ruggen rechten op de houten stoeltjes, en de tijdschriften, ter ondersteuning voor het te vullen blanco papier, recht op onze knieën trekken.

'Toe dan,' zegt de onbesproken Bill, die naast John en de Incaman gezeten de tegenpartij vormt van Samuel op wie voor mij nog een onzuivere aura rust. Bill heeft geen papier noch pen klaar, zijn rapport betreft een sanitair verslag en zo te zien heeft hij het al lang klaar.

John hoeft al helemaal niets te schrijven.

'Ik ben gewoon nieuwsgierig naar jullie verhaal.'

'Begin juli 2003,' begint Samuel, 'stuurde mijn dienst mij in allerijl naar dit klooster. De boodschap luidde: breng de Fransen met behulp van een willekeurige Indiaan, de gidsen van het gebied, naar Leticia, de grensstad in Colombia. Die Fransen zijn je collega's, zij werken voor Franse geheime dienst, de Direction Générale de la Securité Extérieure, en gaan een Franse vrouw, van wie de naam mij nooit officieel is doorgegeven, en gegijzeld door de FARC, bevrijden. Wij dekken jullie, alles wat in die zone beweegt wordt door ons gesurveilleerd: guerrilla, cocaïne. De Brazilianen zijn niet op de hoogte, omdat de diplomatieke wegen in dit spinnenweb te veel tijd in beslag nemen. De tijd dwingt ons zo snel mogelijk te handelen want de FARC kan elk moment op hun beslissing terugkomen! Het geheime wachtwoord voor deze operatie is: Pieds Nickelés. Een woord dat ik moeilijk uit mijn mond kon krijgen maar ik had geen enkele inbreng, ik capituleerde, zo is mijn werk.

Daniel veert op, gooit zijn handen in de lucht.

'Verdomme, het moet die politieke gevangene van de FARC, Ingrid Betancourt, zijn geweest. Herinner je je het Philippe? Onze persconferentie op de Franse Ambassade van Bogota, het moet rond de 16de juli 2003 zijn geweest! De Ambassadeur sprak ons gezelschap met een stalen gezicht toe:

'Er zijn media die een rumoer de wereld in hebben gebracht dat een contact over een bevrijding van gijzelaars, onder wie Franse staatsburgers, heeft plaatsgevonden.' Ik hoor het hem nog zeggen: 'Ik ontken ten stelligste, en ik onderstreep en herhaal het speciaal voor degenen, die nog steeds geweld gebruiken om een rechtvaardige maatschappij te krijgen, dat inhumane acties, zoals gijzeling, geen betere dagen zullen brengen en er niet met zulke groepen onderhandeld is of wordt. Geen woord over jouw geheime missie Samuel.'

Ik kijk naar de gezichten om me heen, ze zijn op de hoogte en zij aanvaarden Samuels status van geheim agent zoals je spreekt wanneer je buurman gaat verhuizen. Vreemd hoe mensen alles accepteren. Het hindert niemand, ik voel onvermogen.

'Onze vermoedens zijn dus wel degelijk goed gegrond geweest. De roddel heeft niet gelogen. Maar waarom is je missie om Ingrid Betancourt en misschien nog andere gegijzelden te bevrijden, mislukt?' Iedereen schiet omhoog van nieuwsgierigheid. Ik niet, ik weet het.

Philippe mengt zich in het gesprek nog voordat Samuel kan antwoorden.

'Mijn oude vriend Bob Fernandes, baas van het Braziliaanse weekblad Carta Capital belde mij 15 juli in 2003 vroeg in de ochtend uit mijn bed met de mededeling dat die verdomde Fransen toch de grootste klootzakken ter wereld waren. Er had wel degelijk een schending van de grenzen tussen bevriende landen plaatsgevonden, tenslotte was er een Hercules C-130 van de Fransen in Manaus geland, zonder toestemming van Brazilië. Ze hadden gijzelaars willen bevrijden, en dat was op het hoogste niveau georganiseerd, zonder de Braziliaanse autoriteiten te waarschuwen, een bevriend land. Hij zei mij dat hij het fijne er niet van wist maar dat hij een artikel moest plaatsen, een foefje van de Braziliaanse regering om de zaak met zachtheid aan het licht te brengen via een onbeduidend persbericht, waarin de mislukking van de bevrijding als een ongelukkig misverstand tussen de staten moest worden afgedaan. Hij klaagde steen en been dat hij was gebruikt voor dat vieze hoogstandje van de regering. Heel slim zetten ze Bob onder druk want het persbericht, met de aanduiding van een mislukte humanitaire actie, zonder politieke belangen, waarin alle geheimen van het waarom ontbraken, gaf hem het excuus: hij wilde zijn Franse vrienden, zoals hij benadrukte, graag behouden. Het artikel verscheen in de middag en ik weet nog dat hij weer belde en zei:

'Zo is de zaak met een sisser afgelopen en de hele actie gestopt; de Fransen zijn al weer op weg terug naar huis.

Toen ik hem vroeg of er dan gijzelaars bevrijd waren, antwoordde hij: 'Alles wat ik weet is dat een diplomatiek incident is voorkomen.' En toen of die ontmoeting met de FARC nog had plaatsgevonden? 'Dat weet ik niet.'

Samuels mond opent van verbazing. 'Jullie weten dat allemaal,' roept hij uit. 'Waren jullie dan naar mij op zoek?' vraagt hij achterdochtig?'

'Nee, nee,' zegt Daniel. 'Het is puur toeval! Wij lopen al jaren achter deze geruchten aan om er een duidelijk artikel over te schrijven.' Hij slaat Samuel gemoedelijk op de schouder. 'We kunnen het niet beter treffen, jij bent onze man.'

Samuel lacht hard.

'Zeg John, schenk mij eens een biertje in en misschien ook voor de andere heren? Ik kan de heren, helemaal uit Europa overgekomen, en wel mijn nieuwe vrienden, niet teleurstellen. Maar hoe zit het met de dames?' vraagt hij. 'Zijn zij wel journalisten?' Zijn lange ervaring bij een geheime dienst laat hem dat automatisch vragen. Mijn verhaal van de verkrachting en moord door Mario, waarvan hij eveneens getuige moest zijn geweest, is goed tot hem doorgedrongen. Maar zijn achterdocht en onderzoekende geest is zijn tweede natuur geworden. Tot dan toe hebben Maya en ik alleen geluisterd.

De sluier trekt langzaam weg en ik verlang ernaar hem mijn verhaal te vertellen.

'Maya is journalist,' en zij knikt bevestigend. 'Ik niet, ik ben bij hen terechtgekomen door die afschuwelijke ervaring in Colombia. Ik moet je er het fijne van vertellen.'

Ik zie zijn ogen. Licht, groen en goed. Zo zag ik ze eerst niet. Zijn hand wil me aanraken maar ik zit te ver af. 'In de buurt van Cali wachten wij, mijn man en ik, op een lift. Het lukte maar niet dus besloten we even te gaan rusten. We trokken ons terug op een idyllische plek, gevuld van schoonheid. Bij het wonder van een cascade legden wij onze spullen neer en lieten ons door het geluid van kletterend water in slaap sussen. Plotseling werd onze slaap wreed verstoord door zwaar motorgeronk. Een truck militairen stopte een stukje verderop. We zagen een opschrift, Karina 47. Geschrokken doken we achter het struikgewas. We zagen een priester uitstappen. Hij riep een soldaat, die een vastgebonden Indiaan uit de truck, naar hem leidde. Een Indiaanse, van angst kronkelend, dwong hij te blijven zitten. Hij sprak met de man, liet hem knielen, maakte zegende gebaren en liet hem daarna achter de truck verdwijnen.'

Het verhaal doet mij nog steeds pijn merk ik. Samuel wacht. Hij is onrustig.

'Schoten klonken en daarna de stilte, het kletterde water werd weer hoorbaar. Terwijl onze harten zo hard bonkten dat wij bang waren dat zij zouden stoppen, hield het hiermee niet op. Een soldaat trok de indianenvrouw - ik kon haar gezicht zien - uit de truck en bracht haar naar de priester, die haar op de grond gooide, zijn soutane opende en,' even aarzel ik, want ik wil niet grof zijn, hoewel ik merk dat ik over mijn angst en verdriet uitstijg, 'zijn onderlijf ontblootte en ruw bij haar naar binnendrong. Hij genoot, zo zagen wij het. Ik sloot mijn ogen, opende ze weer. Toen hij klaar kwam kreunde hij van puur genot. Een kort moment, om daarna over te gaan tot een nog groter beest in de mens: die van moordenaar. Hij pakte zijn revolver en knalde een kogel door haar hoofd. Haar strakke ogen waren op ons gericht, die ogen van liefde en pijn zal ik nooit meer vergeten. Het weelderige bloed vermengde zich met de groene kleuren tot een diep blauwe kleur. Duizenden vlinders verschenen uit het niets en fladderden rond. Kreunende geluiden dempten snel. De truck vulde zich snel, en reed hortend en stotend weg. Wij vluchtten van die onheilsplek, terug naar het veiligere Bogota, en in plaats van aangifte te doen, vlogen wij in shock en allerijl terug naar Holland. Het vrat aan me jaar na jaar.'

Ik aarzel.

Samuel knikt alsmaar.

'Maya sleepte me mee in deze retour.' Het klinkt nonchalant.

Ik kus Maya's wang.

'Dank je Maya.'

Zij kust me terug.

'En zie, ik ben opnieuw in Colombiaanse toestanden geraakt.'

Ik sta op en pak de hand van Samuel vast terwijl de anderen tersluiks toekijken.

'Dank je, Samuel, je hebt mij laten weten wie de moordenaar is.'

Dan richt ik mij tot mijn vrienden:

'het is Mario geweest.'

De stoelen verschuiven en Daniel springt van zijn stoel, grijpt mij beet en omhelst me.

'Oh, Eliza, is het toch waar?'

'Ja,' zeg ik koel. 'Luister maar naar Samuel.'

Hij lijkt ineens moe.

'Tja, als iedereen in het leven alles van tevoren zou weten. Toen ik die Fransen hier in dit klooster liet komen was John van onze missie op de hoogte.'

John knikt ja.

'Ik kende John van eerdere reizen. Zijn inzet voor de indianen in dit gebied had mij geraakt. Ik zocht een Indiaan, die onze gids wilde zijn. Ik belde John en deed mijn verhaal.'

John neemt het woord over.

'Ja, ik herinner mij dat moment nog goed. Hij zocht een indiaan voor die humanitaire actie, zoals hij het noemde, zonder in details te treden; hij sprak van het overdragen door de guerrilla van een vrouw en misschien zelfs nog meer gevangenen. Er kon wel eens iets extra in zitten als ik hem hielp. Bekendheid aan het gebied met zijn misstanden. Dit voorstel nam ik gretig aan, hunkerend naar eindelijk iemand die eens interesse had. Ik zocht mijn collega Gregorio,' en hij maakte een kruisje, 'op. Hij kende de gemeenschap goed en stelde voor deze taak op hem te nemen. Onze vriendschap vond hier zijn begin.'

Zijn berustende uiterlijk straalt weer terwijl hij glimlacht naar Samuel.

'Ik liet het toe dat die Fransen hier kwamen.'

'Ja,' vervolgt Samuel, 'tot dan toe waren de initiatieven zeer belovend en we verwachten beiden het beste van onze samenwerking. De Fransen arriveerden, vier mannen die op vechtersbazen leken, ondanks hun gebloemde overhemden, lange katoenen broeken, tropenpetten, en keurige rugzakken, waarmee zij voor toeristen wilden doorgaan. Wij zaten voor het vertrek net als nu, onder de citroenbomen, gezellig te keuvelen. De Fransen vertelden ons dat zij geland waren op de piste van het Eduardo Gomez vliegveld in Manaus met een militair transportvliegtuig, uitgerust met medicijnen, zuurstofmaskers, defibrillator, draagbaren, alles. Het vliegtuig zonder registratienummer had zijn driekleurig embleem als paspoort laten dienen, een gewoonlijk gebruik. Ze beschikten over een vluchtplan met als afleiding hun zogenaamde bestemming Cayenne, die ze in een goedmoedige stemming aan de autoriteiten overhandigden. De vluchtige inspectie van de locale douane wekte geen argwaan. Niemand vermoedde iets en één van de Braziliaanse politiemensen stelde zelfs voor zijn motor te verkopen aan één van die Fransen, tot grote hilariteit van de 'delegatie,' krom van het lachen. Van de elf 'passagiers' namen er zeven intrek in een hotel waar hun rol zich beperkte tot basketbal spelen bij het zwembad. De vier anderen namen een boot naar Sao Paulo do Iça en belandden hier bij John en mij. We bespraken de komende missie hier in zijn geheel door: zij wensten een Indiaanse gids en zo snel mogelijk te vertrekken naar Leticia waar een mysterieus tussenpersoon, met de codenaam *Montes*, in een hotel op hen wachtte.'

'Zie je dat is de achternaam van Mario,' gil ik en ik ga recht zitten. Ik moet bij de les blijven.

'Ja, dat is zijn naam.'

De details ontvouwen zich als in een open te maken presentje.

Samuel neemt een slokje.

'Ik vroeg de Fransen mij op de hoogte te brengen van hun ware opdracht. Het bevrijden van gijzelaars, zeiden ze argeloos, maar over het hoe, bleven ze vaag en gaven vreemde ontwijkende antwoorden. Eentje zei nog:

'Geloof mij dat dit te snel gaat. Die Villepin, destijds eerste minister van Frankrijk, schijnt een oude liefde uit een wespennest te willen halen. Wat wil je, het is niet goed voorbereid maar wij behoren te executeren. Gelukkig geven jullie ons steun want ik voorzie de nodige problemen.'

Toen ik er verder op wilde ingaan zweeg hij. Daarmee moesten wij verder. In de middag arriveerde de Colombiaan, genaamd Mario Montes, mij als persoon onbekend, in de hoedanigheid van vertegenwoordiger van de Colombiaanse regering. Hij had het contact met de mysterieuze persoon, die in Leticia op de Fransen wachtte. De zaak was rond.

Twee uur later vertrok ik met die Colombiaan en Gregorio, zonder de Fransen, de taak rustte in onze handen, naar de schemerlamp op zoek naar de juiste gids.

Davi's ogen volgen ons constant en hij begrijpt ons goed.

'Ja, zegt hij, 'die Colombiaan was niet erg spraakzaam en ik wantrouwde hem, maar ik kende Gregorio zeer goed. Hij introduceerde mij Samuel. We onderhandelden ieder over onze belangen en ik besloot ze mee te nemen naar mijn broer, Lani, en Raba, mijn schoonzus. Lani, een levend kompas, oriënteerde zich in de jungle, onder elke omstandigheid als de beste. Wij eerden hem in de hoedanigheid van de menselijke morpho van het oerwoud. Alleen hij kon het doen. In zijn afgebakende slaapgedeelte van de schemerlamp spraken we alles door: we zouden met een prauw over de rivier de Solimoes afzakken en het laatste stukje te voet afleggen. Zijn vrouw, Raba en zijn zoon Cobra moesten mee ter afleiding. De te betalen prijs van hun kant zou geld en grond zijn.

'Was er dan toch contact tussen de geheime diensten en de Brazilianen en zelfs de Colombianen in de zaak?'

Daniel wil het weten.

Samuel aarzelt.

'Op het hoogste niveau is er altijd contact.' Hij gaat er niet verder op in.

'Mijn broer twijfelde maar stemde toch toe, gezien de invloed die de Amerikaanse regering op onze grond kon uitoefenen. De dienst van Samuel, had hij gezegd, kon het zo voor elkaar krijgen. Het verlangen naar grond en rechten voor mijn volk maakte ons blind en doof voor alarmerende signalen dat er iets niet klopte. Lani heeft gelijk gekregen. Ik dacht dat de morpho in hun geesten was gekropen maar ik luisterde niet naar de morpho in mijzelf. Die Colombiaan, jullie noemen hem Mario, ik noem hem de duivel, maakte toen al bezwaar, over de beloning, de grond en weet ik niet wat nog meer. Hij botste met Gregorio. Die duivel heeft ons er van het begin af aan in willen luizen: hij wilde maar een klein stukje per prauw en dan al te voet terwijl Gregorio en Lani hem uitlegden dat de guerrilla overal zijn pionnen had en wij beter zo lang mogelijk de rivier konden aanhouden. Lani bleef het maar herhalen. Die twee, Gregorio en de duivel begonnen ruzie te krijgen.'

Samuel breekt hem af.

'Ja, het liep uit de hand en toen heb ik gezegd dat als iedereen zijn belangen verwezenlijkt wilde zien wij de Colombiaan moesten volgen om de zaak rond te krijgen. Daar heb ik nu heel erg spijt van.'

Zijn ogen drukken schaamte uit.

'Het is de fout van mijn leven, ik heb de zaak verkeerd ingeschat.'

'Het helpt niet meer. Het lot ontloop je in het leven toch niet. De morpho heeft het zo beslist en het doel, grond voor de nieuwe generatie, het nieuwe leven, is na een periode van dood en verderf vandaag weer springlevend geworden. Er is weer hoop. Misschien kun je deze keer wel...' Maar hij maakt de zin niet af.

'Ik had die Mario moeten doorzien,' zegt Samuel. 'Ik had gehoord van één van mijn superieuren dat de Brazilianen niet warm liepen voor teruggave van grond maar ik heb geen verder contact gezocht. Ik geloofde er toch in. En de Colombianen kwam het goed uit, deze chaos. Door een conflict werden zij onafhankelijk van Frankrijk, ze verbraken het contract met hen, hun grootste leverancier in wapens, en zochten wapens in goedkope en louche landen. Ulribe had geld nodig. Het is mijn specialiteit, maar ik heb het verband te laat gezien, helaas heb ik gefaald. Ik vraag duizendmaal pardon.'

Davi kijkt recht voor zich uit. Een vlieg wil op zijn neus landen maar hij slaat hem woest weg. Hij spreekt zonder emotie.

'Na de beslissing van Samuel pakten wij onze spullen voor het vertrek. De duivel moest nog iets ophalen bij onze sjamaan. Ik vermoedde wel cocaïne maar geen indiaan die zich daar druk over maakt. Het is de basis van ons leven.

En toen gebeurde het. Door zijn roekeloos en onwetende gedrag zoog hij teveel drugs op en op weg naar de auto kwam zijn echte natuur, het beest der moord, in hem naar buiten. Hij schold tegen Gregorio dat hij maar een vieze hypocriet was en schopte hem onder bedreiging van zijn wapen. Lani ging voor zijn vrouw en zoon staan om hen te beschermen. Ik neigde Gregorio te verdedigen maar Mario's vuurwapen dwong mij terug te stappen. Hij bleef maar schoppen en slaan tot Gregorio viel. Een kogel schoot Gregorio's leven naar het einde. Helemaal verlamd stond ik daar. Ik vergat naar Samuel te kijken maar haatte hem op dat moment zo diep. Voor mij hoorde hij bij het beest. Gregorio's hoofd was weggedraaid en ik probeerde naar hem toe te lopen maar Mario sloeg mij hard terug. Hij draaide Gregorio's bewegingloze lichaam maar zijn gezicht bleef van mij afgedraaid, zijn nek was gebroken. Ik zocht naar zijn ogen maar ik ontdekte alleen de lekkende bloeddruppels, die de zandkorrels aan elkaar klitte. De duivel ontdeed Gregorio van zijn soutane, veegde hem zorgvuldig schoon en gebood ons hem te volgen. Hadden we het kunnen voorkomen? Ik deed niets. Ik was mezelf niet meer. Ik was de stille getuige geworden van een laffe moord.

Die duivel beval ons de auto in te stappen en zonder ons te verzetten deden we het. Bij het klooster gooide hij Cobra, Lani's zoon, uit de auto, en beval ons niet te bewegen. Zijn moeder huilde alsmaar maar de duivel sloeg haar hard in het gezicht. Ze heeft nooit meer gesproken. De zin van dit alles ontging ons geheel. Verlamd van angst en afschuw reisden we verder.

De duivel huurde een prauw en we zakten een klein stukje de Solimoes af om daarna het oerwoud in te trekken.

Toen liepen we recht in de duivels valstrik: een barricade van Karina 47. Ik hoor hem nog zeggen:

'Zo, we zijn al die geheime diensten te slim af, die denken zo maar zonder tegenprestatie gijzelaars te bevrijden.' Al die woorden waren leeg voor me. We werden gevangengenomen en meegenomen diep Colombia in. Af en toe stopten we, zonder eten en drinken, en na een lange nacht rijden, stopten we bij een cascade. Mijn broer en ik wisten dat we vermoord gingen worden, de morpho in ons deed het ons voelen.

Samuel bevond zich net als ik aan de linkerkant van de truck, maar sinds de moord had ik zijn blik ontweken, ik kon de beesten niet meer verdragen, en toen een tumult onder de militairen de aandacht verminderde profiteerde ik ervan te ontsnappen.

Ik vluchtte het oerwoud in.'

'Ja,' zegt Samuel, 'zo is het gegaan. Toen ik Davi zag verdwijnen deed ik hetzelfde en ik verstopte me haastig achter struiken. Ik kroop in elkaar toen een hand mij daar aanraakte. Mijn hart sloeg ik weet niet hoeveel keer over. Ik durfde bijna niet te kijken en wachtte op ruwe handen die mij omhoog zouden trekken. Er gebeurde niets. En weer voelde ik een hand, een zachte hand, en ik zag de hand met elegante vingers langs mijn gezicht komen. Toen ik mijn gezicht zijwaarts draaide keek ik in de zwarte ogen van een vrouw. Zij heet Dolores Botero. Zij was net als wij ontsnapt, begreep ik onmiddellijk. We bleven stil, zij aan zij liggen. Haar hand omsloot de mijne. Door de struiken keken wij naar de bewegingen van de militairen en werden wij de stille getuigen van de moord op Lani.

En Eliza,' hij wijst op mij, 'was op dat bewuste moment aan de andere kant van de truck aanwezig en is de stille getuige van de moord op Raba geworden. Zij zijn gebruikt.'

Zijn hand aait vol liefde over mijn hoofd.

'Ogen van pijn en liefde. Wij zijn de stille getuigen,' kerm ik.

'Alles wat zij wilden was grond. En wij wilden de bevrijding van gevangenen die tegen hun wil worden vastgehouden, die als instrument zijn gaan dienen en geen rechten meer kennen. De duivel wilde alleen maar zijn drugs.'

Samuel huilt nu, het echoot tegen de muur van de binnenplaats, en zijn schrijnende wenen, werkt als een boemerang.

Ik jank als de eerste keer in mijn leven. Johns ogen druipen van verdriet. Maya is al gestopt met schrijven en slikt het moeizaam weg. De anderen huilen niet, maar ook hun pennen schrijven niet meer. Alles valt weg, de laatste uren... ze zijn aangebroken.

De Fransen

'John, maar hoe is het de Fransen vergaan?' vraagt Daniel, aangetast maar meester van zichzelf.

Hoe kan ik al deze mannen niet voor altijd liefhebben is mijn
gedachte.

'We hebben in Frankrijk de nodige geruchten opgelepeld maar
een tweede versie is niet te veel.'

'Ja, die Fransen waren dus bij ons in het klooster. Toen Samuel,
Mario en Gregorio niet terugkeerden zijn we gaan zoeken. In de
schemerlamp vertelden de bewoners ons van hun bezoek, hoe ze
hen hadden uitgezwaaid op weg naar hun auto, die naar zij aan-
wezen, westelijk buiten de schemerlamp geparkeerd stond.
'Waren ze niet thuis gekomen dan?' vroegen ze alsmaar. Verbazing
heerste alom. 'Davi, Davi' riepen ze angstig. Daarna kropen ze
weg. We volgden de aanwijzing van de geparkeerde auto. Na het
verbrede pad vonden we Gregorio in het dichtere bos, op slechts
vierhonderd meter van het dorp, naakt en badend in het bloed.
Een diepe schotwond in zijn hoofd had hem volledig geleegd. Uit
zijn gezicht, half opgeblazen, overdekt met blauwe plekken,
puilden zijn ogen, gevuld van angst. Zijn nek was gebroken want
hij lag heel vreemd. Hij leefde nog, zijn oog bewoog toen hij mij
zag en ik ... .' Johns adem stokt. Hij eindigt in de zin.

Ik denk aan Noelie. Zijn mond beweegt maar ik ben weg.
Ongemerkt neem ik Johns hand en plaats hem op mijn morphospeld. De vochtige warmte van zijn hand spreidt zich over de
speld. Die warmte brandt mijn borst, hindert.

'Ik herinner me het als de dag van gisteren.' Hij kucht en zoekt zijn woorden, terwijl de beelden in hem terugkeren. 'Die arme Gregorio,' en hij slaat opnieuw een kruis, 'was de goedheid zelf.'

Hij werd geboren in Engeland bij gegoede ouders, koos voor het celibaat en had het doel de liefde van het alomvattende mensheid tegemoet te komen. Hij genoot een uitzonderlijk respect van de locale bevolking, extra aangewakkerd door zijn rotsvaste vertrouwen in mensen.

Toen lang geleden onze gemeenschappelijke radio niet meer kon worden gerepareerd, miste Gregorio de BBC-uitzendingen. Hij vertelde het aan Davi, die het op zijn beurt de mensen in de omgeving vertelde. Meteen waren zij begaan met zijn lot. Op een dag arriveerde Davi met zijn vrienden en schonken hem een nieuwe radio. Een groot gebaar gezien hun dagelijks geldgebrek. Gregorio had zich die radio heel goed kunnen aanschaffen van het steungeld. Hij deed het niet. Door die radio wist hij dat zijn werk niet voor niets was geweest: hij die leefde zoals hen, de bevolking, ongeacht hun afkomst, hadden hem in hun hart gesloten.

We stonden daar die noodlottige dag, kijkend naar het naakte en lijdende lichaam in het stof van de aarde. Ik streelde zijn haren. Wat kon ik nog voor hem doen? Ik deed mijn kruisje om mijn nek af en drukte het op zijn voorhoofd. Zijn oog verzachtte. Alles wat hij nog wilde was genade om in het niets op te gaan. Het duurde kort, toen staarde het oog voorgoed naar de hemel, het was afgelopen. Hulpeloos kuste ik zijn voorhoofd. Waarom? We begrepen er niets van. Hij was vermoord en er was geen spoor van de anderen te bekennen. We namen het lichaam voorzichtig op en transporteerden het naar het klooster. De hele gemeenschap werd getroffen door deze laffe daad. De zusters huilden, sloten zich op in hun kamers. De kinderen kropen angstig weg, de herinnering aan hun vermiste en vermoorde ouders vers in hun jonge geheugen maakte van hen gestoorde kinderen. Ik waste zelf zijn vervuilde lichaam, probeerde de wonden met leem weg te moffelen. Ik kleedde hem in zijn enige overgebleven schone habijt.

Lange nachtwaken hiëld ik, nooit vertoonde ik een greintje vermoeidheid, Gregorio, ik hiëld van hem, hij was een verwant, mijn geestelijke broeder, en ik moest hem laten gaan. Na drie dagen van rouw begroeven we Gregorio in de kapel.

'Ik heb zijn graf gezien,' zeg ik zachtjes.

Driemaal zucht hij.

'Toen de Fransen over de moord hoorden roken zij onraad; zij begonnen hun spullen in te pakken om terug te keren naar Manaus. Nog voordat zij klaar waren stond er een politiecommandant met een cordon van politiemensen bij ons in de hal. Het lijk van Gregorio lag nog opgebaard in de kapel. Het maakte het drama compleet. Op de top van wat een mens kan verdragen, vroeg ik de politie zenuwachtig wat de reden van hun bezoek was.

'Wij komen de Fransen arresteren.'

Niet gewend zijn aan zulke interventies, durfde ik niets over onze vermoorde Gregorio te vertellen, bang dat de Fransen beschuldigd zouden worden, terwijl ik zeker wist dat zij de schuldigen niet konden zijn. Zij hadden het klooster nooit verlaten.

De Fransen schrokken niet al te erg, ze namen het luchtig op en wuifden alle aanklachten weg ondanks dat de politiechef een wapen op hun benen gericht hiëld. Hij trachtte de Fransen handboeien om te doen maar dat mislukte.

'Jullie zullen worden meegenomen voor een individueel verhoor op het bureau. De piloot van jullie gehuurde vliegtuigje heeft alarm geslagen: jullie zijn een bende van huidhandelaren of narcoticahandelaren, aan jullie de keuze,' zo herinner ik mij, waren zijn ironische woorden. De Fransen weigerden elke medewerking en protesteerden:

'Wij hebben een diplomatiek paspoort, u kunt ons niet arresteren, en wij eisen een collectief verhoor.' De spanning was om te snijden. De toon ging omhoog, in de zwetende atmosfeer. De Braziliaanse politiecommandant hiëld het niet meer, en terwijl hij de paspoorten bestudeerde zag je de twijfel toenemen. Als hij een fout maakte hing zijn carrière aan een zijden draadje, klaar om te worden gebroken. Toch probeerde hij het nog even:

'Diplomaten of niet, het is louche, jullie zullen toch de feiten moeten ophoesten.'

De handboeien gingen daarop toch om en ze moesten mee naar het bureau. Mijn aanwezigheid werd eigenlijk niet getolereerd, maar ik liet me niet afschepen omdat het de eer van ons klooster betrof en vergezelde ze. Gregorio vermoord en deze Fransen, door mij geholpen, brachten onze gemeenschap in een zeer benauwde situatie, die ik zo snel mogelijk tot een goed einde wilde brengen. Op het bureau liet de inspecteur één van de Fransen een papier invullen met hun naam en adres. Het adres luidde zoiets van Boulevard Mortier Paris, waaraan één grimmig en luid had toegevoegd: 'Ja, het hoofdbureau van La Piscine.'

'Verdomme, dat is het zwembad Georges Valleret, vlak bij hoofdkantoor van de DGSE, de geheime dienst,' zegt Daniel. 'Ze waren dus echt geheime agenten, alles klopt. Alle elementen zijn er nu. De operatie is mislukt maar heeft wel degelijk plaatsgevonden. En uiteindelijk is door hun toedoen Gregorio, jouw broer Lani en je schoonzus Raba, vermoord. Zij zijn het slachtoffer geworden van een absurde missie. Die beslissing is te snel genomen, waarschijnlijk door één persoon, dat blijkt uit het hele verhaal met alle gevolgen van dien. In Frankrijk zal ik nog even uitzoeken wie die beslissing werkelijk heeft genomen en daarmee heb ik het artikel dan rond. Geloof mij dat ik dit aan de grote klok zal hangen.'

'Vrees niets, John,' zegt Daniel, als hij zijn gezicht ziet zakken. 'Het zal jullie niet treffen. Ik zal het klooster en Gregorio erbuiten houden. Het is een ongelukkige samenloop van omstandigheden geweest. Jullie zijn hier zo nodig.' Davi klopt Daniel op zijn schouder.

'Over mijn broer en schoonzus mag je gerust schrijven. Dat

komt ons alleen maar ten goede.'

'Het zal geen invloed hebben op mijn rapport,' zegt Bill.

Samuel krabt zenuwachtig op zijn hoofd.

'Voor mij wel. Alles is helder geworden en deze afschuwelijke zaken bewijzen dat de indianenbevolking nog steeds wordt gebruikt. Ik ben in tweeën gespleten en zal over sommige zaken praten en over andere zwijgen, dan bereik ik misschien iets. Helaas blijf ik de stille getuige.' Ongewild kijk ik hem aan.

'Goed dan,' zegt John. 'Na die belangrijke informatie van de Fransen belde die politiecommandant met zijn hiërarchie in Brasilia en toen hij het adres noemde, hoorden wij een enorm gekwetter aan de andere kant van de lijn. Hierop hing hij neer. Zijn laatste woorden waren:

'Jullie Fransen moeten zo snel mogelijk het Braziliaanse grondgebied verlaten. Het is een order van hoger hand.' En daarmee was de zaak voor iedereen afgedaan. Ik voegde niets toe. We vertrokken allemaal, zonder elkaar nog te groeten, de Fransen terug naar Frankrijk en ik terug naar huis. Ik bleef alleen achter met het mysterie van Gregorio's dood. Voeg daarbij de verdwijning van Mario, Samuel, Lani en Raba. Cobra was als enige nog bij ons. Een vertwijfeld mens keerde die dag terug naar het klooster.'

Hij pakt zijn portefeuille en haalt een foto van Gregorio tevoorschijn waar hij teder overheen wrijft. Hij geeft de foto door.

Davi voelt in zijn binnenzak en haalt er een foto van Lani en Raba uit, die passeert. Dan zie ik opnieuw de ogen van liefde en pijn. De tijd is gekomen, het dwingt ons voorgoed hun dood te aanvaarden, en na uren stilte, in de geur van nieuwe groeiende citroenen, zuur maar zoet tegelijk, lukt het ons beetje bij beetje. Een vrediger gevoel ademt door ons heen.

De terugkeer

De reistassen staan klaar in de hal. We zullen een laatste kop koffie onder de bomen drinken. De kinderen spelen vreedzaam in de schaduw met hun speelgoed dat her en der verspreid ligt. Het afscheid van Davi, de zusters en hun kinderen valt ons zwaar.

Als ik er bijna ben zie ik Samuel aankomen. Ik houd hem tegen en klamp me aan hem vast.

'Vertel eens over Dolores Botero,' zeg ik zonder omhaal. Ik moet weten of het de vrouw uit café is.

'Waarom?' vraagt hij.

'Ik denk haar te kennen.' Ik treed niet in details.

'Na onze vlucht is Dolores mijn vriendin geworden,' zegt hij meteen. 'Samen begonnen we een nieuw leven en lange tijd woonden we in de stad Den Haag in Holland, waar ik tot ambassadeur was benoemd. Helaas heeft Colombia ons kapotgemaakt.'

'Ik begrijp het,' zeg ik liefdevol. Hoe kan ik het niet begrijpen.

'Ik denk Dolores te hebben ontmoet in het grand café tegenover de grote fontein.' Het tovert een beminnelijke glimlach op Samuels lippen.

'Ach de fontein,' zegt hij lyrisch. 'We dronken daar vaak koffie met appeltaart. Dat noemen jullie toch 'gezellig." Hij spuugt het woord in het Nederlands uit. Zijn razendsterke Amerikaanse accent maakt me aan het lachen.

'Ja, gezellig, hè.' De heimwee naar mijn grand café, naar Noelie en die geheimzinnige Dolores groeit hierdoor. 'Samuel,' zeg ik ontroerd, 'op een mistige ochtend, zoals je zeker daar gekend hebt,' en hij knikt, 'zat ik in dat cafe. Mijn gevoel voor tijd was die dag aangetast en ik verlangde ernaar de tijd te domineren, het naar mijn hand te kunnen zetten. De tijd ging te snel voorbij. Die dag ontdekte ik de ogen van liefde en pijn opnieuw.'

'De ogen van liefde en pijn? Wat bedoel je daarmee?'

'Het waren de ogen van Raba.'

'Oh.'

'Aan een tafeltje aan het raam dacht ik na over alles uit mijn leven. Maya kwam onverwachts langs. En samen ontmoetten we daar een bijzondere vrouw, Noelie, doofstom en zij werd onze vriendin. Op die plek besloten we de belangrijke fragmenten van onze levens te gaan op schrijven. Ik twijfelde echter. Toen Maya en Noelie weggingen bleef ik nog lang aan het tafeltje zitten.'

Samuels ogen laten mij niet los.

'De twijfel over de tijd maakte plaats voor de twijfel van mijn geheim, de ogen van pijn en liefde, Colombia. Moest ik het hun vertellen, mijn stille getuigenis. Nooit hadden ik en mijn man Florian er nog over gesproken. Dat hadden we elkaar gezworen.'

Samuel huivert.

'Jij kent mijn verhaal, mijn verhaal met Dolores.'

'Oh ja.' Even val ik stil.

'Het werd drukker in het café en alle tafeltjes raakten vol. Een dame, haar bruine halflange haar en donkere ogen waren prachtig. Ze keek mij intens aan. Als een neergestreken engel uit het niets schoof zij aan mijn tafeltje. 'Mag ik hier bij u komen zitten?' zei ze. Het hinderde mij maar ik weigerde niet. We raakten in gesprek.

Toen zei ze de naam Colombia. En daarmee was onze band verenigd, voor altijd. Zij vertelde mij een Colombiaanse politieke vluchtelinge te zijn. Zij was het die mij over Karina, het monster, sprak. Zij noemde een naam: Samuel, ambassadeur in Den Haag. Haar grote liefde maar verwoest door ogen van liefde en pijn.'

Een traan welt op in de ooghoek van Samuel. Deze keer probeert hij zich groot te houden maar het kost hem duidelijk moeite.

'Ben jij die Samuel?'

'Jaaa.' Het woord schokt uit zijn mond. 'Ja, ik ben die man.'
Even wordt ons gesprek verplettert. En dan zeg ik: 'Ik zal haar
gaan zoeken en haar je kaartje met adres en telefoon geven.'

Hij schrikt hevig maar eindelijk dringt het tot hem door.

'Je kan iets voor altijd gaan goedmaken, iets wat je zo heeft
gemist, in die laatste jaren van je absurde bestaan.' Ik heb gedurfd
het te zeggen.

'Wil je dat voor mij doen?'

'Dolores zal mijn vriendin worden zoals jij mijn vriend bent
geworden,' zeg ik zelfverzekerd.

Hij buigt zich voorover en kust mij intens op het voorhoofd.
Zijn liefde heeft gesproken.

De bomen geven de nodige schaduw. De afgetrapte zitjes staan
rond een tafel, gedekt met een kleurloos plastic tafelkleed, erop
kopjes en thermoskan.

De door de zusters gebakken koekjes prijken op een terracotta
schotel. Uitnodigend kijken de zusters ons aan.

Iedereen is inmiddels gearriveerd. Ieder zoekt een stoel maar
vreemd genoeg zwijgen we. De gebondenheid is gebiedend maar
tegelijkertijd bevrijdend. We hoeven zeker niet meer zo nodig te
spreken.

Een zuster schenkt de koffie in. Een ander deelt de koekjes uit.

We genieten, ieder in zijn eigen intimiteit. Hoe mooi denk ik:
niemand zoekt ernaar de regie te voeren over andermans gedachten. Zo vrij voelen we ons op dat moment. De koffie raakt op.

Het afscheid nadert. Daardoor komen de woorden terug. Het
brengt het oude ritme der woorden, de noten van het menselijke
stromen.

Bill en Samuel staan op. Daardoor volgen wij.

'Wij keren terug met de 'El Arca' naar Tabinga,' zegt Bill.

'Ja, onze helikopter wacht daar om ons terug te vliegen naar Bogota en vandaar per lijnvlucht naar de Verenigde Staten.'

'Het worden bijzondere rapporten,' eindigen ze tegelijk. 'Laat het eindelijk iets worden.'

'Waag de sprong, er hangt zo veel vanaf,' zegt Davi hoopvol. 'Zorg goed voor jullie zelf,' voegt hij bezorgd toe.

'Jij ook, makker.'

Eén voor één omhelzen we Davi. We wensen elkaar geluk en beloven contact te houden.

Dan dwingen we ons in de auto van John te stappen, die ons naar het vliegveld zal rijden, waar een vlucht naar Manaus ons wacht. John heeft de tassen er al in gezet.

Ze zwaaien nog eenmaal naar ons.

Zenuwachtig controleer ik mijn papieren en dring aan bij de anderen hetzelfde te doen. Mijn ongeduld raakt het randje van het verdraagzame, zo graag wil ik ineens naar huis. Ik ben een brok verlangen, ik wil Florian en mijn kinderen weer in mijn armen te sluiten, de Hollandse veilige bodem weer onder mijn voeten voelen, en alle misère de rug toekeren.

Langzaam rijdt de auto het pad van het klooster af. Iedereen zwaait nog steeds als ik achterom kijk. Een paar stoere jongens rennen met de auto mee tot we het hek uitrijden.

De hele weg zijn we ademloos stil, ieder is opgegaan in zijn eigen emoties.

Het vliegveld ligt er verlaten bij, het vliegverkeer kent hier geen pieken.

John stopt voor de kleine entreehal en in de verte zie ik een kanjer van een toestel op de piste staan. Hij sjouwt onze bagage. Daniel en Philippe schieten op hem af. Zijn weemoedige houding verraadt dat hij het prettig heeft gevonden, ons gezelschap. Ook hij heeft een stap voorwaarts gemaakt nu het mysterie rond Gregorio's moord is opgelost. De tijd heeft hem, net als mij, naar de waarheid gedwongen. Hij pakt ons één voor één beet en kust ons. Theatraal uiten we opnieuw lof en goede raadgevingen, het ontlaadt een euforische stemming.

'Het gaat jullie goed en alsjeblieft... schrijf ons.'

Maya klopt op haar borst.

'Je zit in ons hart.'

We knikken. Nog eenmaal raken we zijn hand aan dan draaien we onze hoofden om, waarna wij de deur van de hal openen en voorgoed in de andere reizigers opgaan.

Na de ondoorzichtige controles van de Brazilianen zitten we binnen een half uur in het vliegtuig, ik naast Maya en Daniel naast Philippe. De motoren starten en we stijgen moeiteloos op, stevig vastgeklemd in de veiligheidsriemen. Als een vrije vogel, zonder obstakels, de hitte, de vochtigheid, de luchtdruk, zweeft hij al, in zijn natuurlijke stand.

We hangen wat vreemd maar het voelt zalig, die absolute ruimte. Daar ik een plaats aan het raampje heb kunnen bemachtigen zie ik voor de laatste keer San Antonio do Iça. De stad aan het water. De Solimoes kronkelt als een slang, geel van het opgeklopte zand. Ik zie de kade, hij ligt er keurig bij. De 'El Arca' ligt als een klein poppenbootje aangemeerd, klaar om Samuel en Bill terug te varen. Kinderen zijn stipjes en drommen er omheen. Het Spaanse kantoor blinkt in de felle zonneschijn en de huizen verderop verkleinen zich tot minder dan punten en ik nog slechts de groene paraplu van het regenwoud met in het midden het gele rivierwater aanschouw, die zijn natuurlijke weg volgt naar Manaus. Af en toe zie ik een dorpje of een krauw als een teken van leven in deze natuuruitbarsting waar wij geen deel van uitmaken maar toch bijbehoren. In het vliegtuig heerst rust, de andere passagiers slapen of lezen iets zodat ik mij alleen waan. Heerlijk, na het tumult van de afgelopen uren in de onthullende drift der gebeurtenissen vind ik eindelijk sereniteit.

De omslag in mijn denken is groots. De stroom van angsten, die mij voorheen beheersten, de ogen van pijn en liefde, mijn verwarring in mijn gevoel voor liefde, alles krijgt hier in de hoogte zijn plaats. Mijn vege en onzekere lijf, aangetast door de beleefde tijd, is dus gered. Het is zo simpel. Mijn vrienden, zo dicht bij mij, hebben daar deel in.

Even draai ik mijn gezicht om en zie tussen de spleet van de stoelen Daniel en Philippe, dicht tegen elkaar, elk met hun draagbare computer op hun schoot, volop aan het werk.

Dan gluur ik naar Maya, die ook haar computer opent. Zij glimlacht zoals zij altijd doet als alles goed is. Ze ziet me en fluistert, ik moet liplezen.

'Ik moet nog zoveel vastleggen.'

'Ik ook,' articuleer ik zacht terug, ' maar ik doe het wel op de volgende vlucht, de vlucht naar huis.'

Opnieuw tuur ik naar buiten, opgeslokt door het machtige uitzicht op het levende panorama. Ik kan er geen genoeg van krijgen. Na krap een half uur verschijnt een grote pluk op elkaar gepakte huizen en flats.

De Solimoes, nog steeds onder ons, gooit zich hier met hevig geweld in een nieuwe brede arm, de Rio Negro, zwart als zijn naam, om samen verder te gaan als de koninklijke rivier, die wij met alle eerbied de Amazone mogen noemen. Op dat kruispunt heerst de natuur in zijn volle kracht, en de morpho toont zich hier in al haar glorie, op een punt waarin het kolkende geweld zich langzaam door de tijd naar een rustige stroom laat leiden.

Zo ervaar ik mijn nieuwe gedachten, ontdaan van elke woestheid en gedwongen tijd.

Na een landing vol schokken in Manaus krijgen we amper de tijd voor een kop koffie. Het personeel jaagt ons op. Ons vliegtuigje naar Brasilia staat al klaar en wacht op ons.

Weer stijgen we op. Gelukkig gaat het goed. Het kleine toestel maakt rare geluiden. Dit keer zit ik naast Maya maar we spreken amper.

We overbruggen de afstand snel. Op het vliegveld van Brasilia is het een gekrioel van jewelste. Een medewerker loodst ons door de massa via een rollend tapijt. Heel luxe en inventief lijkt het me voor dit land. De Brazilianen verbazen me.

Binnen twee uur bevinden we ons op de lange vlucht naar Parijs, gezeten in comfortabele stoelen van de businessclass, die de krant van Daniel en Philippe voor ons heeft gereserveerd.

Ik zit deze keer naar Philippe. We babbelen wat, lezen, schrijven veel, en slapen tot Parijs. Ik heb geen idee meer welke dag en welk uur het eigenlijk is, het hele patroon bestaat niet meer. Als we landen hoor ik de enthousiaste stem van de piloot: Hier onder u ligt Parijs. Het is tien voor half negen in de ochtend. Het regent en de temperatuur is dertien graden. Ik bibber bij de gedachte. We dragen nog steeds een T-shirt.

'Koud en warm,' Daniel fluistert in mijn oor. Zijn mond rust op mijn rode oor. Hij bijt venijnig in mijn oorlelletje. Hij kijkt zo diep in mijn ogen dat ik opnieuw twijfel maar ik beheers me.

'Ja, we moeten truien uit onze koffers halen anders vatten we vast kou. Maar onze koffers staan in de laadruimten. Het wordt dus wachten tot de bagageband, en we zullen de aankomende verkoudheid erbij moeten nemen,' grap ik.

Hij ontspant zienderogen. Hij weet dat we voorgoed in de voltooid tegenwoordige tijd aangekomen zijn: het is geweest.

Ik sta op en duw hem op mijn plaats. Behendig maak ik morpho-speld op mijn T-shirt los en gesp hem op zijn T-shirt, zijn hoofd pak ik met mijn twee handen vast en zuig mijn lippen op zijn lippen voor de laatste keer vast. Ik bemoei me niet met de toeschouwers, hun afkeuring stelt niets voor. Hij begrijpt alles, ik voel het door onze lijven en hij kust mij op dezelfde wijze terug.

Een stewardess snelt toe en grijpt mij hard beet.

'Mevrouw, we gaan landen, u moet onmiddellijk naar uw plaats en uw veiligheidsriemen vastmaken.'

Ik plof naast Philippe neer, die de hele scène heeft bekeken.

'Het is goed zo, we kunnen voor altijd vrienden blijven.'

Hij antwoordt niet.

De wielen piepen bij het uitslaan, een hevig ronken en schudden volgt, en heel even denk ik sirenes waar te nemen, als onheilbrengers. Een stroef remmen eindigt onze snelheid en parkeren we veilig op de voor ons bestemde gate op Charles de Gaulle in Parijs. We zijn al een beetje thuis.

Parijs

We schieten door de slurf heen. Het personeel kijkt zorgelijk naar ons, waarom ontgaat ons volledig, Parijs wacht op ons.

'We nemen een taxi naar mijn appartement,' zegt Daniel. 'Ik nodig jullie uit voor een afscheidslunch op zijn Frans!'

'Doen we hé.' Philippe likt zijn lippen af.

'Wat krijgen we dan?' giechelt Maya.

'Ja, Daniel, ga jij koken of gaan we ergens iets eten?'

'Koken, dat lijkt mij wat overhaast. Ik heb geen boodschappen in huis.'

'Nee, ik nodig jullie uit. Op mijn kosten, enfin, die van de krant, hoor,' schimpt hij erachteraan, 'bij Polidor, mijn geliefde bistrootje in het zesde arrondissement, waar ik om de hoek woon. Een authentieke uiensoep, geaccompagneerd met een droog wit wijntje, gevolgd door Bretonse schelpen, een goede huisgemaakte mayonaise en donker roggebrood. Ik bied het jullie maar al te graag aan.'

Het magere ontbijt in het vliegtuig heeft ons hongerig gemaakt.

'Het klinkt goed, dus wat mij betreft, schuif ik graag bij jou aan tafel.'

'En Maya, ja toch?'

'Schelpen heb ik nog nooit gegeten.' Haar stem klinkt benauwd. 'Zijn het van die echte, zoals op het strand?'

'Ja,' groot en rond, bruinkleurig.'

'Het lijkt me eng, maar vooruit, waarom niet. Elke eerste keer is moeilijk maar na deze reis moet het makkelijk zijn. Ik doe mee.' Ze duwt haar arm door de mijne terwijl we de eindeloze slurf uitlopen, beiden verlangen we naar de Parijse straten, Daniels appartement en zijn bistro, voordat we echt naar huis gaan waar onze familie op ons wacht.

We kijken vreemd op als een schare van politiemensen ons insluit als ordinaire criminelen. Heel even denk ik dat het een vergissing moet zijn, niet voor ons bestemd, wij die zojuist heelhuids terug zijn uit Colombia en Brazilië, landen van criminaliteit en corruptie, en waar wij het kopje van een etterig zweertje hebben uitgeknepen. Mijn vrienden, klaar met hun verhaal voor de wereld, verwachten eerder een persconferentie of een onthaal van vrienden en collega's dan die dreigende politiemacht.

In een flits zie ik ineens Luis, onze Luis uit Bogota, staan zwaaien, achter de politiemensen in de kriskras door elkaar lopende mensenmenigte.

'Luis, 'Luis,' roep ik nog, terwijl de anderen ook opkijken. Maar nog voor wij erin slagen om met onze handen terug te groeten, zijn we ruw beetgepakt en met zijn vieren tegen de muur geplaatst. Een vrouwelijke politieofficier begint mij te fouilleren en Maya, naast mij, ondergaat hetzelfde.

Ze jubelt.

In rap Frans hoor ik Daniel en Philippe.

'Non, Non,' maar ik zie dat ook zij aan de procedure worden onderworpen.

'U staat onder arrest,' zegt de vrouw tegen mij. Deze zin, hoewel mijn Frans matig is, herhaalt zich nog drie maal zodat de betekenis goed doordringt, en ik begrijp dat het serieus is. Tranen wellen in mijn ogen op door zoveel geweld ineens. Ik verlies mijn gezicht. De vermoeidheid van de reis, de blijdschap eindelijk thuis te komen verdraait zich in een nachtmerrie: een arrestatie. Een paar pijnlijke handboeien kluwen om mijn beide polsen, gekruist op mijn rug. Daniel kijkt mij spijtig aan, Philippe scheldt in het Frans, Maya zoekt mijn blik, de angst in haar ogen spreekt voor zich. Toch voel ik geen oncontroleerbare woede, die kan omslaan in haat, noch veranderen de muren en grond van de zaal in wiebelende gestalten, mijn benen blijven op hun plaats, zelfs mijn fiebers in mijn rug laten me met rust. Ik ben overtuigd van een misverstand dat zich snel zal oplossen.

Twee politiefunctionarissen vertrekken met Philippe en Daniel terwijl wij ongelukkig afwachten op wat gaat gebeuren.

'Volgt u ons.'

Gedwee volgen we. We zien een bordje met 'bureau' erop, en ik ben in de veronderstelling dat wij daar worden herenigd met onze vrienden. Zachtjes fluister ik mijn idee.

'Maya, we komen hier toch gewoon uit. Daniel en Philippe moeten er al zijn. '

'St..'

De politieagenten duwen ons hard en leggen gebiedend hun vinger op hun mond. Daarmee weten we genoeg.

De agente slaat de deur van het bureau open. Het bureau is leeg. Als wij Daniel en Philippe niet zien raakt Maya in paniek. Hevig gesticuleert zij met haar handen en probeert het in het Frans:

'Onze vrienden, Philippe et Daniel, waar zijn ze?'

Een antwoord blijft uit. De agenten kijken ons minachtend aan. Ze bekommeren zich er niet om.

Ik zeg niets. Ik verroer niet. Verslagen sta ik daar.

Ze wijzen ons een stoel aan waar wij moeilijk plaatsnemen onder hun aanhoudende blik van ongeïnteresseerdheid. De telefoon gaat. De agente spreekt hard, er kwettert een stem door de hoorn terug. Zij geeft de telefoon aan haar collega. Die legt snel neer. Daarop lopen ze het kantoor uit. Wij worden achtergelaten op onze stoelen zonder uitleg.

'Wat is dit?,' zegt Maya. 'Moeten we hier blijven?'

We geloven onze ogen niet, zo bizar schijnt het ons.

'Maya, we zitten in de val. Wat kunnen we doen? Zit die deur op slot?' zeg ik alleen maar. Opstaan durf ik niet.

'Ik weet het niet, Eliza.' Ze kreunt terwijl de tranen over haar rode wangen biggelen; ze vallen op de grond waar ze vlekken op het linoleum maken.

Ik probeer na te denken over onze mogelijkheden.

'De ambassade, we moeten de ambassade waarschuwen, we zijn tenslotte Nederlandse staatsburgers. Het is toch ons recht contact op te nemen met een officiële instantie zodat wij ons in onze eigen taal kunnen uitdrukken en alles kunnen uitleggen. We hebben niets misdaan.' Ik herhaal mijn zin alsmaar.

Maya blijft huilen. Eindelijk reageert ze.

'Je hebt gelijk, we moeten onze rechten opeisen maar hoe, ze begrijpen geen snars van wat we zeggen.'

Verschrikt kijken we op als de deur beweegt. Een gestalte. Als in een reddend visioen staren we in de ogen van Luis, die door een kier naar binnen loert. Dan duwt hij de deur iets verder open. Zijn wijsvinger schuift op zijn mond. Wij zwijgen vanzelf door zijn verschijning in dit hol van de leeuw. Na een korte inspectie opent hij deur wagenwijd en zegt ons met zijn typische Spaanse accent:

'Snel dames, het is hier niet goed voor jullie. Volg Luis.'

'Luis,' zegt Maya, lyrisch van hoop en liefde. 'Luis.'

Ik zie dat ze hem wil vastpakken maar haar gebonden handen verhinderen het gelukkig.

'Er is geen tijd voor onzin,' zegt hij vastberaden. 'Kom op.'

Nog voordat we over onze handelingen kunnen nadenken verdwijnen we achter hem aan, door de deur en komen we in de grote hal van het vliegveld. Ik schuif mijn geboeide handen onder mijn t-shirt en ik zie Maya hetzelfde doen. We schuiven langs de bagagebanden, gaan zelfs onder een plastic poortdeur het bagageruim in. Niemand let op ons.

Dan grijpt Louis ons allebei beet en tilt ons in een transportwagentje dat daar nonchalant staat.

'Naar de bodem,' sist hij.

Snakkend naar adem liggen wij zachtjes te hijgen, deuren slaan en het karretje schijnt af en toe over hobbels heen te moeten worden getrokken, als wij al weer zijn stem horen:

'Kom er maar uit, de tocht is ten einde.'

Dit moest een flauwe grap zijn denk ik terwijl Maya en ik onze hoofden uit het karretje steken. We zien de grote parkeerplaats van het vliegveld, volgestouwd met auto's.

'Dames, dit is mijn auto,' terwijl hij een oude Peugeot 306 aanwijst. 'Mag ik jullie een lift naar Holland aanbieden.'

'Naar Holland,' zeggen we argwanend.

'Luis,' zegt Maya nu. 'Luis, wat heeft dit te betekenen? Dit is vluchten. We moeten terugkeren naar de politie. Het kan nooit goed gaan. We krijgen de grootste problemen.' Ze begint opnieuw te huilen. Zo hard dat ik haar met mijn voet schop en met een grimas duidelijk maak dit niet te doen. Zij ziet mijn zorgenworm.

Luis opent de portier en duwt ons achteloos op de achterbank van de auto terwijl hij ervan profiteert Maya in haar nek te zoenen.

'Maak je geen zorgen. Onze baas van het Franse AFP is al op het vliegveld gearriveerd en gaat deze zaak zeer snel regelen; die hufters van de Franse geheime dienst denken alles te mogen maar gelukkig hebben zij zich vergist. Persvrijheid is een hoog goed in Frankrijk, iets waar je niet aan moet komen en in het geval van Daniel en Philippe: er zijn doden gevallen maar niet aan de Franse kant en daarmee hebben we het gedonder kunnen stoppen.'

Hij pakt een sleuteltje uit zijn zak en maakt de handboeien los. Onze polsen zijn rood geschuurd en pijnlijk.

'Ik heb gevraagd of ik jullie mee mocht nemen met handboeien en al om de spanning er nog even in te houden. De lollige broeken gaven me zo maar het sleuteltje!'

Boos buigt Maya naar voren en stompt Louis, al achter het stuur, hard op zijn armen.

'Rotzak die je er bent, je hebt ons hartkloppingen bezorgd. Hoe kun je?'

'Toen ik je gezicht om de hoek van het kantoortje stak, leek het een wonder, het wonder van de morpho,' zeg ik lyrisch. Mijn hand zoekt naar de speld. Nee, ik ben hem kwijt, weggegeven aan Daniel. Een kinderachtig bijgeloof doorboort mij: ik hoop mijn nieuwe krachten niet weer te verliezen. Meteen zweer ik het absurde idee af.

'En Daniel en Philippe?' vraag ik zorgelijk.

'Ach, zij zullen nog wel de hele dag zoet zijn om door een officiële verklaring heen te komen, waarna ook zij naar huis kunnen. Kom ik rijd jullie naar huis, het is gelukkig nog vroeg zodat ik wel even op en neer kan op zo'n toeristisch uitstapje. De stad Parijs bevalt me prima, veel moderner dan Bogota en ben zo benieuwd waar jullie vandaan komen.'

Maya grijpt hem bij de arm.

'Oké, je mag ons terugrijden.' Zij slikt diep. 'De sleutel van de onzichtbare liefde ligt in ons verborgen, en wij bezitten die sleutel maar het is verboden hem te openen, begrijp je, ik heb een gezin daar in Holland.'

Hij zoekt in haar ogen, een bedroevend beeld. Dan zucht hij.

'Ik respecteer dat Maya, maak je niet druk, ik ben gewend een verliezer te zijn.'

Even zie ik Maya twijfelen zoals ook ik het telkens ervaar en ik vrees het ergste. Haar ogen zoeken me, ogen, die alles verraden: onze liefdes zijn verbonden maar moeten onzichtbaar blijven. Het is de onomstotelijke voorwaarde, hoe zwaar ook. We lijken nog steeds bang, klein maar opgelucht.

De auto draait de parkeerplaats af. De weg is vol en we volgen de aangegeven richting Lille.

Al snel bereiken we de autoweg die lekker breed is zodat Luis gelijk vaart zet. Dikke regendruppels slaan ineens naar beneden, het vlakke groene landschap met lelijke industriële hangars ziet er niet uitnodigend uit. De weg eist Luis zijn aandacht op en hij gooit zijn ruitenwissers aan, die regelmatig tikken. De druppels glijden stroef, vettige vlekken hinderen het zicht. Luis strijdt.

Maya en ik pakken elkaars handen en strekken ons vermoeid uit op de achterbank van de auto, allerlei vragen spoken nog door onze hoofden, heel even maar en dan vallen we als uitgeputte baby's in een diepe slaap.

Het verhaal van Luis

Op de ringweg van Antwerpen schieten we wakker. Luis gluurt amusant naar ons door zijn achteruitkijkspiegel. We rekken, gapen nog eens voordat we ons omhoogtrekken en ons oriënteren. Louis probeert ons aan te spreken.

'Uitgerust, dames?' Via de spiegel kijken we elkaar aan.

'Een beetje hoofdpijn,' zeg ik gelaten.

'Het gaat,' zegt Maya, niet aangetast door lichamelijke hinder.

'Welke kant is Holland nu?' zegt Luis. 'Ik heb op goed geluk gereden maar ik raak de weg kwijt.'

We passeren een groot blauw bord waar Breda levensgroot opstaat.

'Breda moet je volgen, dat ligt net over de grens in Holland.'

'Redaaa.' Luis probeert de naam uit te spreken doch zijn Spaanse accent maakt het onverstaanbaar. Tot zijn ergenis lachen we erom; hij volhardt door te blijven oefenen. Een paar honderd meter verder verschijnt op een bord de aanduiding Antwerpen-Centrum.

'Endervurpeen.' Luis probeert dit keer Antwerpen, door zijn mond nog erger vervormt.

Ik denk aan Noelie.

'Is dat ook al Holland,' vraagt hij onschuldig in zijn weten.

'Nee, het is nog steeds België, het land tussen Frankrijk en Holland.

'Daar heb ik nog nooit van gehoord,' zegt hij weer in alle onschuld. 'Ik heb honger,' zegt hij terwijl hij zijn horloge aan de pols omhoog houdt. 'Kunnen we niet iets gaan eten.'

Ik kijk op mijn horloge. Het geeft twaalf uur aan, etenstijd, hoewel ik van de opwinding uit mijn ritme lijk te zijn gerukt.

'Ja, we zijn toch bijna thuis en dat extra uurtje kan ons niets meer schelen hoor, nietwaar Eliza? Laten we Antwerpen inrijden en daar een lunch gebruiken,' suggereert zij slim. Ze wil nog bij hem blijven, vermoed ik.

'Euh...' Voordat ik antwoord zoek ik de boodschappen van mijn draagbare telefoon af, op zoek naar berichten. Een bericht van Florian, gezonden vroeg in de ochtend: Alles oké? Hoe laat ben je thuis, ik kan niet meer wachten! Een schok van liefde slaat door mij heen. Kan ik Florian onder ogen komen, zal hij mij veranderd vinden? Maya gluurt over mijn schouder mee naar mijn bericht. Zij pakt haar telefoon. En ik kijk bij haar. Eenzelfde bericht staat in haar brievenbus. En ze vertoont dezelfde perikelen als ik. Ik zie het haar denken. Onze mannen moeten elkaar hebben opgebeld en wachten vol ongeduld op onze terugkomst. Had ik de morpho-speld nog maar, dat veilige gevoel ontglipt me. Maya legt haar hand op mijn dij, en de warmte brengt mij terug naar de Solimoes, de warmte, en de stilte op het water.

Luis wacht nog steeds op antwoord.

De lange betonnen rijbanen, kriskras door elkaar, de hoge kille flatgebouwen, in grijs beton, de stalen opslagplaatsen, zonder verwarmende vegetatie, vergrijst door de vallende regen, geven mij heimwee naar die bijzondere ervaring.

Het moet kort zijn, *de tijd dwingt*, als ik het gezicht van de vrouw door de regendruppels op de autoruit zie. Haar ogen, eerst ogen van pijn en liefde, waar het bloed licht stollend uitdruipt, drogen op tot de stralendste ogen, die ik ooit heb gezien. Ze lachen zo vriendelijk, zo vertrouwd, dat ik het tintelende hoogtepunt van het fijnste moment, tot nu toe door mij gekend, opnieuw door mij heen voel komen. Ik heb de speld van de morpho niet meer maar ik heb haar, voorgoed, dringt het tot mij door. Zij staat boven iedereen. En weer zie ik de glimlach en haar lippen bewegen langzaam en duidelijk. Noelies wereld, ik lees haar lippen, zonder moeite: 'Je man, je Daniel, je Maya, je Luis. Zie hen, wees niet bang, scheidt hen niet in vakjes maar herenig, in de meest hoogste vorm van liefde. De liefde zonder zelfzucht. Keer naar hen terug, wees u zelf, zonder vrees.'

Als ik mijn gezicht iets draai zie ik Maya naar hetzelfde punt staren, die paar seconden, en ik weet dat ook zij de lippen heeft gelezen.

'We moeten even bellen naar onze wederhelften,' spreekt zij openhartig, en keert de ruit de rug toe. 'Luis, blijf de borden Centrum volgen.' Ze draait het telefoonnummer.

'Hallo Dede, oh eindelijk spreek ik je. Ja. We zijn op de terug-weg. Ja, Ja, ik verlang ook naar jou. We gaan nog even lunchen in Antwerpen met Luis, onze vriend en redder uit Bogota, hij heeft ons nog veel te vertellen, want hij heeft moeten vluchten uit Colombia. Ja, ik ook, maar het is zo'n lang verhaal, daar hebben we avonden voor nodig. Ik ook, schat,' eindigt ze lief. 'Tot straks.'

Luis kan haar niet verstaan maar hij lijkt blij voor haar want zijn gezicht lacht. Heeft hij ook het gezicht van de vrouw gezien, vraag ik mij af. Mij rest mijn nummer te draaien:

'Hallo, Florian....' Zijn stem, zo lang niet gehoord. Even stotter ik. 'O, oh, eindellijk,' ik herstel me, 'spreek ik je. Ja. We zijn op de terugweg. Ja, ja, ik verlang ook naar jou. We gaan nog lunchen met Luis, onze vriend en redder uit Bogota, hij heeft ons nog veel te vertellen want hij heeft moeten vluchten uit Colombia. Ja, ik ook, maar het is zo'n lang verhaal, daar hebben we avonden voor nodig. Ik ook, schat. Tot straks.'

Is deze tijd onze tijd? Stiekem knijp ik mezelf en het doet pijn.

Luis rijdt de auto handig het drukke centrum van Antwerpen in. Zijn ervaring in het drukke en chaotische Bogota helpt hem over-duidelijk, hij draait razendsnel, toetert waar nodig, en niemand kan hem uit zijn baan wegdrukken.

Maya geeft de aanwijzingen.

Hij rijdt langs de Onze-lieve-vrouwekathedraal, richting de Grote Markt op zoek naar een parkeergarage.

Ik kijk naar deze schone stad waar Noelie verwekt is, en tranen van ontroering schieten in mijn ogen. De ontmoeting met haar en Dolores beweegt door mijn gedachten. Diegene, die het niet wil geloven kan er nooit onderuit, zo is het mij overkomen. Mensen komen op een gegeven moment in hun leven bij elkaar. Het spel van het toeval, het goede toeval, Eugenio's woorden. En zo verzoen ik mij met het wonderlijke.

Tien minuten later stappen we uit in een parkeergarage en lopen de Grote Markt op.

Louis kijkt zijn ogen uit, hij wijst naar de imposante Gildehuizen met zijn veelzijdige gevels, en smeekt om uitleg. We slenteren langs de huizen terwijl ik uitbundig begin te vertellen:

'De Antwerpenaars noemt men ook sinjoren, van het Spaanse woord senor.' Dat spreekt Luis feilloos uit in zijn Spaanse klanken. Tachtig jaar overheersten de Spanjaarden het noorden; het is een overblijfsel uit die oorlogstijd. Wie weet zijn we misschien wel familie van elkaar, jij met je Spaanse voorouders, en wij met de achtergebleven bastaards verwekt door de loslopende soldaten in die lange jaren.' Louis schatert het uit. Maya blijft niet achter. Gemoedelijk slaat hij zijn armen om onze schouders als het verloren familielid.

'Wat een rijkdom, die huizen.'

'Antwerpen is een heel oude stad, de Romeinen waren hier al. Het ligt aan het water, hun rivier de Schelde, en die opening naar zee heeft de stad en zijn inwoners alles gebracht. Deze huizen dateren uit de zestiende eeuw, hun gouden eeuw, de tijd van de beroemde schilder Rubens, een Vlaamse barokmeester. En dan is er de diamantindustrie die hen destijds het financiële centrum van de wereld maakte, de getuigen van het herenleven hier: hoofs en zelfbewust. Het was het New York van nu.'

'Fascinerend, het is spijtig dat ik niet meer tijd heb deze schoonheden te bezoeken, misschien later. Mijn verblijf in Europa zal waarschijnlijk van lange duur zijn.'

Je ziet de sporen, hij lijdt vanwege zijn overhaaste vertrek uit Colombia en die verplichte verbanning graven de rimpels nog dieper in zijn gelaatstrekken.

'Deze brasserie zie ik wel zitten,' probeer ik om de stemming niet te verpesten, alles is al moeilijk genoeg. De houten en uitnodigende vitrine, afgewerkt met een grote in het glas verwerkte foto van de brasserie in vroeger tijden, verandert gelukkig zijn gedachten.

'Ja, laten we hier iets gaan eten, ik heb het hard nodig.'

We stappen naar binnen en zoeken een tafeltje in het chique barokke decor op, enigszins afgezonderd, onze intimiteit zoekend, klaar voor het verhaal van Luis. Een toegesnelde ober raadt ons zijn mosselen en huisgemaakte frites aan, waarin wij gretig toestemmen. Heel even verlang ik naar Parijs, de uiensoep en schelpen, die Daniel ons zo graag had laten proeven, en ik mis hem. Gelijk doemt het gezicht van de vrouw in mij op. Niet meer scheiden maar bij elkaar houden. Deze mannen zijn mijn nieuwe familie, zo simpel moet ik denken.

Maya's liefde voor Luis flakkert hevig, en Luis, dwarrelt in dezelfde gevoelens. En toch zie ik de verandering: we plaatsen het al minder in vakjes, nee het wordt een verweven vak, het groeit tot een bij elkaar horend geheel, eenvoudig zonder nog verdere eisen. De junkies van de tijd, de schoonheid en drang naar bezittende liefde, zijn we niet meer. *Een nieuwe tijd is aangebroken.*

De ober komt aanstormen met ons menu. Genietend in deze toestand kijk ik naar onze mosselen en frites, opgediend in blinkende pannen.

Luis wacht geen tel, pakt zijn bestek en schrokt de eerste frieten naar binnen, hij heeft echt honger. Wij eten langzaam. Zodra de borden leeg zijn grist de ober ze van de tafel.

'Koffie,' roept hij erbij.

'Ja,' en we wachten op de koffie. Als hij weer komt aangesneld met de koppen maakt de koffiegeur mij gelukkig. Ik verlang naar mijn café in Den Haag.

'Ik ben blij dat jullie zo goed zijn weggekomen. Hoe is het jullie daar in Brazilië eigenlijk vergaan?' vraagt Luis. Hij rekt zich uit en gaapt ongegeneerd. Niets zal hem verbazen of toch...?

'Ene Samuel, een geheim agent, medewerker van de Verenigde Naties en piloot, heeft ons samen met Bill, werkend voor het Rode Kruis in een helikopter naar Brazilië gevlogen, waar wij in een klooster en indianendorp terecht zijn gekomen,' zeg ik om het kort te houden. 'Het toeval heeft ons allemaal onze antwoorden doen vinden.'

Zijn mond opent zich hoewel er geen geluid uitkomt.

'Mario is de moordenaar.'

Verlegen kijken zijn diepbruine ogen mij aan.

'Hij heeft een priester en een boerenechtpaar, indianen, uit een dorp bij San Antonio do Iça in Brazilië vermoord. En wie weet wat nog meer. Zijn drugsverslaving was zijn motief.' Ik praat op één en dezelfde toon. Ik voel me net een rechter die zijn rapport, opgemaakt uit de feiten, voorleest.

Luis kleurt rood. Hij wiebelt zijn neus van links naar recht.

'Daniel en Philippe ontdekten dat de Franse geheime dienst erbij betrokken was. Zij moesten daar in de buurt een Franse gijzelaar bevrijden.'

Zijn ogen sperren zich hoe langer meer open.

'Mario, is alleen in het gebied gekomen voor zijn drugs. Hij liet een priester, luisterend naar de naam Gregorio, indianen ronselen als gidsen, en zij dienden als afleidingsmanoeuvre voor de Franse actie, maar uiteindelijk bleek het een ordinaire leugen te zijn. Mario heeft de Fransen gebruikt en zij keerden zonder buit terug wat bijna een diplomatiek oorlog tussen Frankrijk, Brazilië en Colombia veroorzaakte. Het is met een sisser afgelopen. Mario werkte samen met Karina, een strijdster van de FARC en zij waren tot alles in staat om hun drugs te bemachtigen.'

Luis lijkt ineens zeer nerveus.

'De corrupte Mario had zich bij het klooster gemeld als bemiddelaar tussen de guerrilla en de Fransen. Ze zochten een dekmantel voor hun handel. De opdracht heeft moeten lopen via die Karina, een hoge piet bij de guerrilla. Zij heeft de Franse autoriteiten verleid tot actie in deze gesimuleerde vrijlating. Haar echte doel betrof drugs uit het indianendorp. En Mario, opgehitst door zijn behoefde aan een dosis, speelde haar spelletje maar al te graag mee. Maar het liep het uit de hand. Karina heeft Mario naar voren geschoven als pion. De guerrilla bevrijdt nooit zomaar iemand. Dat is een pure fabel.'

Ik wil verder vertellen.

'Jullie zijn dus op de hoogte,' zegt hij somber. Er staat schuld in zijn ogen.

Maya keert haar ogen af, zij is in de war.

'Ik wist dat Mario en Karina contacten onderhielden. Haar wandaden waren mij bekend maar dat Mario verkrachtte en moordde is nieuw voor me.'

'Hoe heb je die Mario eigenlijk leren kennen.' Maya grijpt zijn hand maar hij houdt zijn gezicht afzijdig.

'Tijdens een interview voor een Colombiaans tijdschrift. Hij was een echte heer, goed op de hoogte van de stand van zaken, iemand die je volledig in vertrouwen neemt, een vaderfiguur. Hij ontving mij in zijn residentie, op zijn gemak en in die ontspannen sfeer ontsnapte ik niet aan het gebruik van opium, al snel door hem aangeboden. Samen begonnen we te roken, openden we onze geesten, boomden als hoogstaande wezens over mijn geliefde vaderland Colombia en de guerrilla. Hij wist onzettend veel van de tegenpartij, zaken die mij van pas konden komen bij mijn werk. Onze ontmoetingen kregen regelmaat, en mijn drugsgebruik ook, het werd steeds gemakkelijker en ik werd steeds afhankelijker.'

Even stopt hij, en kijkt scheef naar Maya, naar haar reactie.

Zij blijft hem liefdevol aankijken, onpartijdig, ze heeft haar liefde op de juiste plek gekregen.

Wat grotesk denk ik.

'Ga verder,' zegt Maya alleen maar.

'Mario vertelde mij over 21ste augustus van het jaar 2000, toen Colombia voor de eerste keer kennismaakte met Karina.

'Die dag, zo waren zijn woorden, verscheen zij, met robuust gezicht, goed gekapt, en haar dikke bril, de staat trotserend, aan het hoofd van tweehonderd gewapende guerrilla's en een paar honderd boeren, op het grote plein van Narino, in het Noordwesten van het land. Zij stond daar voor de aangetreden journalisten uit de regio en lanceerde een nieuwe partij: de MBNC, een Boliviaanse beweging voor een nieuw Colombia, een nieuw onderdeel van de FARC. Zij nam de leiding. Karina had het lef op die dag de eerste vrouwelijke commandant te zijn die zich die luxe kon veroorloven, en dat buiten de destijds gedemilitariseerde zone, dienend voor onderhandeling, en ingesteld door de toen gekozen president Andrés Pastrana. (De onderhandelingen werden gestaakt in februari 2002 en de zone opgeheven). Weinig mensen wisten die dag dat Karina promotie had gekregen waardoor zij commandant van het 47ste front was geworden, een beloning na dertig jaar trouwe dienst. De journalisten stonden daar, en ik in mijn functie van generaal ook, te midden van de overblijfselen van een verwoeste politiepost, die haar soldaten een paar dagen eerder hadden aangevallen, waarbij negen militairen gedood en acht personen gekidnapt werden. Als generaal over mijn manschappen, in strijd tegen de FARC, moest ik haar eigenlijk gevangennemen maar van hogerhand had ik opdracht gekregen haar toespraak te analyseren om te ontdekken wat haar echte bedoelingen waren. Karina had in haar voordracht aangedrongen op een consolidatie van de politieke beweging en zo vooruitgang te boeken naar nieuwe onderhandelingen. We geloofden haar op dat moment. Als eerste schudde ik haar de hand, als een nieuwe partner. We trokken ons terug in een jeep om besprekingen te voeren over een eventuele bevrijding van gijzelaars in ruil voor een vrij gebied. Het gesprek leek zich goed te ontwikkelen, en de sterke zwarte vrouw die zij was, maakte indruk op me. Zij bleek een geboren strateeg, die de vijand met ijzeren vuist en koelbloedig te lijf ging, en al snel bespraken we de strijd tegen de ultrarechts paramilitaire groepen, die in oorlog waren met de FARC en ons. We besloten hen samen te gaan bestrijden. Ik dacht niet eens meer aan mijn hiërarchie, de strijd was voor mij mijn ultieme levensdoel om de rust te laten terugkeren in mijn land, en daarbij vond ik dat alles moest kunnen. In het geheim ontmoetten wij elkaar, en zij kon toegang maken tot een schatkist: de drugshandel.

Hij trok nog eens goed aan zijn opiumpijp, en ik deed niet anders. Drugs, hij kon het in orde krijgen. Ik voelde me gelukkig toen hij zo vertelde, onze geesten en spieren losgelaten in de extase van het product. Niets kon mij meer schelen, dit moest ik vasthouden, dacht ik toen, die man wordt mijn gratis leverancier en ik weet nog hoe ik hem naar de mond praatte. Karina haalde alle persberichten, ik herinner me het goed hoe we op het AFP de vuiligheden van haar daden belichtten, terwijl ik wist dat Mario met haar samenwerkte. Ik was corrupt, gelijk aan de anderen.'

Een traan glijdt uit één oog langzaam over zijn wang, niet van het plotselinge aangestoken licht, maar ellende en spijt. In zijn ellende kronkelt Maya en ik ben hevig verrast hoe diep de geheimen van mensen altijd weer zijn. Bij die eerste ontmoeting bij het vliegveld was mijn intuïtie juist geweest.

'En nu, ben je vrij van drugs?' vraagt Maya bedrukt. Hij pakt een pakje sigaretten uit zijn zak.

'Ja, de harde drugs, ja, de Fransen behandelen me, ik meen het echt. Hij zoekt in zijn jaszak en haalt er een pakje sigaretten uit.

Dan ziet hij het bordje met het verbod.

'Ik ga even naar buiten, een sigaretje roken,' en weg is hij.

Samen zitten wij daar.

'Hij wist van Karina, Maya,' zeg ik.

'Ja, hij heeft het me niet verteld. Maar,' ze is fel, 'hij kon niet weten dat Mario het echtpaar heeft vermoord? Wel dan.'

Zij verdedigt hem voordat ik verder aanval.

'Hij is niet verantwoordelijk. Hij is verslaafd. Maar hij laat zich behandelen.'

Ik knik. We zwijgen, ieder in zijn gedachten.

Luis schuift opnieuw aan, opgelucht door zijn sigaret en de frisse lucht.

Ik wacht tot hij zit.

'Je moet het toch vreemd hebben gevonden toen wij vieren allerlei elementen verkondigden die je eigenlijk geheim wilde houden?'

'Ja, ik wilde alleen wegzinken in mijn oude levensstijl, tot jij, mijn liefste Maya, die andere duivel in mij losmaakte, een nieuwe duivel die met mijn oude duivel moest gaan vechten.' Hij strijkt over haar haren. Jij hebt mij kracht gegeven. Zij strijkt over zijn haren.

'Op de Solimoes hebben Eliza en ik de morpho, de eeuwige vlinder, die over het oerwoud heerst, leren kennen. Zij heeft ons geleerd dat de tijd ons dwingt niets meer te scheiden maar bij elkaar te houden. Als je die kracht adopteert, red je het en kunnen we onze onzichtbare liefde voorgoed zichtbaar maken. Alles is gelukkig voorbij.'

Ze maakt er een einde aan.

Hij straalt ineens een gloed uit, die er voorheen niet was.

'En hoe ben je aan Mario ontkomen?' De vraag komt in mij op.

'Ik ben naar de entreehal van het hotel gegaan, waar ik Mario als een briesende leeuw tussen zijn soldaten aantrof. Hij ondervroeg de receptioniste aan de balie ruw en onhandig, die van niets wist.

Mijn plotseling opduiken toverde zijn boze uitdrukking in zijn fraaie glimlach en nog hoor ik zijn oplevende stem:

'Luis, eindelijk, waar zijn die journalisten, die zo betweterig hun neus in zaken wilden steken die hen niet aangingen?' De soldaten en receptioniste lonkten vreemd naar mij. Ik begreep de ernst van mijn situatie. Mijn leven, letterlijk en figuurlijk, stond op het spel en toch zei ik wat ik niet voor mogelijk hield.

'Die journalisten zijn vertrokken, ver weg, en ik heb ze niet tegengehouden. Ik ben daar heel gelukkig mee. *De tijd dwingt* voor Colombia.'

Mario's blik verstarde tot de kilte die zijn ogen in hem droegen. Hij brulde van ongenoegen:

'Je zult vanaf nu een eenzaam man zijn.' Hij draaide zich om, wenkte zijn mannen en vertrok, en daarin had hij gelijk. Ik ben een eenzame man.'

Maya's handen strekken zich opnieuw naar hem uit, en troostend streelt zij zijn wang.

'En toen?' zeg ik. Ik wil meer.

'Samen met de receptioniste bleven we ontreddered achter. Zij huilde van de spanning, stamelde:

'Wie is die bruut, die zo onbeschoft onze gasten terroriseert?'

'Het is een generaal van ons leger,' zei ik. 'Hij is gevaarlijk.' Zij huilde nog harder. 'Ik zal mijn baan verliezen,' zei ze angstig.

Ik kon haar niet geruststellen. Ik wist maar al te goed dat mijn eigen toekomst er niet rooskleurig uitzag. Ik liet haar in haar ellendige denken achter, en ging terug naar mijn huis. Het lichtje van mijn antwoordapparaat flikkerde. Ik luisterde naar de boodschap. De zin waar ik op wachtte stond erop. 'Hier is je baas van het AFP, kom zo snel mogelijk met je belangrijkste spullen naar het vliegveld. Ik heb een ticket voor Parijs geregeld, je vertrekt onmiddellijk.'

Ik begreep dat Mario zijn werk had gedaan: hij moest mij eruit hebben, en dat ik nog van geluk kon spreken dat ik mocht gaan.

De invloed van mijn baas, op goede voet met de Franse Ambassade en mijn Franse collega's, o.a. Daniel en Philippe, heeft mij geholpen.

Op het vliegveld ontmoette ik mijn baas. Hij hielp me maar zijn trieste blik zei genoeg.

'Denk erom,' zei hij, 'je gaat als Franse correspondent werken. Ik weet genoeg viezigheid om je hieruit te helpen. De voorwaarde is dat je zwijgt over het verleden en alleen nog schrijft over het heden!'

Wat kon ik doen? 'Oké,' was alles wat ik antwoordde.

'En geen drugs meer. Laat je door Fransen behandelen!' voegde hij nog aan toe, 'Anders kan ook ik je niet meer redden.'

'Oké,' zei ik weer.

Ik stapte op de vlucht, en in mijn stoel haalde ik jouw foto, Maya, die Philippe van je heeft gemaakt, uit mijn portefeuille. Hij trekt hem uit zijn binnenzak. Maya staat er prachtig op. Lang keek ik naar je gezicht tot je veranderde in een levendige blauwe vlinder, gracieus vliegend over de oneindige binnenlanden van de jungle. En ik vloog mee, voelde het leven op een andere manier.' Hij kust Maya en mij op onze voorhoofden. 'Ik ben blij dat jullie goed thuisgekomen zijn.'

Maya rilt.

'Laten we naar huis gaan.'

We betalen de rekening en keren terug naar de auto.

Daniel belt ons

Luis heeft de richting Breda goed in zijn geheugen gezet. Zonder horten of stoten rijdt hij de stad Antwerpen uit.

Maya en ik, achterin, kijken rustig naar buiten, zonder dat het drukke verkeer ons hindert, en niemand heeft behoefte tot spreken.

Het regent weer, zachtjes, en de groene polders, aan weerszijden van de weg liggen er troosteloos bij, wachtend op vrolijkere tijden.

Luis zet de radio aan en zoekt naar een melodietje, ééntje die hij niet kan vinden want hij blijft wisselen. Een beltoon, de prelude van Bach, onderbreekt het net gevonden jazzmelodietje, vrij in zijn compositie. Ik schrik ervan. Het is mijn telefoon.

'Hallo, met Eliza.' Ik wacht en denk aan Florian.

De stem, vermoeid maar opgewekt, zegt mijn naam met dezelfde velours intonatie, waar ik zo gek op ben.

'Eliza, ik ben het Daniel, ze hebben ons laten gaan.'

'Oh, hallo, dus jullie zijn vrij.'

'Het is Daniel, ze zijn vrij,' herhaal ik hardop, zodat ik de vragende blikken van Luis en Maya beantwoord. Een zucht van opluchting schiet uit hun monden. Ik spreek ongestoord verder: 'Gelukkig, het is goed afgelopen. En Philippe?'

'Hij ook,' herhaal ik hardop. Die twee kijken door me heen.

'We zitten in de auto, Luis rijdt en wij naderen de Nederlandse grens. Luis heeft ons uit onze arrestatie bevrijd. Ben je op de hoogte?' Daniel schraapt zijn keel, het lijkt een verkoudheid.

'We werden beschuldigd van inmenging in staatszaken. De geheime dienst had het bevel gegeven. Opnieuw hebben ze hun vingers verbrand. Geloof mij maar dat onze artikelen koppen zullen doen rollen. Ze hebben onze aantekeningen en Philippes foto's willen afnemen, om hun misplaatste informatie die wij nu kennen, met moorden tot gevolg, in de doofpot te stoppen. Toen zij in onze aantekeningen lazen, ontdekten ze dat we op de hoogte zijn van hun slecht georganiseerde actie in Brazilië en dat ze zelf zijn gebruikt.' Het klinkt spottend. 'Ze dachten een goede beurt te maken. Onze chef heeft hen verrot gescholden. Je had het moeten horen. 'Hoe ze het in hun hoofd haalden journalisten aan te houden, op zoek naar de waarheid in een vrij land, waar de vrijheid van pers en het woord zo hoog staat aangeschreven.'

Nadat hij had gedreigd het buitenland op de hoogte te brengen bonden zij in en lieten ons gaan. Die lui smeekten ons niet te overdrijven. Ze hebben toch wel lef. Met pruilende mondjes gaven ze onze foto's en stukken terug. Geloof mij maar dat ze vannacht niet goed slapen. We hebben hun macht uit handen genomen.

Morgen gaan we direct aan het werk, we zullen het verhaal in geuren en kleuren aanbieden. We hebben al een aanbieding van een groot tijdschrift, in exclusiviteit. Ze zullen gaan begrijpen dat vieze zaakjes meestal tot niets leiden, slechts tot de waarheid. Er is tenslotte geen gijzelaar vrijgekomen, Colombia is nog steeds verstikt in hun guerrillastrijd en de Braziliaanse indianen zitten nog steeds gegijzeld in hun reservaten, zonder toekomst. *Eigenlijk is alles daar nu door de tijd gegijzeld, omdat het absurde in de mens het niet toelaat de tijd te bevrijden.*'

Nog voordat ik reageer voegt hij toe: 'Als ik nog geen filosoof was ben ik het nu wel geworden.'

'Daniel, laat je artikel zo spreken dat er iets verandert. Hoop is het laatste wat onze vrienden koesteren. We zijn het de gijzelaars verschuldigd. En dan denk ik ook aan Davi en John. En geloof mij dat Maya ook een openbaring zal voortbrengen.'

Maya knikt alsof zij het gesprek letterlijk heeft gehoord.

'In ieder geval ben ik blij dat het goed is afgelopen. Wat zijn we geschrokken. En ik had zo graag die uiensoep en schelpen geproefd,' zeg ik verlangend. Een stilte valt en ik hoor het jazzmelodietje op de radio nog galmen.

'Ik ook. We zullen het moeten overdoen,' zegt hij.

'Ja, zonder meer.'

'Zeg tegen Luis dat hij vanavond nog op de redactie wordt verwacht. Dat zal ik doen.' Dan breekt hij af.

Maya hangt aan mijn lippen. Luis neuriet mee met de song.

'En?' zegt hij.

'Die haviken, die hun woorden wilden verstommen, hebben hen moeten laten gaan. 'Toen jullie baas,' richt ik mij tot Luis, 'dreigde het buitenland te informeren op welke wijze zij de persvrijheid verkrachtten, bonden zij in en konden niet anders dan de zaak laten rusten. Vanavond verwachten ze je, Luis, op de redactie. Ze zijn al begonnen.'

Luis bromt iets.

Maya veert op.

'Morgen begin ik met mijn artikel. Ik probeer een maximum aan mensen te bereiken.'

Ik knijp in haar hand. Ik geloof in haar. Een hoog bord signaleert de Nederlandse grens.

'Luis,' de grens, zeg ik, 'nog even en we zijn thuis.'

Maya schrijft in haar schrijfblok, zij ziet en hoort niets meer. Ik pak mijn pen en notitieboek uit mijn tas, leg het op mijn schoot, laat de woorden toe, herinneringen uit deze schatkist, die de ogen van liefde en pijn naar het eindstation, mijn echte verhaal hebben gebracht.

De regen blijft vallen met de regelmaat van een ingestelde metronoom, eentonig en hard. Bij het passeren van de Moerdijkbrug versnelt het ritme. Het alom aanwezige water maakt het grijs intenser zodat ik even twijfel aan mijn gezichtsvermogen.

'Is dat de zee?' vraagt Luis weer in die grappige onschuld.

'Nee, het is een rivier die naar de zee loopt.'

'Wat breed, en grijs. Het ziet er kil en woest uit,' voegt hij toe alsof hij het beangstigend vindt.

'Het is een land van water en polders. De grond wordt met gemalen drooggepompt want anders zou het westelijke gedeelte van het land onderlopen. Het ligt onder de zeespiegel.' Ik zie hem huiveren.

'Onder de zeespiegel en toch leven jullie daarop? Is dat echt niet link? Ik dacht dat Colombia gevaarlijk was.'

'Nee, een oude ervaring heeft ons waterwijs gemaakt.'

'Ik zal er eens over lezen.'

'Moet je zeker doen, het is verrijkend hoor,' zegt Maya trots.

De borden volgen elkaar op terwijl Luis gestaag doorrijdt op onze aanwijzingen. Na een half uurtje verschijnt Den Haag in dikke letters.

'Daar! Daar!' We raken opgewonden.

'Ik verlang naar Haagse hopjes.' Maya smakt met haar lippen.

'Ik verlang naar je geur.'

Luis vraagt niets meer.

Na twintig minuten parkeert hij de auto voor het centraal station van Den Haag, klaar om ons hier te laten. Hij krabt op zijn hoofd, zoekt naar de juiste woorden.

'Jullie stad lijkt wel wat op Antwerpen,' zegt hij nog, hopeloos.

'Ach, het is toch anders,' zeg ik zonder dat ik in details treed.

Een plotselinge haast neemt alles te grazen.

We stappen uit en Luis opent de kofferruimte, hij tilt onze bagage eruit. En daar staan we, de regen drupt op onze gezichten. Onze verwaarloosde verschijning doet omstanders naar ons kijken. Luis pakt Maya vast, zoent haar op haar voorhoofd.

'Tot gauw dan maar.'

'Ja, tot gauw. Misschien krijg ik spijt,' dan passeert een vrachtauto. Hij schreeuwt iets in het Spaans, het lijkt een vloek, en hij heft zijn handen naar de hemel terwijl de regendruppels in zijn mouwen worden opgezogen. Ik pak zijn arm.

'Bedankt voor deze rit, je bent een fantastisch mens,' schreeuw ik. Hij hoort mij niet.

'Doe de groeten aan Daniel en Philippe,' schreeuw ik nog harder maar hij is al ingestapt en start de motor.

Ik kijk naar Maya en dan naar Luis in de auto, een zichtbaar begrip. Het portier slaat dicht en dan rijdt hij toeterend weg. Als twee wuivende figuren staan we daar nog een tijdje.

'We zijn thuis,' Maya, zeg ik. 'Ik pak een taxi en jij?'

'Ja, dat doe ik ook maar.' Ze kijkt leeg.

Wij wenken naar de geparkeerde taxi's.

Mijn nieuwe liefde

In de taxi voel ik mij vreemd, ik denk aan wat komt.

Onrustig pak ik mijn portable en bel Florian.

'Hai, ja, ik ben het. Ik zit in een taxi, Luis heeft ons keurig afgezet en ben al bijna thuis.'

'Eindelijk,' zegt hij. 'De hele dag ijsbeer ik al door de kamers. De kinderen zijn niet te genieten. Maar gelukkig ben je weer thuis. Ik heb je gemist. Als je eens wist!'

Ik slik.

'Ik heb je ook gemist. De gebeurtenissen hebben mij helemaal opslokt,' zeg ik grootmoedig. 'Tot zo,' en ik druk hem uit.

De taxichauffeur, met pet en al, heeft naar mijn halfslachtige zin geluisterd.

'Zo vrouwtje, wacht er iemand op je?'

'Ja, mijn man. Ik ben op een lange reis geweest.'

'Dan wacht je een gelukkig moment, zegt hij met een brutale blik in zijn ogen.

'Zeker,' meer zeg ik niet. Ik houd het gesprek kort.

Hij accelereert en een tel later stopt hij voor mijn huis waar de deur zich al opent; de kinderen stormen eruit, Florian staat op de achtergrond.

Snel betaal ik de chauffeur het bedrag op de meter en spring uit de auto. Ik let niet meer op mijn bagage, ik hol ze tegemoet, gek van besef hoe ik hen gemist heb. De kinderen zoenen me als gekken en Florian kust me zoals lang geleden en slaat zijn armen om ons allemaal heen.

De taxichauffeur probeert nog wat aandacht te krijgen.

'Uw tassen staan op de stoep hoor.' Ik wuif hem met een onbeleefd gebaar weg waarop hij zich uit de voeten maakt.

We gaan naar binnen. Ik zie een opgeruimd huis, klaar mij te ontvangen. Op de spiegel in de gang hebben ze met felrode lipstick geschreven: Lieve mama, we houden van je en ga alsjeblieft nooit meer weg! Zo'n rijkdom. Alles welt in mij op, tranen van geluk stromen, en vullen mijn gezicht rood op. Ik kan niet meer spreken maar het deert niet. Ze kijken naar mijn belabberde verschijning, zij met hun frisse uitstraling, zich niet bewust wat ik heb meegemaakt. Florian strekt zijn hand naar mij uit, die ik gewillig vastpak.

'Was het moeilijk, Eliza.'

'Heel moeilijk maar ik het heeft mij geleerd het op te schrijven, ik ga ons verhaal vertellen. Elke bladzijde zul je lezen. Je moet alles weten.' Even hapert mijn stem.

Hij draait zijn ogen niet weg, hij blijft kijken.

'Wat zie je eruit,' zegt hij verbolgen. 'Ze hebben je gemangeld, lijkt het wel.'

'Ach,' en ik wuif het weg met mijn handen, wanhopig, ik ben overweldigd door mijn dierbaren.

'Laten we eerst even gaan zitten, ik ben doodop.'

We ploffen op onze zitbank in de huiskamer. De kinderen dralen om ons heen, zeurderig naar mijn aandacht. Ik zie mijn kinderen, Florian, mijn hele interieur, zo bekend, maar het lijkt nieuw voor me. Ben ik zo veranderd?

Een kakofonie van stemmen vliegt door de kamer. Mijn stem is moe, mijn gedachten draaien in de rondte. Mijn hele reis, van het begin tot het eind, rolt aan mij voorbij, in een lange flits. De kracht van de herinneringen domineert.

Het stopt bij David Layer, de schipper van de 'El Arca.' Zijn vader. Ik moet hem bellen in Londen.

'Ik moet even bellen,' zeg ik afwezig.

Florian ziet vreemd naar me op.

'Waar is mijn Eliza?'

Ik duw hem weg. Zenuwachtig zoek ik in mijn tas het visitekaartje en pak de telefoon. Moeizaam toets ik het nummer van Londen in. Na enkele beltonen wordt de hoorn opgepakt. Een oude vermoeide stem.

'Hallo.'

'Hallo, David Layer,' zeg ik, verlegen met de situatie.

'Ja,' klinkt de stem uit een ander tijdperk.

'Ik bel u uit naam van uw zoon David.' Een lange stilte volgt, waarbij mijn zitvlak wiebelt terwijl mijn familie mij verontrust gade slaat, het schijnt zonder eind. Dan hoor ik:

'Gelukkig, David leeft, gaat het goed met hem?'

'Ja, Het gaat goed met hem, hij leeft volgens zijn eigen tijd.' En dan. 'De grond daar is zijn ziel, zijn leven. Wie die grond wegrukt, haalt het leven uit hem zoals zijn moeder hem voorhield. Reken er niet op hem ooit in Londen te zien, u zult het zelf moeten redden en hij wenst u het beste. Dat is zijn boodschap aan u. Hij heeft mij gevraagd het over te brengen. Het spijt me.' Ik heb de zinnen afgeraffeld. Ik hoor niets maar blijf aan de lijn, mijn belofte tot het einde dragend.

'Ik ben blij dat u gebeld heeft, ik kan ermee leven. Dank u voor de moeite.' Gelijk valt de hoorn in de klik en bij het tuut tuut geluid weet ik dat hij de hoorn echt heeft neergelegd. Ik zucht diep. Je kunt een speld horen vallen. Mijn gedachten malen door. Langzaam zie ik mijn huiskamer weer. Ik moet het het dilemma verbreken.

'Florian, ik had je zo graag aan mijn zijde gehad, zodat je had kunnen zien wat er werkelijk in Colombia en de buurlanden aan de hand is. Het is te veel en te ingewikkeld. Het ontbreekt aan communicatie tussen de mensen. Alles is daar doodgegaan, alle idealen zijn veranderd in een belachelijke verslaving die de menselijke geest verlamt en heeft omgetoverd tot een gruwelijke oorlogsmachine, klaar te moorden tot elke prijs, zonder nog rekening te houden met het essentiële van het leven. De chaos is zo groot, het denken zo verstoord, en de mensen diep ongelukkig.' Ik spreek te snel daardoor is het onduidelijk voor de anderen. Gefrustreerd stop ik, ik kan het simpelweg niet samenvatten. Florian sust mijn woorden.

'Rustig maar, we hebben jaren voor ons om het mij te vertellen. Ik had je moeten vergezellen, naast je moeten staan. Ik moet het je bekennen: ik heb het verkeerd heb gedaan. Nooit had ik je alleen moeten laten gaan.'

Ongemakkelijk kijkt hij mij aan. Zijn ogen, triest en sterk tegelijk, herinneren mij onze liefde van het eerste moment. Hoe kon ik het zijn vergeten!

Ik pak zijn gezicht tussen mijn twee handen, schud het opstandig heen en weer.

'Er was een man bij ons, Daniel, en hij heeft je vervangen en het had verkeerd kunnen aflopen,' zeg ik ongegeneerd, alsof ik aanspraak op iets kan maken, nu hij zo oprecht heeft gesproken. Toch, details zal ik nooit vertellen, die wasem is nu al mijn nieuwe geheim. 'Maar gelukkig is het nooit gebeurd,' lieg ik.

Hij zucht van opluchting.

'Ik houd van je,' zegt hij.

'En ik van jou.' Ik voel nieuwe liefde.

De telefoon gaat over.

'Hai, Maya, ja goed hoor. En jij?' De geluiden verstommen. 'Ja, ik geef je Eliza.'

'Ja, met mij.'

'Ik heb een nieuwe liefde.' Verbaasd vraag ik haar: 'Wie dan?'

'Dede,' zegt ze onomwonden.

Ineens begrijp ik het. We hebben hetzelfde doorgemaakt de afgelopen minuten.

'Ik ook.'

'Florian hè.' Haar schaterlachen dringt overal door heen.

'Tot gauw lieverd,' voegt ze nog toe.

Het getoeter van de hoorn houdt aan tot Florian de hoorn van mij overneemt om hem op het toestel te plaatsen.

Dolores

De dag begint grauw en onaangenaam. De kinderen jammeren. Zij zijn vermoeid van het vroege opstaan en snelle aankleden, ontbijten en tasjes inpakken. Florian is al op weg.

Toen ik hem deze ochtend de voordeur openhield had hij mij gezellig gekust, een oude teruggekeerde gewoonte, waarvan ik weer geniet. Mijn ochtendhumeur klaart er van op.

Vrolijk zing ik een kinderliedje om de kinderen te sussen. Kalm geworden zet ik er één voorop en één achterop mijn fiets. Tegen de harde wind fiets ik het parcours. Ik deel de gebruikelijk zoenen uit. De juf staat al in de houding, als de commandant van haar ruimte, en vangt de kinderen streng in haar bevelen. Zij hebben die structuur nodig, en het geeft mij rust. Ik weet dat ze in goede handen zijn.

Het is mijn eerste vrije dag sinds mijn terugkomst. Alles is veranderd in mijn leven. *De tijd dwingt mij niet meer.* Ik laat haar op zijn beloop. Teleurstellingen zijn voortaan uitgesloten. Mijn hoge verwachtingen maken nu plaats voor banale hoop. De hoop dat het goed gaat met mijn familie, de hoop dat de zon na de regen doorbreekt, de hoop dat het eten lekker smaakt, de hoop dat mijn wekker nog afloopt, de hoop dat mijn fiets blijft fietsen, en de hoop op soms lekker niets doen. Die kleine hoopjes, daar word ik gelukkig van. Terwijl ik terugfiets, kaatst de aanwakkerende wind mij hevig in alle richtingen, en moet ik steeds harder trappen om vooruit te komen. Als ik een oversteekplaats nader, zie ik een oude vrouw moeilijk aan haar oversteek beginnen. Ik rem en laat haar rustig haar weg volgen, klaar haar te helpen. Ik fiets verder, een rumbasong komt in mij op zodat mijn trappen ritmisch wordt.

Bij mijn huis, gooi ik de fiets tegen de muur, zet hem op slot en ga naar binnen. Eerst even koffie zetten, denk ik verlangend. Terwijl de koffiemachine pruttelt schakel ik de televisie aan. Een nieuwslezer kijkt ernstig naar binnen. Zijn woorden draaien mijn hart om. Het gaat over Colombia.

Bogota, 24 mei 2008. De oprichter en belangrijkste commandant van de Colombiaanse FARC-rebellen is dood.

Dit maakte de Colombiaanse admiraal David Moreno vanavond bekend, nadat eerder regeringsbronnen het nieuws al hadden laten doorschemeren. Marulanda zou 77 jaar zijn geworden. Colombiaanse media meldden dat Marulanda is overleden aan een infarct. Maar in het gebied waar hij zich op zou ophouden heeft de Colombiaanse luchtmacht onlangs nog zwaar gebombardeerd.

De linkse opstandeling richtte de Revolutionaire Strijdkrachten van Colombia (FARC) in de jaren '60 op als een groep die vocht voor sociale rechtvaardigheid. Het is inmiddels de oudste nog actieve rebellenorganisatie van Latijns-Amerika. Maar na vier decennia van gevechten is de FARC ernstig verzwakt. De organisatie mist steun bij de bevolking en is grotendeels teruggedreven naar afgelegen berggebieden en jungles. Inmiddels is de FARC een belangrijke speler in de wereldwijde drugshandel.

Een vrouwelijke topcommandant van de Colombiaanse guerrillabeweging FARC heeft zich gisteren overgegeven na jarenlang op de vlucht te zijn geweest. Nelly Avila Moreno, alias 'Karina,' leidde het Frente 47, dat actief is in het noordwestelijke departement Antioquia. Tegen haar liepen zes arrestatiebevelen, wegens moord, terrorisme, rebellie, ontvoering, afpersing en vernieling. Daarbij genoot ze een reputatie van een gewelddadig en meedogenloos strijdster, die haar binnen de van oorsprong marxistische FARC tot een icoon maakte. Ze sloeg op de vlucht toen de Colombiaanse president Alvaro Ulribe kort na zijn aantreden, in 2002, het leger expliciet opdracht gaf haar gevangen te nemen en 1,5 miljard peo's (nu ruim 540 duizend euro) op haar hoofd zette. De animositeit tussen de twee gaat terug tot midden jaren negentig, toen Ulribe gouverneur was van Antioquia en zij daar in de bananenregio Urabà tegen de rechtse paramilitaire groep ACCU streed. Met een serie ontvoeringen en moorden maakte ze zich er gevreesd onder zakenlui en grootgrondbezitters. Bij een actie in 1998 verloor ze haar rechteroog; sindsdien droeg ze een zonnebril. In 2000 kreeg ze, na enkele jaren ondergedoken te zijn geweest, het bevel over 'Frente 47.' Dit front was onder meer verantwoordelijke voor vele moorden, o.a. nog in 2005, op acht politieagenten. De laatste maanden zou het blok echter sterk verzwakt zijn. In maart dit jaar kwam het in het nieuws toen guerrillatopman Ivàn Rios, die in het front bescherming genoot, vermoord werd door zijn lijfwacht. Deze Pablo Montoya hakte Rios' rechteronderarm af en meldde zich hiermee bij de autoriteiten, die hem en drie anderen beloonden met 1,8 miljoen euro tipgeld die op Rios' hoofd stond. Montoya, die gold als vertrouweling van Karina, pleegde het verraad omdat de manschappen zouden zijn verwaarloosd. Deze maand deed Ulribe via de landelijke media een oproep aan Karina om zich na ruim twintig jaar strijd over te geven. De tussen de 45 en 47 jaar oude guerrillera die inmiddels moeder is van een zoontje, zou hierop contact hebben gezocht met de geheime Colombiaanse dienst DAS, waarmee ze haar overgave voorbereidde. *De tijd dwingt...*Toen zij zich gisteren aangaf, was ze, volgens ooggetuigen, praktisch stervende van de honger! Ook had ze een kogelwond in haar arm, die ze opliep bij een recente poging van het leger haar op te pakken. Het wachten is nu op een overgave van de andere guerrilla's zodat de beweging ontbonden kan worden. Men verwacht een spoedige vrijlating van alle gijzelaars. De weg van de vrede is eindelijk ingeslagen.

Eindelijk, eindelijk jubelt het door mijn hoofd. Ik moet even een gilletje en een sprongetje van blijdschap maken. Helaas niets over Mario. Maar misschien is zijn dubbele rol wel ontdekt. Zou hij ook zijn opgepakt? En dan denk ik aan Eugenio. Zijn gebeden zijn verhoord. Communicatie tussen de mensen in Colombia, en waarom niet op de hele wereld, kan het toch bestaan? Ik moet radio Caracol schrijven. Ik pak mijn tas en zoek in mijn agenda naar dat verdomde kaartje. Allerlei troep valt uit mijn tas. Ertussen raap ik twee kaartjes op. Tevreden loop ik naar de keuken en pin ik het adres van de radio op mijn herinneringsbord.

Dan bekijk ik het tweede kaartje. In schuine sierlijke letters lees ik Samuels naam. Mijn belofte aan hem drijft ineens naar boven, een belofte die door de drukte van de afgelopen week wegge-zonken is.

'Ik zal Dolores voor je zoeken. Zij zal net als jij mijn vriendin worden. En jij kunt weer haar vriendin worden. Je kunt iets goed maken.'

Haastig en naïef pak ik de telefoongids, ik blader ongeduldig. Staat ze er in? Dolores Botero, ik ben bij de letter B.: Boetero vind ik maar geen Botero. Ze moet op een geheime lijst staan, gezien haar achtergrond of heeft ze alleen een draagbare telefoon? Ontmoedigd ga ik op mijn bank zitten. Hoe kan ik haar vinden? Ik pak mijn telefoon. Het menu glipt door mijn vingers, num-mers geven de personen aan. No.1 heb ik aan Maya gegeven. Maya, Maya...Zonder dat ik er erg in heb toets ik no. 1 in. Tot mijn verbazing hoor ik direct Maya's stem.

'Eliza,' is er iets? 'Je belt nooit in de ochtend.' Ik kuch.

'Ik zoek de Colombiaanse vluchtelinge,' zeg ik. 'Ik heb het Samuel beloofd. Ze woont in Den Haag maar zij staat natuurlijk niet in de telefoongids als een ordinaire burger. Haar kwets-baarheid heeft haar tot een geheimzinnig persoon moeten maken. Jij weet vast hoe ik haar kan vinden.'

Maya's intonatie stijgt.

'Vanwaar dat blinde vertrouwen? Ik ben een individu zoals jij, mijn Elizaatje.'

'Nee,' en liefde schiet door mijn stem, 'we doen het samen, zoals altijd. Ik hoor bij jou en jij bij mij. Jij weet het.' Haar ademen windt me op, mijn gevoelens voor haar zijn onveranderd en ik voel hetzelfde in haar.

'Oké dan. Ik bel met de Colombiaanse Ambassade en zal mijn journalisten-reputatie misbruiken.'

'Schandalig,' zeg ik me bewust van deze daad, 'maar groots voor Samuel en voor mijn verlangen naar die vrouw.'

Maya kent mij beter dan wie dan ook en weet dat dit afgerond moet worden.

'Ik maak het voor je in orde. Hoe heet de vrouw precies?'

'Dolores Botero,' zeg ik en ik rol met de r en beklemtoon de lettergrepen op zijn Spaans.

Maya lacht hard zoals altijd.

'De krant wacht op een artikel over Zuid-Amerika. Ze hebben haar, hè.' Even is het stil.

'Ja, het is voltooid. Maar Mario...' Ik maak mijn zin niet af.

'Eliza, voor jou straks de primeur. Ik ga nu hangen.'

Na ons avontuur heeft zij zich gespecialiseerd in het Zuid-Amerikaanse continent. Een nieuwe freelance baan voor een belangrijke krant is haar toegevallen.

Even denk ik aan Daniel en Luis. Een feest, in Parijs, staat aan het einde van de zomer gepland en onze echtgenoten en kinderen behoren tot de officiële genodigden.

En dan weer aan Dolores. Zal zij binnenkort eindelijk haar leven terugvinden en haar Samuel rust vinden? Zal hij ooit weer een neutraal persoon kunnen worden, spreken in alle openheid?

Ik hoor de omroeper weer.

Een flash.

'De militaire guerrilla's staan op het punt de wapens neer te leggen en gijzelaars maken zich op vrij te komen. Een verzoeningscommissie zal er kunnen komen om de gemoederen tot rust te brengen. De dolende gedachten van haat doven dan vanzelf. De communicatie tussen mensen kan groeien, misschien tot een nieuwe revolutie: de revolutie van de mens in zijn communicatie.'

Dat ervaar ik met Noelie en Maya: *communicatie zonder woorden.*

Dolores hartenwens de grond van haar vaderland eindelijk te kussen kan waarheid worden.

Dat is wat ik haar bij onze ontmoeting ga vertellen. Ik wil haar aanmoedigen haar verhaal op te schrijven zoals Maya, Noelie en ik hebben besloten. Het verhaal van de dwingende tijd die bedwongen werd.

Een stroom van geluk ontspant mijn vermoeide ledematen... Ik moet haar vinden.

Juli, maand van licht en vrolijkheid. Het grand café baadt in het licht.

Maya en ik zitten al klaar.

Daar stapt ze binnen: Dolores. Ze ziet er prachtig uit, ze bezit een nieuwe innerlijke rust, heel anders als die laatste keer.

Slechts Noelie ontbreekt nog. Zij beheerst gelukkig de tijd en niet de tijd haar. Dat weten we ondertussen wel.

Ik omhels Dolores.

'Dit is Maya.' Maya steekt haar hand vriendelijk uit.

Dolores en ik hebben elkaar al verschillende keren ontmoet, wij alleen, met zijn tweeën. Ik heb haar van mijn reis naar Colombia verteld, van de nieuwe ontwikkelingen. Dat haar wens terug te keren naar haar geliefde grond zich kan realiseren. Ze leeft helemaal op bij de gedachte.

Toen ik de naam Samuel noemde, huilde ze. Het kaartje en mijn verhaal verloste de opgekropte liefde. Sinds die eerste ontmoeting hebben zij en Samuel elkaar al ontmoet.

'Ik wil jou nooit meer kwijt,' had ze hem gezegd. Hij hoefde haar zin alleen maar te herhalen. Ik wist het.

We halen alvast koffie en gebak, zonder complexen, en gezellig keuvelend spelen we met elkaars gedachten.

Dan komt Noelie binnen. Haar ogen stralen als verlichte kralen. Het is de eerste keer na onze reis naar Colombia dat we elkaar weer zien.

Dolores kijkt nieuwsgierig naar haar.

'Noelie.'

'Dolores.' Ik stel ze aan elkaar voor.

We gaan prettig zitten.

Maya kan niet wachten.

'Zijn er nog nieuwtjes?' Zij articuleert duidelijk zodat Noelie het goed kan volgen.

Noelie knikt ja.

'Ik heeb missschien weerk gevondeen, in een kuunst ateeliieer. Ik heb het opgeschreven.' Zij haalt een flamboyant nieuw notebook uit haar tas die ze zorgvuldig op de tafel plaatst. Gelijk richt ze haar lichaam van de stoel op, stapt enkele passen opzij en beginnen haar voeten de passen van de rumbadans te dansen onder de vreemde blikken van de aanwezigen. Eigenlijk wilde ik dansen en nu lijkt het of Noelie mijn gedachten heeft gevangen. Het verbaast me niet. Ik sta op en dans met haar mee. Dolores en Maya sluiten zich aan, terwijl Dolores prachtige woorden zingt. Sommige gasten kijken verward, anderen geïrriteerd of geamuseerd, maar we trekken ons er niets van aan. Het duurt maar een paar minuten dan gaan we weer zitten.

'En jijij Maya?'

'Ja, ik heb een artikel geschreven. Een artikel over Colombia. Het land van Dolores, van guerrilla en gegijzelden. Een maand geleden hebben Eliza en ik een reis gemaakt naar dat land. Eliza heeft het je nooit verteld maar zij heeft daar jaren geleden, tijdens haar vele reizen, iets afschuwelijks meegemaakt.'

Noelie knikt, ze weet het toch al.

'Zij moest daar een rekening vereffenen en ik ben haar passagier daarin geworden. Het is een serieuze enquête geworden. En wij hebben resultaat.'

Nerveus trek ik mijn haren recht terwijl Noelie afwacht.

'Ik heb daar ooit een verkrachting en moord met eigen ogen gezien,' val ik maar meteen in. Ik wil ervan af. Maar het gaat me gemakkelijk af.

'Het is een lang verhaal, te lang en ingewikkeld om het in een paar woorden te vertellen. Ik heb er jaren niet over kunnen spreken, niet dat ik het niet wilde, nee ik kon het niet. Die dag toen wij afspraken elkaar onze verhalen te vertellen, dacht ik dat het hokje Colombia gesloten was. Ik schaamde me. Laf genoeg onthulde ik mijn eigen misstap niet. En toch...door jullie heb ik het kunnen openen. Gisteren heb ik mijn eerste bladzijde opgeschreven. Ik hoop dat het een boek wordt, een persoonlijk boek. Willen jullie alsjeblieft elk afgerond hoofdstuk lezen?'

Dolores klopt me op de rug.

'Ik wil het graag lezen. En ik ben begonnen met mijn verhaal. Het verhaal van de strijd in Colombia, mijn strijd. Ik schrijf iedere bladzijde voor jullie.'

'Wee heeelpen,' spreekt Noelie moeizaam. 'Ik wiiist daat het koomen zouou en err meeeer koomt.'

Ze kijkt Dolores en mij diep aan. Ja, we kennen elkaars verborgen communicatie. Zij leest je nu eenmaal gewoon, zo bijzonder.

We pakken elkaars handen vast. Die van Dolores voelt vochtig aan. Verlegen kijk ik in de rondte maar als ik de gezichten langzaam in een glimlach zie veranderen, ontspan ik.

Maya leidt de aandacht af.

'Kijk op jullie notebook dames. Mijn artikel staat erop.' Ze begint hardop te lezen.

'Na de spectaculaire vrijlating van de Frans Colombiaanse politicus Ingrid Betancourt, drie Amerikaanse geheime agenten en elf Colombiaanse politieagenten begint de president van Colombia binnenkort onderhandelingen met alle strijdende groepen over een humanitaire overeenkomst. Het gaat over alle gijzelaars in Colombia. De gewapende groepen zijn onder bepaalde voorwaarden bereid de wapens in te leveren. Hiervoor heeft hij de hulp en steun ingeroepen van de hele wereld...' De koffiekoppen en schotels, het geroezemoes van het volgelopen café maken haar stem onhoorbaar. Iedereen leest verder.

Mijn gedachten dwalen af. Ik weet dat het in Colombia goed komt. Ik denk aan onze gijzelaar van de tijd, waar alles mee is begonnen. Ik zit op dezelfde plek, kijk naar buiten door het grote raam. De lucht is grijs, mensen lopen voorbij. Niets lijkt veranderd en toch is niets meer hetzelfde. De tijd, rijp, heeft Colombia gratie verleend. En mij ook. Of toch niet? Zullen Maya en ik alles van Colombia vertellen? De intimiteit met Daniel en Maya. Ik schrik.

De tijd, een herhaling van zichzelf, een tijd zowel oud als nieuw. Verzaag je de oude tijd wordt de nieuwe tot een hel, verzaag je het foutloze leven dan raak je de tijd kwijt, en alles sterft...

Tijd

De tijd, fragiel maar oh zo snel
speelt met ons als een ordinaire del,
Neemt ons in bezit
In die vreemde rit,
Hobbelt heen en weer
Langzaam, snel,
Benauwd en knel,
Geleerd zo te beleven,
Zonder ooit zijn werkelijke gezicht te geven.
Een illusie, een gevoel,
Tijd zonder doel,
Zweeft in zijn eindeloos ritme.

Bronnen

Jacques Thomet, journalist en schrijver van 'Histoire de coeur ou raison d'état?' Editions Hugo et Compagnie, Parijs
Archieven van de Franse krant 'Le Monde'
Michael Palin. Full circle. BBC books, London
De Colombiaanse Ambassade, Parijs
Rapporten van Amnesty International